La HIJA del PANTANO

La HIJA del PANTANO

KAREN DIONNE

HarperCollins *Español*

© 2017 por HarperCollins Español
Publicado por HarperCollins Español, Estados Unidos de América.

Título en inglés: *The Marsh King's Daughter*
© 2017 por K Dionne Enterperises L.L.C.
Publicado por G. P. Putnam's Sons, un sello de Penguin Random House L.L.C.

Editora en Jefe: *Graciela Lelli*

ISBN: 978-0-71809-596-3

Impreso en Estados Unidos de América

HB 04.03.2018

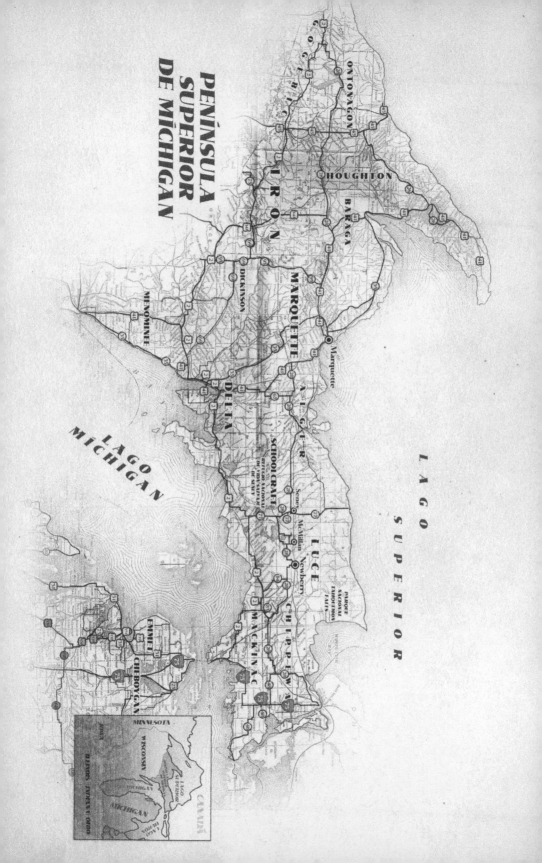

PENÍNSULA
SUPERIOR
DE MICHIGAN

LAGO
MICHIGAN

LAGO SUPERIOR

ONTONAGON

GOGEBIC

HOUGHTON

BARAGA

IRON

MARQUETTE

DICKINSON

MENOMINEE

DELTA

ALGER

Marquette

SCHOOLCRAFT
REFUGIO NACIONAL
DE VIDA SALVAJE
DE SENEY

Seney

McMillan

LUCE

Newberry

PARQUE
NACIONAL
TAHQUAMENON
FALLS

CHIPPEWA

MACKINAC

EMMET

CHEBOYGAN

MINNESOTA

WISCONSIN

MICHIGAN

MICHIGAN

CANADÁ

LAGO
HURON

LAGO
SUPERIOR

A Roger, por todo

Ser productivo provoca la caída; cuando la siguiente generación se abre paso, la anterior ya ha superado su cima. Nuestros descendientes, para los que no estamos preparados, se convierten en nuestros enemigos más peligrosos. Ellos sobrevivirán y nos arrebatarán el poder de nuestras debilitadas manos.

Carl Gustav Jung

Desde su nido en lo alto del tejado del castillo vikingo, la cigüeña podía ver un pequeño lago y, junto a los juncos y a las verdes orillas, yacía el tronco de un aliso. Sobre dicho tronco tres cisnes batían sus alas y miraban a su alrededor.

Uno de ellos se deshizo de su plumaje y la cigüeña reconoció en el animal a una princesa de Egipto. Allí estaba sentada sin nada que la cubriese salvo su largo y negro pelo. La cigüeña la oyó decir a los otros dos cisnes que cuidaran de su plumaje mientras ella se sumergía en el agua para arrancar las flores que había imaginado ver allí.

Los otros asintieron, cogieron su atavío de plumas y se alejaron volando con su plumaje de cisne.

—¡Sumérgete ahora! —exclamaron—. Nunca más volarás con el plumaje de cisne, ni verás nunca más Egipto; aquí, en el páramo, te quedarás.

Mientras decían esto, rompieron el plumaje del cisne en mil pedazos.

Las plumas flotaron como si fueran una nevada, y luego las princesas mentirosas salieron volando.

La princesa lloró y se lamentó en voz alta; sus lágrimas humedecieron el tocón del aliso, que en realidad no era un tocón, sino el

11

*propio Rey del Pantano, el que en tierra pantanosa vive y gobierna.
El tronco del árbol se giró y ya no era un árbol, mientras que unas
ramas largas y húmedas se extendían como brazos.*

*La pobre niña estaba terriblemente asustada y empezó a correr.
Se apresuró a cruzar el terreno verde y viscoso pero se hundió rápidamente, y el tocón del aliso tras ella. Grandes burbujas negras se
abrieron paso entre el limo, y con estas, se desvaneció todo rastro de
la princesa.*

Hans Christian Andersen
La hija del Rey del Pantano

HELENA

Si te dijera el nombre de mi madre, lo reconocerías enseguida. Mi madre era famosa, aunque nunca quiso serlo. La suya no era la clase de fama que alguien querría tener. Jaycee Dugard, Amanda Berry, Elizabeth Smart… ese tipo de fama, aunque mi madre no fuera ninguna de ellas.

Reconocerías el nombre de mi madre si te lo dijera y entonces te preguntarías… solo un instante, pues aquellos años en los que la gente se preocupaba por mi madre ya son cosa del pasado, como ella… ¿Dónde está ahora? ¿Y no tuvo una hija en la época en la que estuvo desaparecida? ¿Y qué pasó con la niña?

Podría decirte que yo tenía doce años y mi madre veintiocho cuando nos rescataron de su captor; que pasé todos esos años viviendo en lo que los periódicos describen como una granja en ruinas, rodeada de un pantano en medio de la Península Superior de Michigan. Que aunque aprendí a leer gracias a una pila de revistas, ejemplares de la *National Geographic* de los años cincuenta, y a una amarillenta antología de poemas de Robert Frost, nunca fui a la escuela, nunca monté en bicicleta, nunca llegué a conocer la electricidad ni el agua corriente. Que las únicas personas con las que hablé durante aquellos doce años fueron mi madre y mi padre. Que no sabía que estábamos cautivas hasta que dejamos de estarlo.

Podría decirte que mi madre falleció hace dos años, y que es probable que no te enterases, porque aunque los medios de comunicación informaron de su muerte, sucedió en una época cargada de noticias más importantes. Puedo contarte lo que los periódicos no dijeron: ella nunca superó aquellos años de cautiverio; no fue como una de esas hermosas, elocuentes y francas defensoras de la causa; mi tímida y discreta madre, convertida entonces en un despojo, no recibió ni una sola propuesta para publicar un libro, ni una portada en *Time*. Mi madre se desvaneció de la atención pública al igual que las hojas de la cúrcuma se marchitan tras una helada.

Pero no te diré el nombre de mi madre. Porque esta no es su historia. Es la mía.

1

—Espera aquí —le digo a mi hija de tres años. Me asomo por la ventanilla bajada de la camioneta para hurgar entre la sillita de bebé y la puerta del copiloto y así poder encontrar el vasito de plástico con un tibio zumo de naranja que lanzó en un arrebato de frustración—. Mamá volverá enseguida.

Mari alcanza el vasito como el cachorro de Pavlov. Su labio inferior sobresale y le brotan las lágrimas. Lo capto. Está cansada. Yo también.

—Uh-uh-uh —gruñe Mari mientras comienzo a alejarme. Arquea la espalda y se lanza contra el cinturón de seguridad como si fuera una camisa de fuerza.

—Quédate quieta, ya vuelvo.

Aprieto los ojos y muevo el dedo para que sepa que le hablo en serio y me dirijo a la parte trasera de la camioneta. Saludo al chico que está apilando las cajas en el muelle de carga, junto a la puerta de entregas de Markham's —Jason, creo que se llama—, luego abro el portón trasero del vehículo para coger mis dos primeras cajas.

—¡Hola, señora Pelletier!

Jason me devuelve el saludo con el doble de entusiasmo.

Vuelvo a levantar la mano para que estemos en paz. Ya no le digo que me llame Helena; me he rendido.

Del interior de la camioneta llega un *bang bang bang*. Mari está golpeando el vasito de zumo contra el cristal bajado de la ventanilla. Supongo que está vacío. Con la mano abierta golpeo la camioneta en respuesta, *bang bang bang*, y Mari se sobresalta y se gira con ese fino cabello de bebé que le cruza la cara como barba de maíz. Frunzo el ceño con mi mejor «ya puedes parar si sabes lo que te conviene» y luego me cargo al hombro las cajas. Como Stephen y yo tenemos el cabello y los ojos castaños, al igual que Iris, nuestra hija de cinco años, él se pasó un tiempo maravillándose ante el extraño dorado de esta hija que tuvimos hasta que le dije que mi madre era rubia. Eso es todo lo que sabe.

La tienda de comestibles Markham's es donde hago la penúltima entrega de las cuatro que tengo, y mi principal punto de venta de mermeladas y jaleas, aparte de los pedidos que recibo por Internet. Los turistas que compran en Markham's lo hacen con la idea de que mis productos son de elaboración local. Me cuentan que muchos clientes compran varios tarros para llevárselos a casa como recuerdo o para regalo. Con cuerda de carnicero amarro a las tapaderas unos círculos de tela de cuadros y las codifico con colores según su contenido: rojo para la mermelada de frambuesa, púrpura para la de baya de saúco, azul para la de arándanos, verde para la jalea de espadaña y arándanos, amarillo para la de diente de león, rosa para la de manzana silvestre y cerezas de Virginia... con esto puedes hacerte una idea. Creo que el envoltorio es algo bobo, pero parece que a la gente le gusta. Si me quiero adaptar a un área tan deprimida económicamente como la Península Superior, tengo que darle a la gente lo que quiere. No hay que ser una lumbrera.

Hay muchos alimentos silvestres que podría utilizar y muchas maneras diferentes de mezclarlos, pero por ahora me limito a las mermeladas y a las jaleas. Toda empresa necesita concentrarse en algo. Mi logo es el dibujo de una espadaña que figura en cada etiqueta. Estoy bastante segura de que soy la única persona que mezcla la raíz de espadaña con arándanos para hacer jalea. No agrego mucho, solo lo suficiente para justificar la inclusión de «espadaña» en el nombre. En mi infancia, las puntas de espadaña tierna eran mi verdura favorita. Aún lo son. Cada primavera, meto un par de botas de pescador y una cesta de mimbre en la parte trasera de la camioneta y me dirijo a los pantanos que hay al sur de donde vivimos. Stephen y las niñas ni las tocan, pero a él no le importa que las cocine siempre y cuando me prepare una cantidad suficiente para mí. Basta con hervir las espigas durante unos minutos en agua con sal para conseguir una de las mejores verduras de las que tenemos a nuestro alcance. Su textura es un poco seca y harinosa, así que ahora las como con mantequilla, aunque, como es obvio, la mantequilla no es algo que pudiera tomar en mi infancia.

Los arándanos los recojo en las áreas deforestadas al sur de donde vivimos. Hay años en los que la cosecha de arándanos es mejor que en otros. A los arándanos les gusta mucho el sol. Los indios solían quemar la maleza para mejorar la cosecha. Admito que he tenido ciertas tentaciones. No soy la única persona en las llanuras durante la temporada de arándanos, por lo que en las zonas más cercanas a los antiguos caminos de explotación forestal la gente los recoge bastante rápido. Pero no me importa salirme del camino marcado, y nunca me pierdo. Una vez estaba tan lejos, en medio de la nada, que un helicóptero del Departamento de Recursos Naturales me vio y me avisó. Después de convencer a los oficiales de que sabía dónde estaba y lo que estaba haciendo, me dejaron en paz.

—¿Hace mucho calor para usted? —pregunta Jason mientras se agacha y agarra la primera caja que llevo al hombro.

Gruño por toda respuesta. Hubo una época de mi vida en la que no tenía ni idea de cómo responder a esa pregunta. Mi opinión sobre el tiempo no va a hacer que cambie, así que ¿por qué debería importarle a alguien lo que yo piense? Ahora sé que no tengo que hacerlo, que este es solo un ejemplo de lo que Stephen llama «cháchara», hablar por hablar, una manera de rellenar un espacio cuya finalidad no es comunicar nada que tenga valor o importancia. Es la forma que tienen las personas que no se conocen bien para hablar entre sí. No acabo de ver que sea mejor que el silencio.

Jason se ríe como si le hubiera contado el mejor chiste que ha oído en todo el día, y Stephen también insiste en que es una respuesta apropiada, sin que importe que no haya dicho nada que tenga gracia. Cuando dejé el pantano tuve verdaderas dificultades con las convenciones sociales. Da un apretón de manos cuando conozcas a alguien. No te hurgues la nariz. Vete al final de la cola. Espera tu turno. En clase, levanta la mano cuando tengas una pregunta y luego espera a que el maestro te llame por tu nombre antes de preguntar. No eructes ni expulses flatulencias en presencia de otros. Cuando te inviten a casa de alguien, pide permiso antes de usar el baño. Recuerda lavarte las manos y tirar de la cadena después de ir. No puedo decirte cuántas veces he sentido que todo el mundo, salvo yo, sabía la manera correcta de hacer las cosas. En cualquier caso, ¿quién crea estas reglas? ¿Y por qué tengo yo que seguirlas? ¿Y cuáles serán las consecuencias si no lo hago?

Dejo la segunda caja en el muelle de carga y vuelvo a la camioneta por la tercera. Tres embalajes, con veinticuatro tarros cada uno, setenta y dos tarros en total, entregados cada dos semanas durante junio, julio y agosto. Los beneficios que me corresponden son 59,88 dólares por cada caja, lo que significa que, en el transcurso del verano, saco más de mil dólares solo con las ventas en Markham's. No está nada mal.

Y en cuanto a dejar a Mari sola en la camioneta mientras

hago las entregas, sé lo que la gente pensaría si lo supiera. Especialmente sobre eso de dejarla sola con las ventanas abiertas. Pero no las voy a cerrar. Aunque aparco bajo un pino y circula la brisa de la bahía, la temperatura ha sobrepasado los treinta grados durante todo el día y sé lo rápido que puede convertirse en un horno un coche cerrado.

También soy consciente de que alguien podría introducirse fácilmente por la ventana abierta y coger a Mari si quisiera. Pero hace ya años que tomé la decisión de que no educaría a mis hijas con el temor de que lo que le sucedió a mi madre también podría pasarles a ellas.

Una última palabra sobre el tema y termino. Puedo garantizar que si alguien tiene algún problema con el modo en que estoy educando a mis hijas es que nunca ha vivido en la Península Superior de Michigan. Eso es todo.

De vuelta a la camioneta, no se ve a Mari la Escapista por lugar alguno. Me dirijo a la ventanilla del copiloto y miro dentro. Mari está sentada en el suelo masticando, como si fuera un chicle, el envoltorio de celofán de un caramelo que ha encontrado debajo del asiento. Abro la puerta, le saco de la boca el envoltorio y me lo meto en el bolsillo, luego me seco los dedos en los pantalones vaqueros y la amarro a la silla. Una mariposa revolotea por la ventana y aterriza en un lugar del salpicadero donde hay algo pegajoso. Mari aplaude y se ríe. Yo sonrío. Es imposible no hacerlo. La risita de Mari es deliciosa, una risa a garganta llena, sin cohibirse, que nunca me canso de oír; como esos vídeos de YouTube que la gente publica con bebés que se ríen incontrolablemente sobre algo sin trascendencia, como un perro saltarín o una persona que rasga tiras de papel: la risa de Mari es así. Mari es agua burbujeante, sol dorado, la cháchara de los patos joyuyos que nos sobrevuelan.

Ahuyento a la mariposa y arranco la furgoneta. El autobús de Iris la deja en casa a las cuatro cuarenta y cinco. Normalmente Stephen se encarga de las niñas mientras yo hago mis repartos, pero hoy no llegará hasta bien entrada la noche porque ha ido a enseñarle una nueva colección de fotografías de faros al propietario de la galería que vende su obra en The Soo. Sault Ste. Marie, que se pronuncia «Soo» y no como «Salt», como suele decir la gente que no la conoce demasiado bien, es la segunda ciudad más grande de la Península Superior. Pero eso no es decir mucho. La ciudad hermana en la parte canadiense es mucho más grande. Los vecinos a ambos lados del río St. Mary llaman a su ciudad «The Soo». Viene gente de todo el mundo a visitar las esclusas de Soo para ver cómo lo atraviesan los gigantescos portadores de mineral de hierro. Son un gran atractivo turístico.

Entrego la última caja de mermeladas surtidas a la tienda de regalos del Gitche Gumee Agate and History Museum, luego conduzco hasta el lago y el parque. En cuanto Mari ve el agua, comienza a agitar los brazos.

—Gua-gua, gua-gua.

Ya sé que a su edad debería estar empleando frases completas. Durante este último año la hemos estado llevando una vez al mes a un especialista en desarrollo que hay en Marquette, pero hasta ahora esto es lo mejor que ha conseguido.

Pasamos la siguiente hora en la playa. Mari se sienta a mi lado en la cálida grava de la playa, aliviando la incomodidad de la erupción de un molar con un pedazo de madera a la deriva que he enjuagado en el agua para que ella lo mastique. El aire está quieto y caliente, el lago tranquilo, las olas se derraman suavemente como el agua en una bañera. Después de un rato nos quitamos las sandalias y nos metemos en el agua y nos salpicamos para refrescarnos. El lago Superior es el más grande y profundo de los Grandes Lagos, por lo que el agua nunca se calienta. Pero en un día como hoy, ¿quién querría que así fuera?

Me reclino sobre los codos. Las rocas están calientes. Con el calor que hace hoy, parece difícil creer que hace un par de semanas, cuando Stephen y yo trajimos a este mismo lugar a Iris y Mari para ver la lluvia de Perseidas, necesitáramos chaquetas y sacos de dormir. Cuando los coloqué en la parte de atrás del Cherokee, Stephen pensó que era una exageración por mi parte, pero es obvio que no tenía ni idea del frío que hace en la playa una vez que se pone el sol. Los cuatro nos estrujamos en el interior de un saco de dormir doble y nos tumbamos bocarriba sobre la arena. Iris contó veintitrés estrellas fugaces y pidió un deseo por cada una de ellas, pero Mari se pasó la mayor parte del espectáculo dando cabezadas. Saldremos de nuevo dentro de un par de semanas para ver las auroras boreales.

Me siento y miro el reloj. Aún me resulta difícil estar en un lugar a la hora exacta. Cuando una persona crece en la tierra, como me sucedió a mí, la tierra dicta qué haces y cuándo lo haces. Nunca tuvimos reloj. No había razón para ello. Estábamos en sintonía con nuestro entorno al igual que los pájaros, los insectos y los animales, impulsados por los mismos ritmos circadianos. Mis recuerdos están ligados a las estaciones. No siempre soy capaz de recordar cuántos años tenía cuando tuvo lugar un determinado acontecimiento, pero sé en qué época del año sucedió.

Ahora sé que para la mayoría de la gente el año natural empieza el 1 de enero. Pero en el pantano no había nada que distinguiera a enero de diciembre o de febrero o de marzo. Nuestro año comenzaba en primavera, el primer día que florecían las caléndulas acuáticas o *marigold*. Son unas enormes plantas frondosas, de sesenta centímetros o más de diámetro, cubiertas con cientos de flores de unos tres centímetros de eje y un color amarillo brillante. Otras flores florecen en la primavera, como el *iris versicolor* o lirio de bandera azul y las cabezas en flor de los pastos, pero la caléndula acuática es tan fecunda que no hay nada que pueda compararse a esa asombrosa alfombra amarilla. Cada año mi padre se ponía sus botas de pescador, se adentraba en el pantano y desenterraba una. La ponía en una vieja bañera galvanizada, que llenaba de agua hasta la mitad, y la colocaba en el porche trasero, donde brillaba como si nos hubiera traído el sol.

Solía desear que mi nombre fuera Marigold. Pero ya no me puedo librar de Helena, del que con frecuencia tengo que explicar su pronunciación: «He-Le-Na». Como muchas otras cosas, fue elección de mi padre.

El cielo adopta el tinte propio del atardecer, que nos advierte de que es hora de irse. Miro la hora y veo con horror que mi reloj interno no ha seguido el ritmo del de mi muñeca. Cojo a Mari en brazos, recojo las sandalias y corro hacia la camioneta. Mari chilla mientras le ajusto el cinturón de seguridad. Me parece comprensible. A mí también me habría gustado quedarme más tiempo. Corriendo me siento en el lado del conductor y giro la llave. El reloj del salpicadero marca las 4:37. Puede que incluso lo logre. Por los pelos.

Salgo embalada del aparcamiento y conduzco hacia el sur por la M-77 tan rápido como puedo. No hay muchos coches de policía en la zona, salvo los de los agentes que patrullan esta ruta; aparte de multar a quienes infringen el límite de velocidad, no hay mucho que hacer. Soy consciente de la ironía de mi situación. Infrinjo el límite porque llego tarde. Pero si me detienen por exceso de velocidad llegaré más tarde aún.

Mari da rienda suelta a un berrinche tremendo mientras conduzco. Da patadas, la arena vuela por toda la camioneta, el vasito rebota en el parabrisas y se le escapan los mocos de la nariz. *Miss Marigold Pelletier* definitivamente no es una campista feliz. En este momento, tampoco yo.

Sintonizo la cadena de radio pública de la Northern Michigan University de Marquette, esperando que la música la distraiga o ahogue sus gritos. No soy fan de la clásica, pero esta es la única cadena que puedo captar de forma clara.

En su lugar, recibo un aviso de emergencia: «preso a la fuga… secuestrador de niños… Marquette…».

—Cállate. —Le grito, y subo el volumen.

«Refugio Nacional de Vida Salvaje Seney… armado y peligroso… No se acerquen». En un principio, eso es todo lo que logro captar.

Necesito escucharlo. El refugio está a menos de cincuenta kilómetros de nuestra casa.

—¡Mari, para!

Mari parpadea y guarda silencio. Repiten el comunicado:

«Una vez más, la policía estatal informa de que un prisionero que cumple cadena perpetua por secuestro de niños, violación y asesinato ha escapado de la prisión de máxima seguridad de Marquette, Michigan. Se cree que ha matado a dos guardias durante un traslado de la cárcel y se ha escapado en el Refugio Nacional de Vida Salvaje Seney al sur de la M-28. Los oyentes deben ser conscientes de que el prisionero va armado y es peligroso. NO se acerquen a la zona, repetimos, NO se acerquen. Si ven algo sospechoso, llamen a la autoridad competente de inmediato. El prisionero, Jacob Holbrook, fue condenado por secuestrar a una joven y mantenerla cautiva durante más de catorce años en un notorio caso que recibió atención a nivel nacional…».

Mi corazón se detiene. No puedo ver. No puedo respirar. No puedo oír nada más allá de la sangre que corre por mis oídos. Disminuyo la velocidad de la camioneta y me desvío cuidadosamente a la cuneta. Me tiembla la mano cuando la extiendo para apagar la radio.

Jacob Holbrook se ha escapado de prisión. El Rey del Pantano. Mi padre.

Y ya de entrada, soy yo la que lo metió en la cárcel.

2

Regreso a la calzada dejando a mi paso un rocío de grava. Dudo que alguien esté patrullando esta zona de la carretera en vista de todo lo que está ocurriendo a menos de cincuenta kilómetros al sur, e incluso, si alguien lo está, que me detengan por exceso de velocidad es ahora la menor de mis preocupaciones. Tengo que llegar a casa, tengo que tener controladas a mis dos hijas, tengo que saber que están conmigo y que están a salvo. Según el aviso de emergencia, mi padre se está alejando de mi casa en dirección al refugio de vida salvaje. Pero yo sé que no es así. El Jacob Holbrook que conozco nunca haría algo tan obvio. Me apuesto lo que haga falta a que, después de un par de kilómetros, quienes van en su busca perderán su rastro, si no ha ocurrido ya. Mi padre puede pasar por el pantano como un espíritu. Él no dejaría un rastro para los investigadores a menos que quisiera que lo siguiesen. Si mi padre quiere que las personas que lo persiguen piensen que está en el refugio de vida salvaje, eso quiere decir que no lo encontrarán en el pantano.

Agarro el volante. Me imagino a mi padre acechando entre los árboles mientras Iris se baja del autobús y emprende el camino hacia la entrada de nuestra casa; y aprieto más fuerte el pedal.

25

Lo veo saltando y agarrándola en el momento en que el conductor se aleja, como solía saltar de entre los arbustos cuando yo salía del retrete que teníamos en el exterior, para asustarme. Mi miedo por la seguridad de Iris no es lógico. Según la alerta, mi padre escapó entre las cuatro y las cuatro y cuarto, y ahora son las cinco menos cuarto. No hay forma alguna de que pueda caminar unos cincuenta kilómetros a pie en media hora. Pero eso no hace que mi miedo sea menos real.

Mi padre y yo no hemos hablado en quince años. Es bastante probable que no sepa que me cambié el apellido cuando cumplí los dieciocho porque ya había soportado todo lo soportable al ser conocida únicamente por las circunstancias en las que crecí. O que cuando sus padres fallecieron hace ocho años, me legaron esta propiedad. O que empleé el grueso de la herencia para derribar la casa donde él creció y construir una de doble fachada. O que ahora estoy viviendo aquí con mi marido y mis dos hijas pequeñas. Las nietas de mi padre.

Pero sí que podría saberlo. Después de hoy, todo es posible. Porque hoy mi padre se ha escapado de la cárcel.

Llego un minuto tarde. Definitivamente no más de dos. Estoy atrapada detrás del autobús escolar de Iris con Mari, que sigue gritando. Mari ha alcanzado tal estado que dudo que recuerde por qué empezó. No puedo rodear el autobús y entrar en nuestro camino porque tiene la señal de *stop* extendida y las luces rojas en posición intermitente. Sin que importe que el mío sea el único vehículo en la carretera y que sea mi hija la que el conductor está dejando en su casa. Como si yo fuera a atropellar accidentalmente a mi propia hija.

Iris se baja del autobús. Puedo ver por la manera alicaída en que recorre el camino vacío, como con fatiga, que piensa que me he vuelto a olvidar de llegar a casa a tiempo para estar con ella.

—Mira, Mari —le señalo—, ahí está nuestra casa. Ahí está Sissy. Shh. Casi estamos ahí.

Mari sigue mi dedo, y cuando ve a su hermana, así de repente, se calla. Suelta un hipido. Sonríe.

—¡Iris! —Y no «I-I» o «I-sis» o «Sissy» o incluso «I-wis», sino «Iris», claro como el agua. Ver para creer.

Por fin el conductor decide que Iris ya está lo suficientemente lejos de la carretera para apagar las luces de precaución y la puerta se cierra con un siseo. En el segundo en que el autobús comienza a moverse, doy un giro y aparco en el camino. Los hombros de Iris se enderezan. Saluda con la mano; sonríe con la mirada. Mamá está en casa y su mundo regresa a su eje. Ojalá pudiera decir lo mismo del mío.

Apago el motor y rodeo el vehículo para ponerle las sandalias a Mari. En cuanto sus pies tocan el suelo, sale disparada por el jardín delantero.

—¡Mamá! —Iris se me acerca corriendo y rodea mis piernas con sus brazos—. Pensé que te habías ido.

No lo dice como una acusación, sino como una declaración de hechos. No es la primera vez que decepciono a mi hija. Ojalá pudiera prometer que esta será la última.

—Está bien. —Le aprieto el hombro y le doy una palmadita en la cabeza.

Stephen siempre me está diciendo que debo abrazar más a nuestras hijas, pero el contacto físico me resulta difícil. La psiquiatra que me asignó el tribunal después de que mi madre y yo fuéramos rescatadas dijo que yo tenía problemas de confianza y me hizo practicar unos ejercicios para fomentar la seguridad en mí misma, como cerrar los ojos, cruzar los brazos sobre el pecho y dejarme caer hacia atrás sin nada a lo que agarrarme salvo su promesa. Cuando yo me resistía, decía que estaba siendo beligerante. Pero yo no tenía problemas de confianza. Tan solo pensaba que sus ejercicios eran estúpidos.

Iris me libera y corre tras su hermana hacia la casa. La casa no está cerrada. Nunca lo está. Los dueños de las grandes casas de verano, las que miran a la bahía desde el acantilado, siempre tienen sus propiedades cerradas a cal y canto pero el resto de nosotros ni se molesta. Si un ladrón tuviera que elegir entre una mansión vacía, aislada y llena de caros aparatos electrónicos y una casa de doble fachada que da a la carretera, todos sabemos por cuál se decantaría.

Pero ahora cierro la puerta de la casa y me dirijo hacia el patio lateral para asegurarme de que Rambo tiene comida y agua. Rambo corre a lo largo de la hilera que le acordonamos entre dos pinos de Banks y mueve la cola cuando me ve. No ladra porque le he enseñado a que no lo haga. Rambo es un plott hound, un perro de caza negro con manchas de color café tostado, orejas caídas y suaves y la cola como un látigo. Cada otoño solía llevarme a Rambo a cazar osos, junto a un par de cazadores y sus perros, pero tuve que retirarlo hace dos inviernos después de que decidiera encargarse él solo de un oso que merodeaba por nuestro patio trasero. Un perro de poco más de veinte kilos y un oso negro de más de doscientos veinticinco no juegan en igualdad de condiciones, opine lo que opine el perro. La mayoría de la gente no se percata al principio de que Rambo tiene solo tres patas, pero con una desventaja del veinticinco por ciento, no voy a soltarlo de nuevo en el campo. Después de que comenzara a correr por aburrimiento detrás de los ciervos el invierno pasado, tuvimos que empezar a mantenerlo atado. En los alrededores, un perro que tenga la reputación de acosar a los ciervos puede recibir un disparo en cuanto esté a la vista.

—¿Tenemos galletas? —pregunta Iris desde la cocina. Está esperando pacientemente en la mesa con la espalda recta y las manos cruzadas mientras su hermana recoge migas del suelo.

La maestra de Iris debe adorarla, pero espera a que conozca a Mari. No es la primera vez que me pregunto cómo pueden dos personas tan diferentes venir de los mismos padres. Si Mari es el sol, Iris es la luna. Alguien que sigue a los demás, no una líder; una niña silenciosa, abiertamente sensible, que prefiere leer a correr y que adora a sus amigos invisibles tanto como yo quise una vez al mío, y que se toma la más leve regañina muy a pecho. Detesto haberle causado ese momento de pánico. Iris la de «gran corazón» ya lo ha olvidado y perdonado, pero yo no. Yo nunca olvido.

Voy a la despensa y cojo una bolsa de galletas de la estantería superior. Sin duda, mi pequeña guerrera vikinga intentará escalar hasta ahí algún día, pero Iris la «obediente» nunca pensaría en ello. Pongo cuatro galletas en un plato, lleno dos vasos de leche y me voy al baño. Abro el grifo y me echo un poco de agua en la cara. Al ver mi expresión en el espejo, me doy cuenta de que tengo que mantener la calma. En cuanto Stephen llegue a casa, lo confesaré todo. Mientras tanto, no puedo dejar que mis chicas vean que algo anda mal.

Cuando se terminan la leche y las galletas las mando a su habitación para seguir las noticias sin que ellas escuchen. Mari es demasiado pequeña para entender la importancia de términos como «fuga de prisión», o «persecución» o «armado y peligroso», pero Iris sí que podría.

La CNN está mostrando un plano largo de un helicóptero que sobrevuela los árboles. Estamos tan cerca del área de búsqueda que prácticamente podría salir y desde nuestro porche delantero vería ese mismo helicóptero. Una advertencia de la policía estatal que recorre la franja inferior de la pantalla insta a todo el mundo a permanecer dentro de sus casas. Salen fotos de los guardias asesinados, fotos del furgón de la prisión vacío, entrevistas con las familias en duelo. Una fotografía reciente de mi padre. La vida en la cárcel no ha sido amable con él. Fotos de mi madre cuando era niña y, después, como una mujer de mejillas hundidas. Fotos de nuestra cabaña. Imágenes mías de cuando tenía doce años. Aún no se menciona a Helena Pelletier, pero es cuestión de tiempo.

Iris y Mari vienen correteando por el pasillo. Le quito el volumen a la tele.

—Queremos jugar fuera —dice Iris.

—'Uera —repite Mari—. Fuerr.

Reflexiono. No hay una razón lógica para hacer que las niñas se queden dentro. El patio en el que juegan está cercado con una valla metálica de casi dos metros de altura, y puedo ver toda la zona desde la ventana de la cocina. Stephen hizo que instalaran la valla después del incidente con el oso. «Las niñas dentro, los animales fuera», dijo con satisfacción cuando los operarios terminaron, limpiándose las manos en los fondillos de los pantalones, como si hubiera sido él quien instalase los postes. Como si mantener a salvo a tus hijos fuera tan sencillo.

—Vale —les digo—. Pero solo unos minutos.

Abro la puerta de atrás y las dejo libres, luego cojo un paquete de macarrones con queso del armario y saco un cogollo de lechuga y un pepino del frigorífico. Stephen me escribió un mensaje hace una hora para decirme que llegará tarde y que comerá algo en la carretera, así que serán macarrones con queso de paquete para las chicas y una ensalada para mí. *De verdad* que no me gusta cocinar. Hay gente que podrá pensar que es algo muy raro teniendo en cuenta la forma en que me gano la vida, pero una persona tiene que trabajar con lo que hay. En nuestras montañas crecían arándanos y fresas. Aprendí a hacer jalea y mermelada. Fin de la historia. No hay muchos puestos de trabajo que enumeren entre sus requisitos pescar en el hielo o desollar castores. Me atrevería a decir que odio cocinar, pero aún puedo oír a mi padre diciéndome «"Odio" es una palabra fuerte, Helena».

Vacío el paquete de pasta en una olla con agua hirviendo y sal y me desplazo a la ventana para controlar a las niñas. La cantidad de muñecas Barbie y Mi Pequeño Pony y princesas de Disney tiradas por el patio en el que juegan me pone enferma. ¿Cómo desarrollarán Iris y Mari cualidades como la paciencia y el autocontrol si Stephen les da todo lo que quieren? Cuando yo era pequeña, no tenía ni siquiera una pelota. Fabriqué mis propios juguetes. Separar colas de caballo y volver a montar sus secciones es tan educativo como esos juguetes en los que se supone que los bebés tienen que emparejar las formas con sus agujeros correspondientes. Y después de una comida de puntas de espadaña tierna, lo que quedaba en el plato era una montaña de algo similar a las agujas de tricotar de plástico; eso es lo que siempre le parecía a mi madre, porque a mí me parecían espadas. Las clavaba en la arena que había en la parte trasera de la casa, como si formaran la empalizada de un fuerte en el que mis guerreros de piña luchaban muchas batallas épicas.

Antes de desaparecer de la sección de tabloides del supermercado, la gente solía preguntarme qué era lo más increíble / sorprendente / inesperado que había descubierto después de integrarme en la civilización. Como si su mundo fuera mucho mejor que el mío. O como si, de hecho, fuera un lugar civilizado. Podría argumentar fácilmente en contra del uso legítimo de esa palabra con la descripción del mundo que descubrí a los doce años: la guerra, la contaminación, la avaricia, el crimen, los niños hambrientos, el odio racial, la violencia étnica… y eso solo para empezar. ¿Lo de Internet? (Incomprensible). ¿La comida rápida? (Un sabor que se adquiere fácilmente). ¿Los aviones? (Por favor, mi conocimiento en torno a la tecnología de la década de los cincuenta era sólido, ¿acaso piensa la gente que los aviones nunca sobrevolaron nuestra cabaña?, ¿o que pensamos que eran algún tipo de pájaro de plata gigante cuando pasaban?). ¿Los viajes espaciales? (Admito que aún tengo problemas con eso. La idea de que doce hombres han caminado por la luna me resulta inconcebible, aunque he visto las imágenes).

Siempre quise darle la vuelta a la pregunta. ¿Me puede decir la diferencia entre la hierba, el junco y la juncia? ¿Sabe qué plantas silvestres se pueden ingerir sin peligro y cómo prepararlas? ¿Puede acertar en ese parche de piel marrón que tienen los ciervos bajo la parte trasera del hombro para que el animal se desplome en el lugar en el que estaba y así no tener que pasar el resto del día siguiendo su rastro? ¿Sabe poner una trampa para conejos? ¿Sabe desollarlos y limpiarlos después de haberlos atrapado? ¿Sabe asarlos en un fuego a cielo abierto para que la carne quede hecha en el centro y en el exterior esté deliciosamente negra y crujiente? Y en cuanto a este tema, para empezar, ¿es capaz de encender un fuego sin cerillas?

Pero yo aprendo rápido. No tardé mucho tiempo en darme cuenta de que, para la mayoría de la gente, mi conjunto de habilidades estaba seriamente infravalorado. Y, con toda sinceridad, su mundo me ofrecía algunas maravillas tecnológicas bastante sorprendentes. La fontanería interior ocupa un lugar alto en la lista. Incluso ahora, cuando lavo platos o baño a las chicas, me gusta dejar las manos bajo la corriente del grifo, aunque me cuido mucho de hacerlo únicamente cuando Stephen no anda cerca. No muchos hombres estarían dispuestos a aguantar mis expediciones de forrajeo en el monte, toda la noche sola, o mis cacerías de osos, o que coma espadaña. No quiero pasarme.

La verdadera respuesta es la siguiente: el descubrimiento más asombroso que hice después de que nos rescataran a mi madre y a mí es la electricidad. Es difícil comprender ahora cómo nos las arreglamos todos aquellos años sin ella. Veo a la gente cargando alegremente sus tabletas y sus teléfonos móviles y tostando pan y haciendo palomitas en el microondas y viendo la televisión y leyendo libros electrónicos hasta bien entrada la noche, y una parte de mí todavía se maravilla. Nadie que haya crecido con la electricidad puede hacerse una idea de cómo se las arreglarían sin ella, salvo en esas raras ocasiones en que una tormenta acaba con la energía eléctrica y los obliga a encontrar con dificultad linternas y velas.

Imagina no tener nunca electricidad. Ni un único pequeño electrodoméstico. Ningún frigorífico. Ninguna lavadora ni secadora. Ninguna herramienta eléctrica. Nos levantábamos cuando había luz y nos íbamos a la cama cuando oscurecía. Días de dieciséis horas en verano; días de ocho horas en invierno. Con la electricidad, podríamos haber escuchado música, habernos refrescado con ventiladores, haber calentado los rincones más fríos de las habitaciones. O bombear agua del pantano. Yo podría vivir fácilmente sin televisión ni ordenadores. Incluso podría dejar de usar el móvil. Pero si hay algo que echaría de menos si tuviera que prescindir de ello ahora sería la electricidad, sin ninguna duda.

Se oye un grito en el patio en el que juegan. Estiro el cuello. A juzgar por el tono de los gritos de mis hijas no siempre puedo saber si sus emergencias son triviales o reales. Una verdadera emergencia implicaría cubos de sangre saliendo a borbotones de una o de las dos niñas, o un oso negro olisqueando al otro lado de la valla. En una situación trivial, Iris estaría agitando las manos y gritando como si hubiera comido veneno de rata mientras Mari aplaudiría y se reiría.

—¡Abeja! ¡Abeja! —Otra palabra que puede decir sin problemas.

Lo sé. Resulta difícil creer que una mujer que creció en lo que podría decirse que fueron las condiciones de supervivencia más extremas en un entorno salvaje ha criado a una hija que tiene miedo a los insectos, pero ahí está. Ya no llevo a Iris al campo. No hace otra cosa que quejarse de la suciedad y de los olores. Por ahora me va mejor con Mari. Un padre no debe favorecer a un niño por encima de otro, pero a veces es difícil no hacerlo.

Me quedo en la ventana hasta que la abeja se retira sabiamente a un espacio aéreo más tranquilo y las niñas se tranquilizan. Me imagino a su abuelo observándolas desde el otro lado del patio tras la hilera de árboles. Una niña limpia, la otra sucia. Sé a cuál elegiría.

Abro la ventana y llamo a las niñas para que entren.

3

Baño a Iris y a Mari en cuanto recojo la mesa y las meto en la cama pese a sus objeciones. Las tres sabemos que es demasiado temprano. Sin duda estarán con la charla y las risitas durante horas hasta que se queden dormidas, pero no me importa con tal de que estén en la cama y no en el salón.

Consigo volver al salón a tiempo para escuchar las noticias de las seis. Han pasado dos horas desde que escapó mi padre y aún no han informado de que lo hayan visto, lo cual no me sorprende realmente. Sigo pensando que no creo que esté en ningún lugar cercano al refugio de vida salvaje. El mismo terreno que hace que el refugio sea difícil de rastrear lo convierte en un lugar difícil para escapar. Dicho esto, mi padre nunca hace nada sin un objetivo. Hay una razón por la que escapó en el lugar en que lo hizo. Solo tengo que averiguar cuál es.

Antes de derribar la casa de mis abuelos, solía vagar por las habitaciones intentando encontrar algo con lo que poder entender a mi padre. Quería saber qué transforma a alguien de niño a abusador de niños. Las transcripciones del juicio aportan algunos detalles: mi abuelo Holbrook era un genuino ojibwa que recibió su nombre no nativo cuando lo enviaron siendo niño a un internado indio. La familia de mi abuela eran finlandeses que vivían en la parte noroeste de la Península Superior y trabajaban en las minas de cobre. Mis abuelos se conocieron y se casaron cuando tenían treinta y tantos años, y mi padre nació cinco años después. En el juicio la defensa dibujó a los padres de mi padre como unos perfeccionistas, demasiado viejos y rígidos para adaptarse a las necesidades de su niño revoltoso al que castigaban por la mínima cosa. En el almacén de la leña encontré un palo de cedro con el que le azotaban y cuyo extremo se había quedado liso por el desgaste, así que sé que esta parte es verdad. En un cubículo que estaba tapado con un tablero suelto del armario de su dormitorio encontré una caja de zapatos con un par de esposas, un nido de cabellos rubios que supuse que procedían del cepillo de su madre, una barra de labios y un pendiente de perla metidos dentro como si fueran huevos de pájaro, y unas bragas blancas de algodón que asumí que también eran de ella. Me puedo imaginar lo que la fiscalía habría hecho con eso.

El resto de las transcripciones no aportan mucho. Los padres de mi padre lo echaron de casa después de que dejara la escuela en décimo grado, con unos catorce o quince años. Trabajó cortando madera para fabricar pasta de papel durante un tiempo, luego se unió al Ejército, donde fue deshonrosamente expulsado después de poco más de un año porque no se llevaba bien con los otros soldados y no escuchaba a sus comandantes. La defensa dijo que nada de esto era culpa de mi padre. Era un joven brillante que se comportaba mal únicamente porque buscaba el amor y la aceptación que sus padres nunca le habían dado. No estoy tan segura. Puede que mi padre fuera inteligente en cuanto a los asuntos de la naturaleza salvaje pero, sinceramente, no soy capaz de recordar una sola vez en que se sentara y leyera uno de los *Geographic*. A veces me preguntaba si sabría. Ni siquiera se molestaba en mirar las fotos.

Nada identificaba al padre que yo conocía hasta que encontré su equipo para pescar truchas en un saco de arpillera que colgaba de las vigas del sótano. Mi padre solía contar historias sobre la pesca en el río Fox cuando era niño. Conocía los mejores lugares para pescar. Una vez incluso hizo de guía para un equipo de televisión de *Michigan Out of Doors*. Desde que encontré su equipo, he pescado muchas veces tanto en el brazo oriental como en el cauce principal del río Fox. La caña de mi padre permite un manejo ágil y agradable. Con una línea de flotación de cuatro o cinco pesos, a veces de seis si lo que hago es pesca a ninfa o con *streamer*, vuelvo a casa, por lo general, con la nasa llena. No sé si soy tan buena pescadora de truchas como mi padre, pero me gusta creer que sí.

Pienso en las historias sobre la pesca de mi padre mientras el reportaje sigue y sigue. Si yo asesinara a dos hombres para salir de la cárcel sabiendo que mi fuga generaría una de las mayores persecuciones en la historia de Michigan, no me descarriaría para ir a ciegas por el pantano. Me iría a uno de los pocos lugares de la tierra donde hubiera sido feliz.

Son las nueve menos cuarto. Estoy sentada en el porche esperando a Stephen y matando mosquitos a manotazos. No tengo ni idea de cómo va a reaccionar ante la noticia de que el prisionero fugitivo es mi padre, pero sé que no será agradable. Mi marido, de carácter amable y fotógrafo de la naturaleza, rara vez pierde los nervios; eso es una de las cosas que primero me atrajo de él, pero todo el mundo tiene sus límites.

Rambo está tendido junto a mí sobre la madera del porche. Hace ocho años conduje hasta Carolina del Norte para que los criadores de la raza plott me lo entregaran cuando era cachorro. Eso fue mucho antes de que llegaran Stephen y las chicas. Es, sin duda alguna, un perro de una sola persona. No es que no vaya a proteger a Stephen o a las niñas si la ocasión lo requiere. Los sabuesos plott son unos absolutos intrépidos, tanto que los admiradores de la raza los llaman los *ninja* del mundo canino, el perro más duro del mundo. Pero si la cosa se pusiera fea y toda mi familia estuviera en peligro, Rambo vendría primero a por mí. Las personas a las que les gusta emplear el romanticismo con los animales lo llaman amor, lealtad o devoción, pero no es más que su naturaleza. A los plott se les cría para que no se den por vencidos aunque pasen los días y a sacrificarse antes que a abandonar una pelea. No pueden evitar lo que son.

Rambo ladra y levanta las orejas. Ladeo la cabeza. Puedo distinguir el sonido de los grillos, las cigarras, el ruido del viento a través de los pinos, el crujido de las agujas bajo el árbol que quizá se deba a un ratón o una musaraña, el «ven tú, ven tú» de un cárabo norteamericano, que llama desde la lejanía de la pradera entre nuestro hogar y el de los vecinos, los parloteos y graznidos del par de garzas nocturnas que anidan en el humedal detrás de nuestra casa, y el efecto Doppler del zumbido que emite en la carretera un coche al pasar por nuestra vivienda, pero para los supersentidos caninos de Rambo, la noche es rica en sonidos y olores. De su aliento escapan gemidos y sacude en un tic sus patas delanteras, pero, aparte de eso, no se mueve. No lo hará a menos que yo se lo diga. Lo he entrenado para que entienda órdenes con la voz y con gestos. Le pongo la mano en la cabeza y la apoya nuevamente sobre mi rodilla. No es necesario investigar y cazar todo lo que deambula en la oscuridad.

Por supuesto que voy a hablar de mi padre. Sé que lo que le hizo a mi madre estaba mal. Y matar a dos guardias para fugarse de la cárcel es imperdonable. Pero una parte de mí —una parte que no alcanza a ser un solo grano de polen de una sola flor de un solo tallo de hierba de pantano, esa parte de mí que será siempre la pequeña niña con coletas que idolatraba a su padre— se alegra de que mi padre esté libre. Ha pasado los últimos trece años en prisión. Tenía treinta y cinco años cuando se llevó a mi madre, cincuenta cuando salimos del pantano, cincuenta y dos cuando lo capturaron y condenaron dos años más tarde. En noviembre, cumplirá sesenta y seis años. Michigan no es un estado que tenga pena de muerte, pero cuando pienso en que mi padre pasará los próximos diez, veinte o incluso treinta años en prisión si vive para llegar a la edad de su propio padre, creo que tal vez debería tenerla.

Después de que nos marcháramos del pantano, todo el mundo esperaba que odiase a mi padre por lo que le hizo a mi madre, y así fue. Así es. Pero también sentía lástima por él. Él quería una esposa. Ninguna mujer en su sano juicio le habría acompañado voluntariamente a estas montañas. Si se mira la situación desde su punto de vista, ¿qué otra cosa se supone que debía hacer? Estaba mentalmente enfermo, sumamente equivocado, tan impregnado de esa imagen característica del hombre salvaje nativo americano, que no podría haberse resistido a llevarse a mi madre aunque hubiera querido. Los psiquiatras, tanto los de la defensa como los de la acusación, estuvieron de acuerdo sobre su diagnóstico, trastorno de personalidad antisocial, aunque la defensa argumentó factores atenuantes, como la lesión cerebral traumática que sufrió de niño por los repetidos golpes en la cabeza que recibió.

Pero yo era una niña. Quería a mi padre. El Jacob Holbrook que conocí era inteligente, divertido, paciente y amable. Se ocupó de mí, me alimentó y me vistió, me enseñó todo lo que necesitaba saber no solo para sobrevivir en el pantano, sino para prosperar. Además, estamos hablando de acontecimientos que dieron lugar a mi existencia, así que no puedo decir que lo sienta, ¿no?

La última vez que vi a mi padre fue cuando salió arrastrando los pies de la corte del condado de Marquette con grilletes de piernas y esposado de camino a que lo metieran entre rejas junto con otros mil hombres. No asistí a su juicio: consideraron mi testimonio poco fiable debido a mi edad y crianza, e innecesario, porque mi madre fue capaz de proporcionar a la acusación pruebas más que suficientes para encerrar a mi padre durante una docena de vidas… No obstante, los padres de mi madre me trajeron de Newberry el día en que mi padre fue condenado. Creo que esperaban que si yo veía a mi padre recibir su merecido por lo que le hizo a su hija, llegaría a odiarlo tanto como ellos. Ese fue también el día en que conocí a mis abuelos paternos. Imagina mi sorpresa cuando descubrí que la madre del hombre al que siempre había tenido por un ojibwa era blanca y rubia.

Desde ese día he pasado en coche por la prisión de Marquette Branch al menos cien veces: cada vez que llevamos a Mari a ver a su especialista, o a llevar a las chicas de compras, o cuando vamos a Marquette a ver una película. La prisión no se ve desde la autopista. Lo único que ven quienes pasan por allí es un camino serpenteante encuadrado entre dos viejos muros de piedra; se asemeja a esas fincas de familias de dinero cuyas entradas conducen entre los árboles a una rocosa escarpadura desde la que se divisa la bahía. Los edificios de la administración con su piedra arenisca se encuentran en el registro histórico del estado y datan de 1889, que fue cuando se abrió la prisión. La sección de máxima seguridad que albergó a mi padre se compone de seis módulos penitenciarios con celdas individuales de nivel cinco rodeadas por un muro de piedra de un grueso de seis metros coronado por una reja de alambre de tres metros de alto. El perímetro lo controlan ocho torres de vigilancia, cinco de ellas equipadas con cámaras para observar igualmente la actividad dentro de los módulos. O eso es lo que dice Wikipedia. Nunca he estado dentro. Una vez contemplé la prisión usando la opción de vista de satélite de Google Earth. No había prisioneros en el patio.

Y ahora la población carcelaria tiene uno menos; lo que significa que en breves minutos voy a tener que contarle a mi marido la verdad, toda la verdad y nada más que la verdad sobre quién soy y las circunstancias que rodean mi nacimiento, así que ayúdame, Dios.

En el momento justo, Rambo lanza una advertencia con un ladrido. Segundos más tarde la luz de unos faros barre el patio. La iluminación del patio se activa cuando un SUV se adentra en nuestro camino. No es el Cherokee de Stephen; este vehículo tiene una barra luminosa en la parte superior y el logotipo de la policía estatal en un lateral. Durante una fracción de segundo, me permito creer que puedo responder a las preguntas de los agentes y deshacerme de ellos antes de que Stephen llegue a casa. Entonces el Cherokee entra inmediatamente después. Las luces del interior de ambos vehículos se encienden al mismo tiempo. Veo cómo la confusión de Stephen se transforma en pánico en cuanto ve los uniformes de los agentes. Cruza el patio corriendo hacia donde estoy.

—¡Helena! ¿Estás bien? ¿Y las niñas? ¿Qué ocurre? ¿Estáis bien?

—Estamos bien. —Le indico a Rambo que se quede quieto y bajo los escalones del porche para encontrarme con él mientras se acercan los agentes.

—¿Helena Pelletier? —pregunta el inspector jefe. Es joven, tendrá más o menos mi edad. Su pareja parece aún más joven. Me pregunto a cuántas personas han interrogado; cuántas vidas han arruinado sus preguntas. Asiento y busco la mano de Stephen—. Nos gustaría hacerle unas preguntas sobre su padre, Jacob Holbrook.

Stephen gira la cabeza rápidamente.

—Tu padr... Helena, ¿qué está pasando? No lo entiendo. ¿El prisionero fugado es *tu padre*?

Asiento de nuevo. Un gesto que espero que Stephen acepte a un mismo tiempo como disculpa y confesión.

—Sí, Jacob Holbrook es mi padre. Sí, te he estado mintiendo desde el día que nos conocimos. Sí, la sangre de ese infame corre por mis venas y por las de tus hijas. Lo siento. Siento que hayas tenido que averiguarlo así. Siento no habértelo dicho hasta ahora. Lo siento. Lo siento. Lo siento.

Está oscuro. El rostro de Stephen está en la sombra. No podría decir lo que está pensando, pues me mira y luego, lentamente, a los agentes, a mí y de nuevo a los agentes.

—Vamos dentro —dice por fin. No a mí, sino a los agentes.

Deja caer mi mano y los conduce a nuestra casa por el porche delantero. Y así, de repente, las paredes de mi segunda vida, cuidadosamente construida, se derrumban.

4

Los agentes de policía del estado de Michigan se sientan en el sofá de nuestro salón, uno en cada extremo, como un par de sujetalibros azules: con los mismos uniformes, la misma altura, el mismo pelo, los sombreros colocados respetuosamente en el cojín que queda en medio y las piernas extendidas porque Stephen no es un hombre alto y el sofá es bajo. Parecen más grandes ahora que cuando estaban en el patio, más intimidantes, como si la autoridad que les confieren sus uniformes los volvieran, de algún modo, también físicamente más grandes. O quizás es que la habitación parece más pequeña ahora que ellos están dentro porque rara vez recibe visitas. Stephen se había ofrecido a preparar café cuando los invitó a entrar. Los agentes declinaron la invitación, cosa que me alegró. Desde luego, yo no quería que se quedaran merodeando.

Stephen está encaramado en el sillón junto al sofá, un pájaro cantor dispuesto a alzar el vuelo. Su pierna derecha se mueve con nerviosismo y su expresión refleja claramente que preferiría estar en cualquier otra parte menos aquí. Yo estoy sentada en la única silla que queda en el lado opuesto de la sala. No se me escapa que la distancia física entre mi marido y yo es tan grande como la

43

habitación lo permite. Tampoco el hecho de que desde que recibió a los agentes en nuestra casa, Stephen ha estado haciendo un esfuerzo obvio y coordinado para mirar a cualquier lugar menos a mí.

—¿Cuándo fue la última vez que vio a su padre? —pregunta el agente principal en cuanto nos sentamos.

—No he hablado con mi padre desde el día en que abandoné el pantano.

El agente alza una ceja. Me puedo imaginar lo que está pensando. ¿Vivo a ochenta kilómetros de la cárcel donde estuvo encarcelado mi padre durante trece años y nunca he ido a visitarlo?

—Así que trece años. —Saca un bolígrafo y una libreta del bolsillo de la camisa y hace como si fuera a escribir el número.

—Quince —corrijo.

Después de que mi madre y yo dejáramos el pantano, mi padre estuvo vagando por el territorio salvaje de la Península Superior durante dos años antes de que lo capturaran. El agente lo sabe tan bien como yo. Está marcando un punto de referencia, planteando una pregunta cuya respuesta ya conoce para poder saber más adelante cuándo miento y cuándo digo la verdad. No es que tenga razón alguna para mentir, pero él todavía no lo sabe. Entiendo que tiene que tratarme como sospechosa hasta que se demuestre lo contrario. Los prisioneros generalmente no escapan de una prisión de máxima seguridad a menos que cuenten con ayuda, ya sea de alguien del interior o del exterior. Como yo.

—Bien. Así que no ha hablado con su padre durante quince años.

—Puede comprobar los registros de visitas si no me cree —le digo, aunque no tengo duda de que ya lo han hecho—. Los registros telefónicos. Lo que sea. Estoy diciendo la verdad.

Eso no quiere decir que no haya pensado muchas veces en visitar a mi padre en la cárcel. La primera vez que la policía atrapó a mi padre, quería verlo desesperadamente. Newberry es una ciudad pequeña, y la cárcel donde permaneció desde que le leyeron los cargos hasta su procesamiento estaba solo a unas manzanas de mi colegio; podría haber ido andando después de clase o en bicicleta en el momento que hubiera querido. Nadie me habría negado unos minutos con mi padre. Pero tenía miedo. Tenía catorce años. Habían pasado dos años. Había cambiado y tal vez también él. Me preocupaba que mi padre se negara a verme. Que estuviera enfadado conmigo por ser la culpable de que lo hubieran atrapado.

Después de que lo condenaran, nadie iba a conducir ciento sesenta kilómetros desde Newberry hasta Marquette y ciento sesenta de vuelta para que yo pudiera visitar a mi padre en la cárcel, aunque reuniese el valor para pedirlo. Más tarde, después de cambiarme el apellido y tener mi propio medio de transporte, tampoco podía visitarlo porque tendría que mostrar mi identificación y escribir mi nombre en la lista de visitas, y no podía dejar que mi nueva vida se cruzara con la antigua. De todos modos, tampoco es que sintiera un deseo constante de verlo. La idea de ir a verlo aparecía solo de vez en cuando, por lo general cuando Stephen estaba jugando con las chicas y aparecía algo en su interacción que me recordaba aquellos lejanos días cuando estábamos juntos.

La última vez que pensé seriamente en acercarme fue hace dos años, cuando murió mi madre. Fue un momento duro. No podía reconocer la muerte de mi madre sin arriesgarme a que alguien uniera los puntos y averiguara quién era yo. Estaba en un programa de protección de testigos que yo misma me había diseñado; si quería hacer que mi nueva vida fuera consistente, tenía que cortar todos los lazos con la antigua. Con todo, yo era la única hija que mi madre había tenido y mantenerme alejada de su funeral me parecía una traición. El pensamiento de no haber podido volver a verla nunca ni hablar con ella también me escuece. No quería que ocurriera lo mismo con mi padre. Tal vez podría haberme hecho pasar por una de esas *groupies* que visitan prisiones o por una periodista si alguien se preguntaba por qué de repente aparecía para verlo. Pero mi padre tendría que seguir mi plan para que funcionase, y no había manera de saber de antemano si estaría dispuesto a ello o si se negaría.

—¿Tiene alguna idea de hacia dónde se dirige? —pregunta el agente—. ¿Qué está planeando?

—No, ninguna.

Aparte del obvio deseo de poner toda la distancia que sea posible entre él y las personas que lo persiguen, me siento tentada a decir, pero he aprendido a no antagonizar con hombres armados. Por un momento pienso en solicitarles que me pongan al día sobre la búsqueda, pero el hecho de que me pidan ayuda ya me dice todo lo que necesito saber.

—¿Cree que intentará ponerse en contacto con Helena? —pregunta Stephen—. ¿Mi familia está en peligro?

—Si hay algún lugar al que puedan marcharse durante unos días, probablemente sea buena idea.

El rostro de Stephen palidece.

—No creo que venga aquí —digo rápidamente—. Mi padre odiaba a sus padres. No tiene ninguna razón para volver al lugar donde creció. Solo quiere escapar.

—Espera. ¿Me estás diciendo que tu padre *vivió* aquí? ¿En nuestra casa?

—No, no. No en esta casa. Esta parcela era propiedad de sus padres, pero después de heredarla hice que derribaran la casa original.

—La propiedad de sus padres… —Stephen sacude la cabeza.

Los agentes lo miran con lástima, como si vieran este tipo de cosas todo el rato. *Mujeres*, parecen decir sus expresiones, *no se puede confiar en ellas*. Yo también lo siento por Stephen. Es mucho que digerir. Ojalá pudiera haberle contado estas noticias en privado, con mis propios tiempos y maneras, en lugar de sentirme forzada a montar un espectáculo con su ignorancia y confusión.

Stephen me observa atentamente mientras continúan las preguntas, sin duda a la espera de lo inevitable: ¿Dónde estaba yo cuando mi padre escapó? ¿Había alguien conmigo? ¿Alguna vez envié un paquete a mi padre cuando estaba en prisión? ¿Aunque solo fuera un tarro de jalea o una tarjeta de cumpleaños?

Tengo los ojos de Stephen clavados en los míos mientras el interrogatorio avanza sin pausa. Acusándome. Juzgándome. Me sudan las manos. Mi boca ofrece las respuestas apropiadas a las preguntas de los agentes, pero lo único en lo que puedo pensar es en el impacto que esto está teniendo en Stephen, en cómo mi silencio los ha puesto en peligro a él y a mis hijas. Cómo todos los sacrificios que hice para mantener mi secreto ya no valen nada ahora que mi secreto ha salido a la luz.

Por fin, unos pasos por el pasillo. Iris asoma la cabeza por la esquina. Sus ojos se agrandan cuando ve a los policías en su salón.

—¿Papá? —pregunta con incertidumbre—. ¿Vienes a darme un beso de buenas noches?

—Claro que sí, corazón —dice Stephen sin una pizca de la tensión que ambos estamos sintiendo—. Vuelve a la cama. Estaré allí enseguida. —Se vuelve hacia los agentes—. ¿Hemos terminado?

—Por ahora. —El agente principal me echa una mirada como si creyera que sé más de lo que estoy contando, luego hace un despliegue para entregarme su tarjeta—. Si recuerda algo que nos ayude a encontrar a su padre, cualquier cosa, llámeme.

—Quería contártelo —digo en cuanto la puerta se cierra tras ellos.

Stephen me mira durante mucho tiempo, luego mueve lentamente la cabeza.

—Entonces, ¿por qué no lo has hecho?

No podría haber una pregunta más justa. Ojalá supiera cómo responderla. Desde luego, no me había propuesto mentirle. Cuando nos conocimos hace siete años en el festival Paradise Blueberry y Stephen me invitó a tomar una hamburguesa después de comprarme toda la mercancía que me quedaba, no podía soltarle: «Me encantaría salir contigo. Me llamo Helena Eriksson y, por cierto, ¿te acuerdas de aquel tipo que secuestró a una chica de Newberry en los años noventa y la mantuvo presa en el pantano durante más de una docena de años? ¿A ese al que bautizaron el Rey del Pantano? ¿Sí?, pues es mi papá». Yo tenía veintiún años. Para entonces ya había disfrutado de tres felices y dichosos años de anonimato. Ya no tenía que escuchar cuchicheos a mi espalda, ni chismes ni dedos acusadores, solo estábamos mi perro y yo, ocupándonos de nuestro negocio, de cazar, pescar y forrajear. No era el momento de romper mi silencio por un desconocido de cabello y ojos oscuros y con una sospechosa debilidad por la jalea de arándano y espadaña.

Pero hubo otras ocasiones en que pude haber sacado el tema. Tal vez no en nuestra primera, ni en nuestra segunda, ni en nuestra tercera cita, pero sí en algún momento después de que el tren de *nos estamos conociendo* avanzara vías abajo y antes de llegar a las vías del *tour* en barco Pictured Rocks, cuando supimos sin tener que verbalizarlo que ya éramos pareja. Definitivamente, antes de que Stephen hincara una de sus rodillas en una rocosa playa del lago Superior. Pero, para entonces, tenía tanto que perder que ya no podía ver lo que tenía que ganar.

Stephen sacude nuevamente la cabeza.

—Te doy todo el espacio del mundo y así es como... ¿Te digo algo cuando te vas a cazar osos? ¿Cuando pasas sola la noche en el bosque? ¿Cuando desapareciste durante dos semanas siendo Mari un bebé porque necesitabas estar un tiempo sola? En fin, ¿qué esposa se va a *cazar osos*? Habría *trabajado* contigo en esto, Helena. ¿Por qué no podías confiar en mí?

Se necesitarían mil palabras para comenzar a contestarle con detalle, pero solo logro dos.

—Lo siento. —E incluso a mis oídos, las palabras suenan a excusa pobre.

Pero son *verdad*. Lo *siento*. Me disculparía todos los días durante el resto de mi vida si eso sirviera de algo.

—Me mentiste. Y ahora has puesto a nuestra familia en peligro.

Stephen pasa por delante de mí rozándome y entra en la cocina. La puerta lateral da un golpe. Puedo oír cómo mueve cosas de un lado para otro en el garaje. Vuelve con una maleta en cada mano.

—Prepara lo que necesites para ti y para las niñas. Nos vamos a casa de mis padres.

—¿Ahora?

Los padres de Stephen viven en Green Bay. Es un viaje de cuatro horas, y eso sin contar las múltiples paradas para ir al baño que tienes que hacer cuando viajas con dos niñas pequeñas. Si salimos ahora, no llegaremos a casa de sus padres hasta por lo menos las tres de la mañana.

—¿Qué otra cosa se supone que debemos hacer? No podemos quedarnos aquí. No cuando un psicópata asesino anda suelto.

No dice «un psicópata asesino que además resulta ser tu padre», aunque podría haberlo dicho igualmente.

—No va a venir aquí —digo de nuevo, no tanto porque lo crea, sino porque Stephen tiene que creerlo. No puedo soportar el hecho de que piense que yo, a sabiendas de la situación y por voluntad propia, haría algo que pusiera en peligro a mi familia.

—¿Lo «sabes»? ¿Puedes prometerme que tu padre no vendrá por ti ni por las niñas?

Abro y luego cierro la boca. Por supuesto que no lo puedo prometer. Por mucho que piense que sé lo que mi padre hará o no hará, la verdad es que no lo sé. Mató a dos hombres para escapar de la cárcel, y eso nunca lo habría previsto.

Las manos de Stephen se transforman en puños. Me preparo. Stephen nunca me ha pegado, pero siempre hay una primera vez. Desde luego, mi padre nunca dudó en pegarle a mi madre por menos. El pecho de Stephen se hincha. Toma aire profundamente. Lo deja salir. Vuelve a hacerlo, y lo vuelve a dejar salir. Recoge la maleta de princesa rosa de las niñas y se gira sobre los talones y se marcha a pisotones por el pasillo. Los cajones de la cómoda se abren y se cierran a golpes.

—¿Papá? —pregunta Iris, quejumbrosa—. ¿Estás enfadado con mamá?

Cojo la otra maleta y me dirijo al dormitorio principal. Meto todo lo que Stephen pueda necesitar para quedarse en casa de sus padres todo el tiempo que tenga que estar, llevo la maleta al salón y la pongo junto a la puerta principal. Quiero decirle que entiendo cómo se siente. Que desearía que las cosas hubieran sido diferentes. Que me está destrozando verlo alejarse. Pero cuando vuelve con la maleta de las chicas y pasa por delante de mí para llevar el equipaje al coche como si fuéramos desconocidos, no lo hago.

Abotonamos los jerséis de las chicas sobre sus pijamas sin decir palabra. Stephen se echa a Mari al hombro y la lleva al coche. Lo sigo, con Iris de la mano.

—Pórtate bien —le digo mientras la levanto para colocarla y sujetarla a la sillita—. Escucha a tu padre. Haz lo que te diga.

Iris parpadea y se frota los ojos como si estuviera tratando de no llorar. Le doy una palmadita en la cabeza y le meto el peluche al que tanto quiere y al que llama «Oso púrpura» a su lado, y luego me dirijo a la puerta del conductor.

Stephen arquea las cejas cuando me ve. Baja la ventanilla.

—¿No vas a coger a Rambo? —pregunta.

—No voy a ir —le digo.

—Helena. No hagas esto.

Sé lo que está pensando. No es ningún secreto que le tengo pavor a ir a casa de sus padres incluso en las mejores condiciones, y más si tengo que aparecer con las niñas en mitad de la noche porque mi padre es un prisionero a la fuga. No es solo el esfuerzo que tengo que hacer para fingir que me interesa lo que les interesa a ellos, a pesar de que no tenemos absolutamente nada en común; es el guante de reglas y maneras que tengo que recoger y llevar a cabo. He recorrido un largo camino desde esa adolescente de doce años socialmente inepta que una vez fui, pero, cada vez que estoy con ellos, los padres de Stephen me hacen sentir que no.

—No es eso. Tengo que quedarme aquí. La policía necesita mi ayuda.

Esto es solo verdad en parte. Stephen nunca aceptaría la verdadera razón por la que tengo que quedarme. La verdad es que, en algún momento entre la primera pregunta que me hicieron los agentes y cuando la puerta se cerró tras ellos, me di cuenta de que si alguien iba a atrapar a mi padre y a devolverlo a la cárcel, esa soy yo. Nadie iguala a mi padre cuando se trata de hacerse camino por terrenos salvajes, pero yo me acerco. Viví con él durante doce años. Me entrenó, me enseñó todo lo que sabe. Sé cómo piensa. Lo que hará. Dónde irá.

Si Stephen supiera lo que yo estaba planeando, me recordaría que mi padre está armado y es peligroso. Mi padre mató a dos guardias de la prisión, y la policía está convencida de que está dispuesto a volver a matar. Pero si hay una persona que no está en peligro ante mi padre, soy yo.

Stephen entrecierra los ojos. No sé si sabe que no estoy siendo completamente sincera con él. Tampoco estoy segura de que cambiase algo de ser así.

Al final se encoge de hombros.

—Llámame —dice con poca energía. Sube la ventanilla.

La luz del patio se activa cuando Stephen retrocede hasta la rotonda y se dirige a la entrada. Iris gira el cuello para mirar desde la ventana trasera. Levanto la mano. Iris me devuelve el gesto. Stephen no.

Me quedo de pie en el patio hasta que las luces traseras del Cherokee se desvanecen en la distancia, luego regreso a la casa y me siento en los escalones del porche. La noche parece vacía, fría, y de repente me doy cuenta de que, en los seis años desde que me casé, nunca he pasado sola la noche en mi casa. Se me forma un bulto en la garganta. Me lo trago. No tengo derecho a la autocompasión. Esto me lo he hecho yo. Acabo de perder a mi familia, y es culpa mía.

Sé cómo funciona esto. Ya he pasado por esto antes, después de que mi madre se hundiera en una depresión tan profunda que ya no salía de su habitación durante días, a veces semanas, y mis abuelos la denunciaron para solicitar mi custodia. Si Stephen no vuelve, si decide que mi pecado de omisión es demasiado grande como para perdonarlo y quiere el divorcio, nunca volveré a ver a mis niñas. Si me comparas a mí y a mi infancia disfuncional, mis idiosincrasias y peculiaridades, con la educación normal al cien por cien de clase media y a los valores de familia convencional de Stephen, no hay forma de que yo pueda estar a la altura. Tengo tantos *strikes* en contra que es posible que ni siquiera pueda batear. No hay juez en la tierra que pudiera decidir a mi favor. Ni siquiera yo me otorgaría la custodia.

Rambo se tira a mi lado y me pone la cabeza en el regazo. Lo cojo entre mis brazos y entierro la cara en su piel. Pienso en todos los años y en todas las oportunidades que tuve para re-

velar quién soy. En retrospectiva, creo que me había conven-
cido de que si no decía el nombre de mi padre, podía fingir que
no existía. Pero sí que existe. Y ahora, en lo profundo, me doy
cuenta de que siempre supe que un día llegaría el momento de
rendir cuentas.

Rambo gime y se aleja. Le dejo que se adentre en la noche,
me levanto y entro en casa para prepararme. Solo hay una manera de arreglar esto. Una manera de recuperar a mi familia. *Tengo
que capturar a mi padre.* Es la única manera de demostrarle a
Stephen que nada ni nadie es más importante para mí que mi
familia.

5

LA CABAÑA

Pasó mucho tiempo después de que el Rey del Pantano arrastrara a la aterrorizada princesa bajo el limo. Por fin, la cigüeña vio un tallo verde que brotaba del profundo y pantanoso suelo. Al llegar a la superficie del pantano una hoja se desplegó y se extendió haciéndose cada vez más ancha, y a su lado nació un capullo.

Una mañana, cuando la cigüeña pasó sobrevolando, vio que el poder de los rayos del sol había hecho que el capullo se abriera y en el cáliz de la flor reposaba una encantadora niña, una doncella, que parecía como si acabara de salir de un baño.

«La esposa del vikingo no tiene hijos, y con qué frecuencia ha deseado tener a una pequeña», pensó la cigüeña. «La gente siempre dice que la cigüeña trae a los bebés; esta vez lo haré de verdad».

La cigüeña levantó a la niña del cáliz y voló al castillo. Hizo un agujero con el pico en la piel que cubría la ventana y colocó a la hermosa niña en el seno de la mujer del vikingo.

Hans Christian Andersen
La hija del Rey del Pantano

Durante mi infancia no tenía ni idea de que hubiera algo malo en mi familia. En general es algo que no les sucede a los niños. Sea cual sea su situación, eso es lo que les resulta normal. Las hijas de los abusadores acaban con abusadores cuando son adultas porque eso es a lo que están acostumbradas. Les resulta familiar. Natural. Incluso si no les gustan las circunstancias en las que se criaron.

Pero a mí me encantaba mi vida en el pantano, y me quedé hecha polvo cuando todo se desmoronó. Yo era la «razón» por la que todo se desmoronaba, por supuesto, pero no entendí por completo el papel que desempeñaba en todo aquello hasta mucho más tarde. Y si hubiera sabido entonces lo que sé ahora, las cosas habrían sido muy diferentes. No habría adorado a mi padre. Habría sido mucho más comprensiva con mi madre. Sospecho, sin embargo, que me seguiría encantando ir de caza y de pesca.

Los periódicos llamaban a mi padre el Rey del Pantano por el ogro que aparece en el cuento de hadas. Comprendo por qué le dieron ese nombre, como lo comprenderá cualquiera que esté familiarizado con el cuento. Pero mi padre no era un monstruo. Quiero dejarlo totalmente claro. Me doy cuenta de que mucho de lo que dijo e hizo estaba mal. Pero al final, ¿no estaba haciendo lo mejor que podía con lo que tenía? Igual que cualquier otro padre. Y nunca abusó de mí, al menos no en el plano sexual, que es lo que mucha gente asume.

También entiendo por qué los periódicos llamaron granja a nuestro hogar. En las fotos parece una vieja granja: dos plantas, revestimiento de ristreles, ventanas de guillotina con una costra de tanta suciedad que era imposible ver desde fuera o desde dentro y una cubierta con tejas de madera. Las dependencias externas contribuyen a alimentar la ilusión: una caseta con tablones de madera y tres paredes, un cobertizo para la leña, un retrete exterior.

Llamamos a nuestro hogar «la cabaña». No puedo decirte

quién construyó nuestra cabaña, o cuándo, o por qué, pero puedo garantizar que no eran granjeros. La cabaña se asienta sobre la estrecha cresta de una montaña, con una frondosa arboleda de arces, hayas y alisos que sobresalen del pantano como si fueran una mujer gorda recostada de lado: un pequeño montículo para la cabeza, un montículo un poco más grande para los hombros, un tercero para sus enormes caderas y muslos. Nuestra cresta formaba parte de la cuenca del río Tahquamenon, doscientos siete kilómetros cuadrados de humedales que desembocan en el río Tahquamenon, aunque eso no lo supe hasta más tarde. Los ojibwa llaman al río *Adikamegong-ziibi*, «río donde se encuentra el pescado blanco», pero lo único que pescábamos eran percas y lucios.

La cresta de nuestra montaña estaba lo suficientemente alejada del ramal principal del Tahquamenon para que quienes pescaban o montaban en canoa pudieran verla. Los arces del pantano que crecían alrededor de la cabaña la hacían también casi invisible desde el aire. Se podría pensar que el humo de nuestra cocina de leña habría dejado al descubierto nuestra ubicación, pero nunca sucedió. Si alguien lo advirtió durante los años que vivimos allí, debió de asumir que el humo procedía de la cena de un pescador o de un refugio de caza. En todo caso, si hay algo que distingue a mi padre es su cautela. Estoy segura de que después de llevar a mi madre allí esperó meses antes de arriesgarse a encender un fuego.

Mi madre me dijo que durante los primeros catorce meses de su cautiverio, mi padre la mantuvo encadenada a una fuerte anilla de hierro situada en un poste en la esquina del cobertizo para la leña. No estoy segura de creerla. He visto las esposas, por supuesto, y yo misma las he usado cuando surgió la necesidad. ¿Pero por qué iba mi padre a tomarse todas esas molestias para mantenerla encadenada en el cobertizo si ella no tenía donde ir? No había nada que no fueran pastos hasta donde alcanzaba la vista, solo interrumpidos por algunas madrigueras esporádicas de castores o de ratas almizcleras, u otra cresta solitaria. Demasiado espesos como para empujar una canoa, demasiado poco sólidos para caminar por ellos.

El pantano nos mantuvo a salvo durante la primavera, el verano y el otoño. En invierno, los osos, los lobos y los coyotes cruzaban de vez en cuando por el hielo. Un invierno, mientras me ponía las botas para ir al retrete antes de meterme en la cama (porque créeme, *nadie* quiere levantarse de la cama para ir al cobertizo en mitad de la noche en invierno), oí un ruido en el porche. Supuse que era un mapache. La noche era inusualmente cálida y la temperatura casi superaba el nivel de congelación, el tipo de noche brillante y de luna llena que en mitad del invierno estira las sombras y engaña a los animales que hibernan, haciéndoles creer que es primavera. Salí al porche y vi una figura oscura casi tan alta como yo. Aún pensando que era un mapache, le grité y le golpeé en las ancas. Los mapaches pueden montar un verdadero lío si los dejas, y adivina a quién le tocaría limpiarlo.

Pero no era un mapache. Era un oso negro, y tampoco es que fuera joven. El oso se dio la vuelta, me miró y sonrió contento. Si cierro los ojos, todavía puedo oler su cálido aliento de peces y sentir mi flequillo revolotear mientras me lo echaba en la cara.

—¡Jacob! —grité.

El oso me miró y yo le devolví la mirada hasta que mi padre vino con su rifle y le disparó.

Comimos oso durante el resto de aquel invierno. El esqueleto que colgaba en el cobertizo parecía una persona sin piel. Mi madre se quejó de que la carne era grasa y sabía a pescado, ¿pero qué cabría esperar? «Eres lo que comes», como dice mi padre. Extendimos la piel frente a la chimenea del salón y la clavamos al suelo para que quedara plana. La habitación estuvo oliendo a carne podrida hasta que se secó el lado de la piel, pero me gustaba sentarme en mi alfombra de piel de oso con los dedos de los pies extendidos ante el fuego y un plato de estofado de carne de oso en mi regazo.

Mi padre tiene una historia mejor. Hace años, mucho antes de que llegáramos mi madre y yo, cuando él era aún adolescente, estaba caminando por el bosque que hay al norte de la casa de sus padres en el lago Nawakwa, cerca de Grand Marais, para comprobar su ristra de trampas. La nieve era más profunda ese año, y habían caído otros quince centímetros durante la noche, así que el rastro y los postes indicadores que él utilizaba para hacerse camino habían quedado enterrados. Se había alejado del camino antes de darse cuenta, y de repente, uno de sus pies perforó la nieve y él se hundió por un gran agujero. Nieve, palos y hojas cayeron con él, pero no resultó herido porque aterrizó en algo caliente y suave. En cuanto se dio cuenta de dónde estaba y de lo que había sucedido, se levantó y salió, pero no antes de ver que estaba de pie sobre un diminuto cachorrito de oso, no más grande que su mano. El cuello del cachorro estaba roto.

Cada vez que mi padre contaba esa historia, deseaba que su historia fuera mía.

Nací dos años y medio después de que comenzara el cautiverio de mi madre. Le faltaban algo menos de tres semanas para los diecisiete años. Ella y yo no nos parecíamos ni un poco, ni en apariencia ni en temperamento, pero puedo imaginarme lo que debió de haber sido para ella estar embarazada de mí.

«Vas a tener un bebé», le anunciaría mi padre un día de finales de otoño mientras se sacudía la suciedad de las botas en nuestro porche de atrás y entraba en la cocina recalentada. Tenía que decirle a mi madre lo que estaba pasando porque ella era demasiado joven e ingenua para comprender el significado de los cambios de su cuerpo. O tal vez lo sabía, pero se encontraba en una fase de negación. Mucho de ello dependía de lo buenas que hubieran sido las clases sobre salud en Secundaria en Newberry y de la atención que hubiera prestado.

Mi madre se volvería entonces hacia él desde donde estuviera en la cocina. Siempre estaba cocinando, o calentando agua para cocinar y lavar, o transportando agua para calentarla y así lavar y cocinar.

En la primera versión que me brinda la imaginación, la incredulidad se extiende por su cara mientras sus manos vuelan hacia su vientre. «¿Un bebé?», susurra. No sonríe. Estando yo rara vez lo hizo.

En la segunda, sacude la cabeza de manera desafiante y escupe: «Lo sé».

Por mucho que prefiera la segunda versión, me quedo con la primera. En todos los años que vivimos juntos como una familia, nunca vi una sola vez en que mi madre fuera insolente con mi padre. A veces desearía que lo hubiese sido. Imagina lo que fue para mí. Fui un bebé, una niña pequeña, una jovencita, y todo lo que conocía de la maternidad, aparte de esas alegres amas de casa con sus delantales en los anuncios de *National Geographic*, era a una joven malhumorada que barajaba sus tareas con la cabeza gacha y los ojos enrojecidos en secreta humillación. Mi madre nunca se reía, apenas hablaba, raramente me abrazaba o me besaba.

Estoy segura de que le aterraba la idea de tener un bebé en esa cabaña. Sé que yo me habría sentido así. Tal vez esperaba que mi padre se diera cuenta de que una cabaña en el pantano no era un lugar para dar a luz, la llevase a la ciudad y la dejara en las escaleras del hospital como a un bebé abandonado.

No lo hizo. Los pantalones vaqueros y la camiseta de Hello Kitty que llevaba puesta mi madre desde que la raptó mi padre se convirtieron en un problema. Con el tiempo, él debió de darse cuenta de que la camiseta ya no le tapaba el estómago y no podía cerrarse la cremallera de los pantalones, así que le dejó una de sus camisas de franela y un par de tirantes.

Me imagino a mi madre cada vez más delgada mientras se le hinchaba el vientre. Durante los primeros años en la cabaña, perdió mucho peso. La primera vez que vi la foto de ella que salía en los periódicos, me sorprendió lo gorda que solía ser.

Y entonces, cuando mi madre estaba embarazada de cinco meses y se le empezaba a notar realmente, ocurrió algo extraordinario. Mi padre la llevó de compras. Parece que en toda la preparación para el secuestro de mi madre y de su vida en la cabaña, mi padre se olvidó de comprarle ropa a mi futuro yo.

Su dilema aún me hace sonreír. Imagínate, este perspicaz salvaje, que fue capaz de secuestrar a una joven y mantenerla escondida durante más de una docena de años, pasó por alto la inevitable consecuencia de tomarla por esposa. Me imagino a mi padre examinando sus opciones con la cabeza inclinada hacia un lado mientras se atusa la barba con ese aspecto pensativo que adopta; pero, al final, no es que hubiera muchas. Y así, fiel a su naturaleza, eligió la más práctica y comenzó a hacer los preparativos para hacer un viaje al Soo, la única ciudad dentro de un radio de doscientos cuarenta kilómetros de nuestra cabaña que tenía un Kmart.

Llevar a mi madre de compras no fue tan peligroso como suena. Otros secuestradores lo han hecho. La gente deja de buscar. Los recuerdos se desvanecen. Mientras la víctima no establezca contacto visual o se identifique, el riesgo es pequeño.

Mi padre le cortó el cabello a mi madre como a un niño y se lo tiñó de negro. El hecho de que tuviera un tinte negro en la cabaña fue un punto clave que la acusación utilizó más tarde para demostrar que mi padre actuó con conocimiento, maldad y premeditación. ¿Cómo sabía que necesitaría tinte para el cabello? ¿O que mi madre sería rubia? De todas formas, cualquiera que los mirara habría visto a un padre haciendo compras con su hija. Si además se hubiera dado el caso de que notasen que mi madre estaba embarazada, ¿qué problema había? Desde luego, ninguna persona corriente se habría figurado que el hombre que sostenía firmemente el codo de la joven no era su padre, sino el padre de su hijo. Con el paso del tiempo le pregunté a mi madre por qué no le dijo a nadie quién era o pidió ayuda, y me dijo que era porque se sentía invisible. Piénsalo: tenía solo dieciséis años y, para entonces, mi padre había pasado más de un año convenciéndola de que nadie la buscaba. Que a nadie le importaba. Y mientras caminaban pasillo arriba y abajo por la sección de bebés llenando el carro y sin que nadie les prestara atención, debió de parecerle que era verdad.

Mi padre compró dos unidades de todo lo que yo necesitaría, desde bebé hasta la etapa adulta, en todos los tamaños. Una para lavar y una para usar, me dijo mi madre más tarde. Ropa de niño, porque funcionaría sin que importase el sexo con el que yo naciera; ¿qué uso tendría un vestido en la cabaña? Mucho después, una vez que la policía despejó la escena del crimen y los periodistas se convirtieron en una plaga en la cresta de nuestra montaña, alguien hizo una foto de la fila de zapatos alineados por tamaños, de los más pequeños a los más grandes, junto a la pared de mi dormitorio. Me dicen que la imagen fue tendencia en Twitter y Facebook. La gente parecía ver la foto como un ejemplo de la naturaleza diabólica de mi padre, una prueba fotográfica de que tenía la intención de mantenernos a mi madre y a mí prisioneras de por vida. Para mí, los zapatos simplemente señalaban mi crecimiento de la misma manera que otras personas utilizan la pared para medir a sus hijos.

Asimismo, mi padre le compró a mi madre dos camisas de manga larga, dos camisetas de manga corta, dos pares de pantalones cortos, dos pantalones vaqueros, seis pares de ropa interior y un sujetador más grande, un camisón de franela y un sombrero, una bufanda, mitones, botas y una chaqueta de invierno. Mi padre raptó a mi madre el 10 de agosto; el único abrigo que se puso el invierno anterior fue el de él. Mi madre me dijo que mi padre no le preguntó qué colores le gustaban o si quería una bufanda que fuera de un solo color o de rayas; se limitó a escoger todo por ella. No me cuesta creerlo, pues a mi padre le gustaba tener el control.

Incluso con los precios del Kmart, el viaje debió de costar una fortuna. No tengo ni idea de dónde sacó el dinero. Es posible que vendiera algunas pieles de castor. O que matara a un lobo. La caza de lobos era ilegal en la Península Superior cuando yo era pequeña, pero siempre había un mercado boyante para las pieles, especialmente entre los nativos americanos. Puede que robara el dinero, o que utilizara una tarjeta de crédito. Había muchos aspectos de mi padre que yo no conocía.

He pensado mucho en el día en que nací. He leído los relatos de jóvenes que fueron secuestradas y retenidas en cautividad, y me ayudaron a entender parte de lo que experimentó mi madre.

Ella debería haber estado en la escuela, enamorándose de algún chico o pasando el rato con sus amigas. O ir a ensayar con la banda y ver partidos de fútbol y hacer aquello que otros chicos de su edad estuvieran haciendo. En cambio, estaba a punto de tener un bebé sin nadie que la ayudara excepto el hombre que la sacó por la fuerza de su familia y la violó tantas veces que llegó a perder la cuenta.

Mi madre dio a luz en la vieja cama de madera en el dormitorio de mis padres. La cama estaba cubierta con las sábanas más finas que pudo encontrar mi padre; sabía que cuando yo llegara, tendría que tirar todo a la basura. En el momento más difícil de mi madre, mi padre fue tan solícito como pudo, lo que significaba que de vez en cuando le ofrecía algo de comer o le traía un vaso de agua. Por lo demás, mi madre estaba sola. No fue crueldad por parte de mi padre, aunque pueda ser cruel. Lo que sucedía es que, hasta que llegó el momento de dar a luz, no había muchas cosas que él pudiera hacer.

Por fin mi cabeza asomó. Yo fui un bebé grande. Mi madre se desgarró lo suficiente para dejarme salir, y todo terminó. Pero no fue así. Pasó un minuto. Cinco. Diez. Mi padre se dio cuenta de que tenían un problema. La placenta de mi madre no se había desprendido. No sé cómo lo supo, pero lo sabía. Mi padre le dijo que se aferrara a los husos del cabecero de la cama y que se preparara, porque le iba a doler. Mi madre me contó que no podía imaginarse nada que le doliera más que lo que ya había pasado, pero mi padre tenía razón. Mi madre se desmayó.

También me dijo que mi padre la hirió cuando, accediendo a su interior, intentó desprenderle la placenta, y por eso nunca tuvo más hijos. Yo no lo sabía. No tengo hermanos ni hermanas, así que podría ser cierto. Sé que cuando la placenta no se desprende, hay que actuar rápidamente si se quiere salvar a la madre, y no se tienen muchas opciones. Especialmente cuando médicos y hospitales no forman parte del proceso.

Durante los días siguientes, la fiebre tuvo a mi madre fuera de sí, pues la inevitable infección fue apoderándose de ella. Mi padre me mantenía en silencio con un trapo empapado en agua azucarada que me ponía las veces que no estaba junto al pecho de mi madre. A veces mi madre estaba consciente. Pero la mayoría de las veces no. Siempre que estaba despierta, mi padre le hacía beber té de corteza de sauce, y eso le rompió la fiebre.

Ahora ya puedo ver que la razón por la que mi madre me mostraba indiferencia es porque nunca forjó un vínculo conmigo. Era demasiado joven, estaba demasiado enferma en los días inmediatamente después de que yo naciera, demasiado asustada y sola y se derrumbaba por su propio dolor y desgracia cuando me veía. A veces, cuando un bebé nace en circunstancias similares, se convierte en una razón para seguir adelante para su madre. En mi caso no fue así. Gracias a Dios que tenía a mi padre.

6

Saco mi mochila del armario del recibidor y preparo munición extra, un par de barritas de granola y botellas de agua, luego echo el equipo de pesca de mi padre en la parte trasera de mi camioneta junto con mi tienda y un saco de dormir. El equipo de *camping* y pesca me proporcionará una coartada decente si alguien pregunta a dónde voy o qué estoy haciendo. No me acercaré al área de búsqueda, pero nunca se sabe. Mucha gente está buscando a mi padre.

Cargo mi rifle y lo cuelgo en la baca sobre la ventanilla de la cabina. Técnicamente se supone que no debes conducir con un arma cargada en el vehículo, pero todo el mundo lo hace. De todos modos, no voy a unirme a la captura de mi padre sin una. El arma que he elegido para estos días es una Ruger American. He utilizado al menos una media docena de Ruger a lo largo de los años; son de una precisión asombrosa y se venden por mucho menos que la competencia. Para los osos, llevo también una Magnum del 44. Un oso negro adulto es un animal duro, con músculos y huesos voluminosos, y no muchos cazadores pueden derribar a un oso negro de un solo disparo. Tampoco un oso herido sangra como un ciervo. Los osos sangran

65

entre la capa de grasa y la piel, y si el calibre es demasiado pequeño, la grasa del oso puede taponar el agujero mientras la piel absorbe la sangre como una esponja, por lo que el oso ni siquiera dejará un rastro de sangre. Un oso herido corre hasta que esté demasiado débil para continuar, lo que puede suponer unos veinticinco o treinta kilómetros. Otra razón por la que solo cazo osos con perros.

Cargo la Magnum y la pongo en la guantera. Me martillea el corazón y tengo las palmas de las manos húmedas. Siempre me pongo nerviosa antes de cazar, pero estamos hablando de mi padre. El hombre al que adoraba de niña. El que se ocupó de mí durante doce años de la mejor manera que pudo. El padre con el que no he hablado durante quince años. El hombre del que escapé hace tanto tiempo, pero cuya fuga acaba de destruir a mi familia.

Estoy demasiado tensa para dormir, así que me echo un vaso de vino y lo llevo a la sala de estar. Coloco el vaso en la mesita de café sin su necesario posavasos, me despatarro en un rincón del sofá y pongo los pies sobre la mesa. A Stephen le da un ataque cuando las chicas ponen los pies en los muebles. Mi padre, por otra parte, no se habría preocupado por nada tan intrascendente como los rayones en una mesa. He oído decir que cuando una chica elige marido, escoge a un hombre como su padre… pero si esta es la regla, yo soy la excepción. Stephen no es de la Península Superior. No pesca ni caza. No podría fugarse de una cárcel como tampoco podría conducir un coche de carreras o realizar una cirugía cerebral. En el momento en que me casé con él, pensé que era una sabia elección. La mayor parte del tiempo aún lo creo.

Vacío el vaso de un largo trago. La última vez que metí la pata a este nivel fue cuando salí del pantano. Dos semanas después de que nos rescatasen a mi madre y a mí, supe que la nueva vida que me había imaginado no iba a funcionar como esperaba.

Culpo a los medios de comunicación. No creo que nadie pueda comprender, a menos que haya estado en el centro de todo como yo, la magnitud del frenesí de noticias que casi me engulle. El mundo había fijado su atención en lo que le había ocurrido a mi madre, pero la persona de quien nunca tenían suficiente era yo. La niña salvaje que creció en un primitivo aislamiento. El retoño de una inocente y su captor. La hija del Rey del Pantano. Gente que no conocía me envió cosas que no quería: bicicletas, peluches, reproductores de MP3 y portátiles. Un donante anónimo se ofreció a pagar mi educación universitaria.

Mis abuelos no tardaron mucho en darse cuenta de que la tragedia familiar se había convertido en una mina de oro, y estaban más que dispuestos a sacarle partido.

—No habléis con los medios de comunicación —nos advertían a mi madre y a mí, refiriéndose a las hordas de reporteros que dejaban mensajes en el contestador de mis abuelos y acampaban en unidades móviles al otro lado de la calle.

Si nos quedábamos calladas, entendí, un día podríamos vender nuestra historia por mucho dinero. No estaba segura de cuánto tiempo tendríamos que estar sin hablar, ni de cómo se compraban y vendían las historias, ni siquiera de por qué querríamos todo ese dinero en primer lugar. Pero si eso era lo que querían mis abuelos, haría lo que me pedían. En aquel entonces aún estaba deseosa de complacer a los demás.

La revista *People* resultó ser el mejor postor. Aún hoy no sé cuánto pagaron. Por supuesto, mi madre y yo nunca vimos dinero alguno de la venta. Lo único que sé es que justo antes de ir a la gran fiesta de bienvenida que mis abuelos nos organizaron a mi madre y a mí, mi abuelo nos sentó y nos dijo que una reportera de la revista *People* iba a entrevistarnos en la fiesta mientras un fotógrafo sacaba fotos, y debíamos contarle todo lo que ella quisiera saber.

La fiesta se celebró en el Pentland Township Hall. A juzgar

por el nombre, me imaginé algo similar a una fortaleza vikinga: altos techos abovedados, gruesos muros de piedra, ventanas con hendiduras, suelo cubierto de paja. Me imaginé gallinas, perros y cabras deambulando por allí, una vaca lechera atada a una argolla de hierro en la esquina, una mesa de madera para los campesinos que recorría toda la habitación y habitaciones privadas en la planta de arriba para señores y damas. Pero esta sala resultó ser parte de un gran edificio blanco de madera cuyo nombre figuraba en un letrero en la fachada para que nadie pasara de largo. En el interior había una pista de baile y un pequeño escenario en la planta principal y un comedor y una cocina en el sótano. No tan grandioso como había soñado, pero fácilmente el edificio más grande que hubiera visto.

Fuimos los últimos en llegar. Esto fue a mitad de abril, así que, bajo la chaqueta mullida de plumón de ganso que alguien me había enviado, llevaba un suéter rojo ribeteado con lo que parecía de piel blanca, aunque no lo era, y unos vaqueros, junto con las botas de trabajo con punta de acero que llevaba cuando salimos del pantano. Mis abuelos querían que yo llevara un vestido amarillo de cuadros que perteneció a mi madre y unas medias para ocultar los tatuajes de las piernas. Las bandas en zigzag que me rodeaban las pantorrillas fueron los primeros tatuajes que me hizo mi padre. Junto a estos y a la doble fila de puntos que llevaba en las mejillas, mi padre me tatuó en el bíceps derecho un pequeño ciervo, similar a las pinturas rupestres, para conmemorar mi primera cacería importante, y en mitad de mi columna dorsal, un oso que representaba a aquel al que me enfrenté en nuestro porche cuando era niña. Mi animal espiritual es *mukwa*, el oso. Cuando Stephen y yo empezamos a sentirnos cómodos el uno con el otro, me preguntó por mis tatuajes. Le dije que me los hice como parte de una ceremonia de iniciación tribal en mi juventud, pues era hija de misioneros baptistas en una remota isla del Pacífico Sur. Me he dado cuenta de que cuanto más extravagante sea la historia que cuentas, mayor predisposición a creerla tendrá la gente. También le dije que mis padres fueron asesinados trágicamente en esa misma isla mientras intentaban resolver una disputa entre tribus nativas en guerra, en caso de que alguna vez se le ocurriera que le gustaría conocerlos un día. Supongo que ahora que mi secreto ha quedado al descubierto, podría contarle la verdad sobre mis tatuajes, pero la verdad es que me he acostumbrado a contar historias.

El vestido que mis abuelos querían que llevara puesto en la fiesta me recordó a las cortinas de la cocina de nuestra cabaña, solo que más brillante y sin roturas ni agujeros. Me gustaba que el material fuera tan suelto y vaporoso; era como sentir que no llevaba puesto nada. Pero aunque de pie frente al espejo de cuerpo entero de la habitación de mi abuela parecía una chica, me sentaba con las piernas abiertas como un niño, así que mi abuela decidió que sería mejor si me quedaba con los pantalones vaqueros. Mi madre llevaba el vestido azul y la cinta del pelo a juego que aparecían en aquellos carteles de *¿Me has visto?*, aunque mi abuela se quejó porque el vestido le quedaba demasiado apretado y demasiado corto. Echando la vista atrás, no estoy segura de qué era peor: que mis abuelos esperasen que mi madre de veintiocho años cumpliera con el papel de la hija de catorce años que habían perdido, o que mi madre estuviera dispuesta a consentirlo.

Mientras ascendíamos por una rampa de madera que parecía el puente levadizo a un castillo, tenía tanta tensión en los músculos por la expectación que casi me zumbaban. Me sentí como si estuviera a punto de disparar a un raro pavo salvaje que se estaba arreglando las plumas y extendía su cola ante una hembra, y que un mínimo tic que hiciera lo asustaría. Yo ya había conocido a más gente de la que podría haberme imaginado, pero esta era familia.

—¡Están aquí! —gritó alguien cuando nos vieron.

La música se detuvo. Hubo un momento de silencio y luego la habitación explotó con el sonido de un centenar de personas que silbaban, vitoreaban y aplaudían. Un río de tías y tíos y primos rubios arrastró a mi madre. Los parientes se arremolinaban a mi alrededor como hormigas. Los hombres me estrechaban la mano. Las mujeres me achuchaban, luego me apartaron un poco y me pellizcaron las mejillas como si no pudieran creerse que estuviera realmente allí. Niños y niñas se asomaban por detrás tan cautelosos como los zorros. Yo solía estudiar escenas callejeras en el *Geographic* e intentaba imaginar cómo sería estar rodeado de gente. Ahora lo sabía. Es muy ruidoso. Un ambiente cargado, caluroso y maloliente. Me encantó cada segundo que estuve allí.

La reportera de *People* nos abrió camino para cruzar entre la multitud y bajar las escaleras. Creo que pensó que yo estaba asustada por el alboroto y el ruido. Ella aún no sabía que era donde yo quería estar. Que había dejado el pantano por elección propia.

—¿Tienes hambre? —preguntó la reportera.

La tenía. Mi abuela no me dejó comer antes de ir porque dijo que más tarde habría un montón de comida en la fiesta, y en eso tenía razón. La reportera me llevó hasta una larga mesa junto a la cocina en la que se había colocado más comida que toda la que yo hubiera visto en mi vida. Más de lo que mi padre, mi madre y yo juntos podríamos haber comido en un año, o posiblemente en dos.

Me dio un plato tan delgado como el papel.

—Ataca.

No vi nada con lo que atacar por ningún sitio. Es más, no podía ver nada que lo requiriese. Pero desde que había abandonado el pantano, había aprendido que cada vez que no supiera qué hacer, lo mejor era copiar a los demás. Así que como la reportera comenzó a ponerse comida en el plato a lo largo de la mesa, yo hice lo mismo. Algunos de los platos estaban etiquetados. Podía leer los nombres: *Lasaña sin carne*, *Macarrones con queso*, *Patatas con queso*, *Ensalada Ambrosia*, *Cazuela de habichuelas verdes*… aunque yo no tenía ni idea de lo que significaban o si me gustarían sus sabores. De todos modos me serví una cucharada de cada cosa en el plato. Mi abuela me dijo que tenía que comer un bocado de cada plato o heriría los sentimientos de las mujeres que habían traído la comida. No estaba segura de que todo fuera a caber en un solo plato. Me preguntaba si se me permitiría coger dos. Pero luego vi a una mujer dejar caer tanto su plato como la comida en una gran lata de metal y marcharse, así que pensé que, cuando mi plato se llenara, eso sería lo que haría. Parecía una extraña costumbre. En el pantano nunca tirábamos la comida.

Cuando llegamos al final de la larga mesa, vi otra al lado, llena de tartas, galletas y pasteles. Había allí un pastel con un grueso glaseado marrón y pepitas de arcoíris, y no eran pocas. Doce pequeñas velas que se arqueaban sobre las palabras *Bienvenida a casa, Helena*, escritas en un glaseado amarillo, significaba que este pastel era para mí. Arrojé mi plato de macarrones, patatas, ensalada Ambrosia y guiso a la lata de metal, cogí un plato vacío y deslicé todo el pastel en él. La reportera de *People* sonreía mientras el fotógrafo sacaba fotos, así que supe que había hecho lo correcto. Desde que había abandonado el pantano, había estado haciendo muchas cosas mal. Aún hoy puedo saborear ese primer bocado: tan ligero y esponjoso que era como morder una nube con sabor a chocolate.

Mientras comía la periodista me hizo preguntas. ¿Cómo aprendí a leer? ¿Qué es lo que más me gustaba de vivir en el pantano? ¿Me dolió cuando me hice los tatuajes? ¿Me tocaba mi padre de alguna manera que no me gustara? Ahora sé que esta última pregunta significaba si mi padre me tocaba de una manera sexual, lo cual no hacía en absoluto. Solo respondí que sí porque mi padre solía golpearme en la cabeza o en el trasero cuando necesitaba castigarme igual que a mi madre y, por supuesto, no me gustaba.

Después de terminar de comer, la reportera, el fotógrafo y yo subimos al baño para poder quitarme el maquillaje que mis abuelos me habían puesto para ocultar los tatuajes de la cara. (¿Por qué se llamaba cuarto de baño, recuerdo haber pensado, si no había lugar para bañarse?, ¿y por qué había puertas etiquetadas *HOMBRES* y *MUJERES*, pero no había ninguna puerta para niños?, ¿y, para empezar, por qué necesitaban hombres y mujeres sus propios baños?). La reportera dijo que a la gente le gustaría ver mis tatuajes, y yo estuve de acuerdo.

Cuando terminé, por las puertas abiertas que daban al aparcamiento vi a un grupo de niños jugando con una pelota. Sabía que se llamaba así porque mi madre me lo había señalado en las páginas del *Geographic*. Pero yo aún no había visto una pelota en la vida real. Me fascinaba especialmente la forma en que la pelota volvía de un salto a las manos de los chicos después de que la lanzaran contra la calzada, como si estuviera viva, como si la habitara un espíritu.

—¿Quieres jugar? —preguntó uno de los chicos.

Sí que quería. Y estoy segura de que podría haber cogido la pelota si hubiera sabido que me la iba a tirar a mí. Pero no lo sabía, por lo que la pelota me golpeó en el estómago con la suficiente fuerza como para hacerme exclamar *agh* –aunque en realidad no me dolió– y luego se alejó rodando. Los chicos se rieron, y no de buena manera.

Lo que sucedió a continuación provocó que se hiciera una montaña de un grano de arena. Solo me quité el suéter porque mis abuelos me habían advertido que el suéter necesitaba «lavado en seco», y eso cuesta mucho dinero, así que no debía ensuciarlo. Y solo saqué el cuchillo porque quería tirarlo de espaldas y clavarlo en el poste de madera que sostenía el aro de baloncesto para enseñarles a aquellos chicos que yo era tan hábil con mi cuchillo como ellos con su pelota. No pude evitar que uno de ellos tratara de quitarme el cuchillo, o que se cortara la palma de la mano mientras lo hacía. De todas formas, ¿qué clase de idiota agarra un cuchillo por la hoja?

El resto de «El incidente», como mis abuelos se refirieron siempre a él a partir de entonces, fue una confusión de chicos chillando, adultos gritando y mi abuela llorando, que terminó conmigo sentada en la parte trasera de un coche de policía y esposada sin que tuviera ni idea de por qué o qué había salido mal. Más tarde descubrí que los chicos pensaban que iba a hacerles daño, lo cual era tan ridículo como suena. Si hubiera querido cortarle el cuello a alguien, lo habría hecho.

Naturalmente la revista *People* publicó las imágenes más sensacionalistas. Una fotografía en la que yo aparecía con el pecho desnudo, tatuajes faciales y el sol brillando en la hoja de mi cuchillo como si yo fuera una guerrera yanomami adornaba la portada. Me dijeron que el mío fue uno de los números más vendidos (el tercero, después del que dedicaron al World Trade Center y el tributo a la princesa Diana), así que supongo que consiguieron aquello por lo que habían pagado.

En retrospectiva puedo ver dónde fuimos algo más que ingenuos. Mis abuelos, al pensar que podían sacar provecho de lo que le había sucedido a su hija sin que tuviera repercusiones; mi madre, al pensar que podía volver a su antigua vida como si nunca se hubiera marchado; yo, al pensar que podía encajar. Después de aquello, los chicos con los que iba al colegio se dividían en dos campos: los que me temían y los que me admiraban y me temían.

Me levanto y me estiro. Llevo el vaso a la cocina y lo enjuago en el fregadero; luego voy a la habitación y pongo la alarma del teléfono y me acuesto completamente vestida sobre la colcha, para poder ponerme en marcha por la mañana en cuanto aparezca la primera luz del día.

Esta no será la primera vez que doy caza a mi padre, pero voy a hacer todo lo que esté en mi mano para asegurarme de que será la última.

7

La alarma suena a las cinco. Me doy la vuelta, cojo el teléfono de la mesita de noche y reviso los mensajes. Nada de Stephen.

Me cuelgo el cuchillo del cinturón y voy a la cocina para preparar café. En mi infancia, la única bebida caliente que teníamos, además de los tés medicinales de mi padre, era la achicoria. Excavar las raíces centrales, lavarlas, secarlas y molerlas era mucho trabajo que hacer para lo que ahora sé que es esencialmente un sustituto del café de segunda categoría. He visto que se puede comprar achicoria en grano en las tiendas de alimentación. No puedo imaginarme qué razones tendría alguien para hacerlo.

Afuera está empezando a despuntar el día. Lleno un termo y cojo las llaves de la camioneta del gancho junto a la puerta. Estoy dividida sobre dejarle o no una nota a Stephen. Normalmente lo haría. A Stephen le gusta saber dónde estoy y cuánto tiempo voy a estar fuera, y me parece bien siempre y cuando también él entienda que mis planes pueden cambiar y podría no poder informarle cuando esto ocurra, ya que la cobertura de móvil es irregular, o inexistente, en gran parte de la Península Superior. Siempre pienso que es irónico que en una zona en la que es po-

75

sible que se necesite verdaderamente el móvil, no pueda utilizarlo con demasiada frecuencia. Pero, al final, decido no dejarle la nota. Estaré en casa mucho antes de que Stephen regrese. Si vuelve.

Rambo olfatea por la ventana mientras salgo del camino. Son las 5:23. Seis grados y bajando, lo que, después del clima de verano indio que tuvimos ayer, solo demuestra lo que todo el mundo dice: si no te gusta el clima de Michigan, solo tienes que esperar unos minutos. Los vientos del sudoeste se mantienen constantes a veinticinco kilómetros por hora. Esta mañana hay una probabilidad de lluvia del treinta por ciento, que ascenderá al cincuenta por ciento por la tarde; esta es la parte del pronóstico que me preocupa. Ni siquiera el mejor rastreador puede seguir las señales después de que las haya lavado la lluvia.

Pongo la radio el tiempo suficiente para confirmar que el cerco a mi padre se va estrechando, y luego la apago. Los arces a lo largo de la carretera por la que paso están a medio camino de volverse amarillos. Aquí y allá un arce del pantano se ilumina de un rojo sangre. Las nubes que tengo encima son oscuras como cardenales. El tráfico es ligero porque es martes. También porque el control de carretera en la M-77 por la Seney ha frenado el tráfico que procede del norte al Grand Marais y ahora es un goteo.

Me figuro que después de que mi padre dejara ayer un rastro como señuelo, trazó un amplio círculo, volvió sobre sus pasos al río y caminó durante toda la noche para poner tanta distancia entre él y el refugio como le fuera posible. Siguió el río Driggs en dirección norte porque es más fácil que hacerlo campo a través, y si lo seguía hacia el sur le habría llevado directamente al refugio. También porque vadear por el conducto del río bajo la M-28 era una buena forma de cruzar la carretera sin ser visto. Me lo imagino siguiendo su camino cuidadosamente a través de la oscuridad, zigzagueando entre los árboles y vadeando los arroyos para evitar los antiguos caminos de tala que harían el viaje más fácil, pero que lo harían vulnerable al foco reflector del helicóptero.

Entonces, en cuanto empezó a amanecer, se metió en la cabaña vacía de alguien para pasar el día. Yo misma me he colado en una cabaña más de una vez cuando un cambio de tiempo me sorprendía. Siempre y cuando se deje una nota explicando por qué se ha entrado y unos cuantos dólares por la comida que se ha consumido o por cualquier daño que se haya ocasionado, a nadie le importa. Mi desafío ahora es encontrar esa cabaña. Incluso si la lluvia para, en cuanto oscurezca, mi padre estará en marcha. No puedo seguir su rastro si no puedo verlo, así que si no lo encuentro antes del anochecer, por la mañana me llevará tanta ventaja que nunca lo conseguiré.

En último término, creo que mi padre se dirige a Canadá. En teoría, podría pasarse el resto de su vida errando por el territorio salvaje de la Península Superior, siempre en marcha, sin encender un fuego, desplazándose estrictamente por la noche, sin hacer jamás una llamada telefónica y sin gastar dinero, cazando y pescando y comiendo y bebiendo lo que encuentre en cualquier cabaña en la que se cuele como hizo en Maine el Ermitaño de North Pond durante casi treinta años. Pero será mucho más fácil si se limita a salir del país. Obviamente, no puede hacerlo por un cruce fronterizo vigilado, pero hay un largo tramo de frontera entre Canadá y el norte de Minnesota en el que solo se ejerce un ligero control. La mayoría de las carreteras y cruces de ferrocarriles tienen sensores enterrados para que las autoridades sepan cuándo alguien intenta colarse, pero lo único que tiene que hacer mi padre es escoger un lugar remoto y boscoso y cruzarlo a pie. Después, puede seguir en dirección norte tanto como le plazca, y tal vez establecerse cerca de una comunidad indígena aislada, tomar otra esposa si le apetece, y terminar sus días en paz y oscuridad. Mi padre puede pasar como miembro de las Naciones Originarias de Canadá cuando él quiera.

A ocho kilómetros al sur de nuestro hogar giro hacia el oeste y me incorporo a un camino arenoso de dos carriles que finalmente desembocará en el campamento del río Fox. Toda la península la entrecruzan antiguos caminos forestales como este. Algunos son tan anchos como una carretera de dos carriles. La mayoría son estrechos y ramificados. Quien, como yo, se maneje bien por caminos alternativos puede conducir de un extremo de la península al otro sin tener que pisar el asfalto. Si mi padre se dirige hacia el río Fox, como sospecho, hay tres carreteras que tendrá que cruzar. Teniendo en cuenta el tiempo que hace que se escapó y lo lejos que podría haber llegado antes de verse obligado a recluirse, este punto medio es mi mejor hipótesis. Hay un par de cabañas a lo largo de este camino que quiero revisar. Sin duda, los rastreadores también estarían investigando estas cabañas si mi padre no les hubiera conducido al refugio de vida salvaje. Me imagino que, con el tiempo, lo conseguirán. O tal vez no. Mi madre permaneció desaparecida durante cerca de quince años.

La ironía del secuestro de mi madre es que ocurrió en un lugar donde nunca había habido secuestros. Las ciudades en mitad de la Península Superior de Michigan a duras penas son aptas para ese descriptor. Seney, McMillan, Shingleton y Dollarville son poco más que intersecciones de carreteras señaladas con un letrero de bienvenida, una iglesia, una gasolinera y uno o dos bares. Seney tiene también un restaurante con un motel y una lavandería. Seney marca el comienzo de «El tramo de la Seney» si te diriges al oeste por la M-28 o el final si vas hacia el este. Cuarenta kilómetros de una aburrida carretera, recta como una flecha, plana como una tortita y soporífera entre Seney y Shingleton, que cruza lo que queda del pantano de Great Manistique. Los viajeros se detienen en las ciudades de cualquiera de los dos extremos para llenar el depósito del coche o para tomar unas patatas fritas y una Coca-Cola con las que hacer un descanso, o para usar el baño una última vez antes de marcharse porque esta es toda la civilización que van a ver durante la siguiente media hora. Algunos dicen que el tramo de la Seney en realidad se extiende a lo largo de unos ochenta kilómetros, pero eso es solo una sensación.

Hasta el secuestro de mi madre, a los niños del condado de Luce no se les tenía encerrados. Posiblemente ni siquiera después, porque es difícil acabar con las viejas costumbres, y porque nadie piensa de verdad que le va a pasar algo malo. Especialmente después de que ya le haya pasado a otro. El *Newberry News* informaba de todos los delitos por muy pequeños que fueran. Y todos eran pequeños: un porta-CD que alguien había sustraído del asiento delantero de un coche abierto, un buzón vandalizado, una bicicleta robada. Nadie se podría haber imaginado el robo de una niña.

También es irónico el hecho de que durante los años en que mi abuela y mi abuelo trataron de averiguar desesperadamente lo que le había ocurrido a su hija, ella se encontrara a menos de ochenta kilómetros. La Península Superior es un lugar grande. Ocupa el veintinueve por ciento de la superficie del estado de Michigan, con un tres por ciento de su población. Un tercio de los bosques estatales y nacionales.

Los archivos con las microfichas del periódico muestran el progreso de la búsqueda.

Día Uno: Desaparecida. Se sospecha que haya vagabundeado y se espera encontrarla pronto.

Día Dos: Aún desaparecida. Se han traído perros de búsqueda y rescate de la policía estatal.

Día Tres: Se amplía la búsqueda; se incluye un helicóptero de la Guardia Costera de St. Ignace asistido por oficiales del Departamento de Recursos Naturales sobre el terreno y diversos aviones pequeños.

Y así sucesivamente.

No fue hasta después de toda una semana cuando la mejor amiga de mi madre admitió que estaban jugando en unos edificios vacíos junto a las vías del tren y se les acercó un hombre que les dijo que estaba buscando a su perro. Esta fue también la primera vez que apareció la palabra «secuestrada». Para entonces, por supuesto, era demasiado tarde.

Con la foto de mi madre en el periódico puedo ver lo que atrajo la atención de mi padre: rubia, gordita, con coletas. Con todo, debía de haber un montón de rubias gorditas de catorce años que mi padre pudo haber raptado. A menudo me he preguntado por qué la eligió a ella. ¿La habría estado siguiendo durante días y semanas antes de llevársela? ¿Estaba secretamente enamorado de ella? ¿O fue el rapto de mi madre una mera desafortunada convergencia de espacio y tiempo? Tiendo a creer esto último. Desde luego, no recuerdo haber visto nunca que entre mi padre y mi madre hubiera nada que se asemejara remotamente al afecto. ¿Que nos proporcionara comida y ropa era prueba del amor de mi padre por nosotras? En mis momentos de mayor debilidad, me gusta pensar que sí.

Antes de que nos rescataran, nadie sabía si mi madre estaba viva o muerta. La historia que se publicaba cada año en el *Newberry News* por el aniversario de su secuestro se fue haciendo cada vez más breve. En los cuatro últimos años el título y el único párrafo que lo acompañaba eran exactamente los mismos: *Chica local aún desaparecida*. Nadie sabía nada de mi padre más allá de la descripción que ofreció la amiga de mi madre: un hombre pequeño y delgado con la piel «tirando a oscura» y el pelo largo y negro, con botas de trabajo, vaqueros y una camisa roja a cuadros. Teniendo en cuenta que en aquel momento el origen étnico de la zona estaba más o menos dividido entre nativos americanos, finlandeses y suecos, y que el resto de hombres mayores de dieciséis iban de aquí para allá con botas de trabajo y camisas de franela, la descripción fue casi inútil. Salvo por esa minúscula reseña anual y el vacío en los corazones de mis abuelos, mi madre cayó en el olvido.

Y luego, catorce años, siete meses y veintidós días después de que mi padre secuestrara a mi madre, regresó, poniendo en marcha la mayor persecución que los residentes de la Península Superior habían visto... hasta hoy.

Conduzco casi a la velocidad de un hombre a pie. No solo porque esta es la clase de camino que hará que, si conduzco demasiado cerca del borde y no presto atención, los bancos de arena arrastren mi camioneta hasta sus ejes antes de que me dé cuenta de lo que está ocurriendo y ya no haya manera de salir sin que un camión me remolque, sino también porque estoy buscando huellas. En realidad, no puedo seguir a una persona que va a pie desde un vehículo, eso es obvio, y las probabilidades de que mi padre dejara un rastro visible mientras se desplazaba por este camino —si es que se desplazó por este camino— son extremadamente pequeñas, pero aun así. Cuando se trata de mi padre, nunca hay suficientes precauciones.

He conducido por esta carretera muchas veces. Hay un lugar a unos cuatrocientos metros, cuando el camino se curva, en el que la cuneta es lo suficientemente firme como para salirse de la carretera y aparcar. Desde allí, si camino otros cuatrocientos metros hacia el norte y al oeste y luego desciendo por una empinada pendiente, llego a la mayor área de moras que haya visto nunca. Zarzamoras como si fueran una gran masa de agua, y un arroyo que corre por el fondo del barranco, por lo que crecen especialmente grandes. Cuando tengo suerte, puedo reunir la suficiente cantidad para preparar mermelada para todo un año con una sola recogida.

Las fresas son una historia diferente. Lo que la gente tiene que entender acerca de las fresas silvestres es que no se parecen en nada a los frutos gigantes de California que se compran en las tiendas de alimentación. De media no son mucho más grandes que la punta del dedo meñique de un adulto, pero tienen un sabor que compensa de sobra su pequeño tamaño. De vez en cuando, puede que me encuentre con una baya que sea tan grande como la punta de mi pulgar (y cuando esto ocurre, esa fresa va directamente a mi boca y no al cubo de las bayas), pero ese es el mayor tamaño que pueden alcanzar las fresas silvestres. Obviamente, se necesita una gran cantidad de fresas silvestres para preparar una cantidad decente de mermelada, y es por lo que tengo que cobrar extra por la mía.

De todos modos, hoy no estoy buscando bayas.

Mi teléfono me vibra en el bolsillo. Lo saco. Un mensaje de Stephen:

En casa en media hora. Las niñas con mis padres. No te preocupes. Superaremos esto. Te quiero: S.

Me detengo en mitad del camino y miro la pantalla. Que Stephen vuelva es casi lo último que esperaba. Debe de haberse dado la vuelta para regresar a casa en cuanto dejó a las chicas. Mi matrimonio no ha terminado. Stephen me está dando otra oportunidad. *Vuelve a casa.*

Las conclusiones son casi abrumadoras. Stephen no se da por vencido conmigo. Sabe quién soy y no le importa. «Superaremos esto. Te quiero: S.». Pienso en todas las veces que dije o hice algo y traté de enmascarar mi ignorancia como si mi metedura de pata fuera una broma. Ahora me doy cuenta de que no tenía que fingir. Esto me lo había montado yo. Stephen me quiere por lo que soy.

«En casa en media hora». Es obvio que no estaré allí cuando él llegue, pero es probable que eso sea bueno igualmente. Me alegro ahora de no haberle dejado una nota. Si Stephen tuviera una idea de dónde estoy o qué estoy haciendo, perdería la cabeza. Dejarle creer que salí a desayunar, o que he ido a la tienda por algunas cosas, o que bajé a la comisaría para ayudarles con alguna pista y que volveré enseguida. Lo cual, si todo va según el plan, así será.

Leo el mensaje una última vez y me meto el teléfono en el bolsillo. Todo el mundo sabe lo irregular que puede ser la cobertura en la Península Superior.

8

LA CABAÑA

La mujer del vikingo estaba sumamente encantada cuando encontró a la hermosa niña acostada en su pecho. La besó y acarició, pero lloraba desconsoladamente, atacaba con brazos y piernas y no parecía estar en absoluto contenta. Por fin se durmió entre llantos, y como estaba allí tan quieta y silenciosa, era una escena muy hermosa de ver.

Cuando la mujer del vikingo se despertó temprano a la mañana siguiente, se sintió terriblemente alarmada al descubrir que la niña había desaparecido. Dio un salto de la cama y buscó por toda la habitación. Por fin vio, en aquella parte de la cama donde habían estado sus pies, no a la niña, sino a una rana grande y fea.

En ese mismo momento el sol se alzó y lanzó sus rayos a través de la ventana hasta que se posaron en la cama donde estaba la gran rana. De repente pareciese que la amplia boca de la rana se contrajera y se volviera pequeña y roja. Sus miembros comenzaron a moverse y se extendieron y ensancharon hasta adoptar una forma hermosa; y he ahí que estaba la preciosa niña tendida ante ella, y la fea rana había desaparecido.

—¿Cómo es esto? —exclamó—. ¿He tenido un sueño malvado? ¿No es mi adorable querubín el que está ahí?

*Entonces la besó y la acarició; pero la niña batallaba y comba-
tía, y mordía como si hubiera sido un gatito salvaje.*

Hans Christian Andersen
La hija del Rey del Pantano

A mi padre le gustaba contar la historia de cómo encontró
nuestra cabaña. Estaba cazando con arco y flechas al norte de
Newberry cuando el ciervo al que disparó dio un salto en el último segundo y solo resultó herido. Le siguió el rastro hasta el
borde del pantano, luego observó al ciervo aterrorizado nadar hacia aguas profundas y ahogarse. Cuando se disponía a marcharse,
el sol captó una chispa del destello metálico a lo largo del borde
del tejado de nuestra cabaña. Mi padre solía decir que si esto hubiera ocurrido en otra época del año, o a otra hora del día, o si
las nubes que encapotaban el cielo hubieran sido distintas aquel
día, nunca lo habría descubierto, y estoy segura de que es verdad.
Marcó el lugar y volvió más tarde en su canoa. En cuanto
vio la cabaña, dice que supo que el Gran Espíritu lo había guia-
do hasta allí para que tuviera un lugar en el que criar a su familia. Ahora sé que esto significa que estábamos de ocupas. En
aquel momento no parecía que importase. Desde luego, durante
los años en que vivimos allí, a nadie le importó. Hay muchas
propiedades abandonadas como esa en toda la Península Superior. A la gente se le ocurre que estaría bien tener un lugar para
escapar de todo, por lo que compra un pedazo de terreno en un
lugar remoto rodeado de terreno público y se construye una cabaña. Tal vez les funciona durante un tiempo y les gusta tener
un lugar al que puedan ir cuando tienen ganas de vivir sin co-
modidades hasta que la vida se interpone: niños, trabajos, padres
que envejecen. Pasa un año sin que vayan a su cabaña, y luego
otro, y lo siguiente que sabes es que debes pagar impuestos por

un pedazo de terreno que no usas y empieza a ser una idea bastante poco atractiva. Nadie va a comprar cuarenta acres de pantano y una cabaña rústica salvo algún otro pobre tonto que quiera alejarse de todo, así que, en la mayoría de los casos, los dueños dejan que la propiedad vuelva al estado para saldar las deudas por impuestos atrasados.

Después de que la policía despejara la escena del crimen y la atención de los medios de comunicación se desvaneciera, el estado se hizo silenciosamente con nuestros impuestos. Algunas personas pensaban que la cabaña debía derribarse por lo que sucedió allí, pero, al final, nadie quería asumir el gasto.

Quien quiera puede visitar la cabaña, aunque si lo haces es posible que tengas que intentarlo varias veces para encontrar el afluente que conduce a la cresta de nuestra montaña. Los cazadores de recuerdos hace tiempo que saquearon el lugar. Hasta hoy se pueden comprar artículos en eBay que se supone que me pertenecieron, aunque puedo decirte con un cien por cien de certeza que la mayoría de las cosas que la gente está vendiendo no son mías. Pero, salvo por un agujero que hay en la pared de la cocina y que mordió un puercoespín, la cabaña, la caseta, el cobertizo para la leña, la cabaña sauna y el retrete exterior están todos como los recuerdo.

La última vez que regresé fue hace dos años, después de la muerte de mi madre. Desde que tuve a mis hijas, había estado pensando en lo que fue para mí crecer allí y quería ver si la realidad coincidía con mis recuerdos. El porche estaba cubierto de hojarasca y agujas de pino, así que rompí una rama de un árbol para barrerlas y dejarlo limpio. Coloqué mi tienda bajo los manzanos y llené un par de jarras de leche con agua del pantano, luego me senté sobre un trozo de leña, me comí una barrita de granola y escuché la charla de las cigarras. El pantano se queda en calma en ese momento justo antes del atardecer, después de que los insectos y los animales diurnos se hayan recogido en silencio y antes de que salgan las criaturas nocturnas. Cada noche, después de la cena, solía sentarme en los escalones del porche de la cabaña para pasar las páginas de los *Geographic* o practicar los nudos marineros y los nudos de pesca que mi padre me había enseñado mientras esperaba a que aparecieran las estrellas: *Ningaabi-Anang*, *Waaban-anang* y *Odjiig-anang*, la estrella de la tarde, el lucero del alba y la Osa Mayor, las tres estrellas principales del pueblo ojibwa. Cuando el viento estaba en calma y la charca en reposo, se podían ver las estrellas reflejadas perfectamente en el agua. Después de abandonar el pantano, pasé mucho tiempo en el porche de mis abuelos mirando hacia arriba.

Me quedé en la cabaña durante dos semanas. Pesqué, fui de caza, puse trampas. Cociné mis comidas sobre un fuego en el patio porque alguien se había llevado nuestra cocina de leña. Al decimotercer día, cuando encontré un charco de barro repleto de renacuajos y pensé en cómo me gustaría enseñárselo a Mari e Iris, supe que era hora de volver a casa. Cargué mis cosas en la canoa y volví remando a la camioneta; eché un buen vistazo a todo con lo que me encontré a lo largo del camino porque sabía que esta sería la última vez que regresaría.

Me doy cuenta de que dos semanas probablemente parezcan mucho tiempo para que una joven madre se aleje de su familia. En ese momento, me habría sido difícil explicar por qué necesitaba marcharme. Me había creado una nueva vida. Adoraba a mi familia. No era infeliz. Creo que se trataba únicamente de que había estado escondiendo durante tanto tiempo quién era y poniendo tanto esfuerzo para intentar encajar que necesitaba volver a conectar con la persona que solía ser.

Fue una buena vida, hasta que dejó de serlo.

Mi madre nunca habló mucho de los años antes de que mis propios recuerdos entraran en acción. Me imagino una interminable ronda de lavados y cuidados. «Uno para lavar y uno para usar» suena bien en teoría, pero sé por mis propias niñas que los bebés pueden pasar por tres o cuatro mudas al día. Por no mencionar los pañales. Una vez oí a mi madre decirle a mi abuela cómo luchó por controlar un sarpullido que me provocó el pañal. No recuerdo ser particularmente incómoda como bebé, pero si mi madre decía que tenía todo el culo cubierto de unas úlceras que supuraban, sangrantes, desagradables, rojas, tengo que creerla. No pudo haber sido fácil. Raspar la parte sólida de mis pañales en el retrete, luego enjuagar los pañales a mano en un cubo. Calentar agua para lavarlos en la cocina de leña. Tender cuerdas por toda la cocina para secarlos cuando llovía y colgar mis pañales en el patio cuando no. Los indios nunca se molestaron en hacer que sus bebés llevaran pañales, y si mi madre hubiera sido inteligente, después de que el tiempo fuera lo suficientemente cálido como para dejarme corretear con las partes de abajo medio desnudas, habría hecho lo mismo.

No había agua corriente en la cresta de nuestra montaña. La gente que construyó nuestra cabaña evidentemente había intentado cavar un pozo, porque había un agujero profundo en nuestro patio que mi padre cubrió con una pesada tapa de madera y donde de vez en cuando me encerraba como castigo, pero el pozo siguió seco. Tal vez por eso abandonaron la cabaña. Sacábamos nuestra agua del pantano, de un área rocosa que tenía la forma de un semicírculo que manteníamos limpio de vegetación. El charco que formaba era lo suficientemente profundo como para sumergir un cubo sin agitar el sedimento del fondo. Mi padre solía bromear con que cuando llegaba arriba de la colina con los cubos, sus brazos eran quince centímetros más largos que cuando empezó. Cuando era pequeña le creía. Cuando me hice lo suficientemente mayor para llevar los cubos que me tocaban, comprendí la broma.

Cortar, arrastrar y despedazar la leña que mi madre necesitaba para mantenerme limpia y seca era tarea de mi padre. Me encantaba verlo cortar madera. Se trenzaba su largo cabello para mantenerlo apartado y se quitaba la camisa, incluso cuando hacía frío, y los músculos que ondulaban bajo su piel eran como un viento de verano que estremece las castillejas. Mi trabajo consistía en poner los troncos uno detrás de otro para que mi padre pudiera moverse por toda la fila sin tener que detenerse: pon, pon, pon, pon, pon, pon. Un golpe por tronco, y cada tronco dividido limpiamente en dos cuando, en el último segundo, le daba a la cabeza del hacha ese giro que envía las dos mitades al vuelo. Las personas que no saben cómo cortar madera tienden a hacerlo con la cabeza del hacha hacia abajo, como si el peso y el empuje consiguieran, por sí solos, realizar la tarea. Pero eso no hace otra cosa que enterrar la cabeza en la densa madera verde de manera tan firme como si fuera un cincel, y luego puedes pasar un buen rato intentando recuperarla. Un año, los organizadores del festival del arándano en Paradise, Michigan, en el que vendo mis mermeladas y jaleas, trajeron un carnaval ambulante con atracciones de feria. ¿Conoces ese juego en el que tienes que golpear con un mazo en una plataforma que envía un peso a un poste y, si suena la campana en la parte superior, ganas un premio? Ese lo bordé.

Nuestra parcela estaba en el extremo inferior de la cresta de nuestra montaña. Después de que mi padre cortara y despedazara los árboles y recortara los troncos para convertirlos en leña, arrastrábamos la madera hasta nuestra cabaña. Mi padre prefería los árboles de veinte y veinticinco centímetros de diámetro, no demasiado grandes para manejarlos pero lo suficientemente gruesos para que los trozos que dejaba sin cortar pudieran mantener el fuego durante toda la noche. Dejaba crecer los arces que había cerca de nuestra cabaña para conservar nuestro bosque de arces azucareros. Un arce o haya medio que tenga ese tamaño produce alrededor de una cuerda de leña, tres metros cúbicos y medio, y nosotros necesitábamos entre veinte y treinta cuerdas al año, dependiendo de la severidad del invierno, por lo que cortar y apilar leña era un trabajo que se hacía durante todo el año. Un cobertizo lleno de leña era como el dinero en el banco, le gustaba decir a mi padre, aunque el nuestro no siempre estaba lleno. En invierno, cortaba la madera en una cresta cercana para que la de nuestra parcela durase más. Deslizaba los troncos por el hielo usando un gancho o un par de sargentos y una cuerda que se enrollaba al hombro. A las gigantescas empresas de papel que reducen la madera a pulpa en toda la Península Superior les gusta decir que los árboles son un recurso renovable, pero cuando abandonamos la cabaña, los árboles en el extremo inferior de la cresta de nuestra montaña prácticamente habían desaparecido.

Teniendo en cuenta todo el esfuerzo que poníamos en el acopio de leña, se podría pensar que la vida en la cabaña durante el invierno era acogedora. No lo era. Rodeada de hielo y nieve de una altura de metro y medio o más, era como vivir en un congelador. Desde noviembre hasta abril, nuestra cabaña no era nunca realmente cálida. A veces la temperatura exterior durante el día nunca superaba los cero grados. Con frecuencia, desde la noche hasta la mañana se alcanzaban treinta y cuarenta bajo cero. A esas temperaturas, no se puede respirar sin jadear, pues los capilares se contraen en cuanto el aire frío te golpea los pulmones, y los pelos de la nariz se arrugan cuando la humedad de los conductos nasales se congela. Si nunca has vivido en el extremo norte, te prometo que no te puedes hacer una idea de lo increíblemente difícil que es contrarrestar ese tipo de frío profundo y omnipresente. Imagínate el frío como una niebla maligna, que te empuja y quiere entrar desde todos los ángulos posibles, ascendiendo por un suelo congelado y abriéndose camino a través de cada minúscula grieta y fisura en el suelo y las paredes de tu cabaña; *Kabibona'kan*, el Creador del Invierno, que viene a devorarte, robándote el calor de los huesos hasta que se te convier-

91

te la sangre en hielo y el corazón se te congela y lo único que tienes para luchar contra él es el fuego de tu cocina de leña.

A menudo me despertaba después de una tormenta y me encontraba las mantas cubiertas de la nieve que se había colado por las grietas alrededor de las ventanas, pues las tablas habían encogido. Sacudía la nieve, recogía las mantas y bajaba corriendo las escaleras para sentarme junto a la cocina de leña con las manos abrazadas a una taza de achicoria caliente hasta que estaba preparada para desafiar el frío. No nos bañábamos durante el invierno —simplemente no podíamos—, y esta es una de las razones por las que mi padre construyó más tarde la sauna. Sé que probablemente suene terrible para la mayoría de la gente, pero no tenía mucho sentido que nos laváramos el cuerpo si no podíamos lavarnos la ropa. De todos modos, éramos solo tres personas, así que si apestábamos, no nos dábamos cuenta porque todos olíamos igual.

No recuerdo mucho de mis años de infancia. Impresiones. Sonidos. Olores. Más sensaciones de *déjà-vu* que memorias reales. Por supuesto, no tengo imágenes de cuando era bebé. Pero la vida en el pantano seguía un patrón regular, así que no es difícil rellenar las lagunas. De diciembre a marzo hay hielo, nieve y frío. En abril, los cuervos vuelven y los *pseudacris crucifer* eclosionan. En mayo, el pantano es todo hierba verde y flores, aunque todavía se pueden encontrar áreas de nieve a la sombra de una roca o en la cara norte de un tronco. Junio es el mes de los insectos. Mosquitos, moscas negras, moscas verdes, tábanos, jejenes… si un insecto vuela y muerde, lo tenemos. Julio y agosto son todo lo que las personas que viven en latitudes más meridionales asocian con el verano, aunque con una prima: estamos tan al norte que la luz del día se extiende más allá de las diez. Septiembre trae la primera helada y es frecuente ver una nevada en ese mes… tan solo un ligero polvo porque las hojas no han terminado de caer, pero son un presagio de lo que vendrá. Este es también el mes en que los cuervos despegan y los gansos de Canadá van en bandada. En octubre y noviembre el pantano se cierra, y a mediados de diciembre, estamos de nuevo atrapados en una profunda congelación.

Ahora imagina a una niña correteando por allí: rodando y deslizándose por la nieve, chapoteando en el agua, saltando por el patio, fingiendo ser un conejo o agitando los brazos como si fuera un pato o un ganso, con los ojos, las orejas, el cuello y las manos hinchadas de picaduras de insectos a pesar del repelente de insectos casero que su madre le unta generosamente siguiendo la receta de su padre (rizoma de hidrastis mezclado con grasa de oso), y eso abarca mis primeros años.

Mi primer recuerdo real es de mi quinto cumpleaños. A los cinco años yo era una versión rolliza de un metro veinte de mi madre, pero con el color de mi padre. A mi padre le gustaba el cabello largo, así que nunca me lo cortaron. Me llegaba casi a la cintura. La mayor parte del tiempo lo llevaba recogido en coletas o en una trenza como la de mi padre. Mi conjunto favorito era un mono y una camisa roja de franela a cuadros que se parecía mucho a una de las suyas. Mi otra camisa de ese año era verde. Mis botas de cuero marrón eran idénticas a las que usaba mi padre, solo que sin las puntas de acero, y más pequeñas. Cuando llevaba este conjunto, sentía que algún día podría convertirme en el hombre que era mi padre. Copiaba sus manierismos, la manera en que hablaba, su forma de andar. No era adoración, pero estaba cerca. Yo estaba descarada, absoluta y completamente enamorada de mi padre.

Sabía que ese día cumplía cinco años, pero no esperaba nada fuera de lo común. Mi madre me sorprendió, sin embargo, al hornear un pastel. En algún lugar entre las montañas de latas y bolsas de arroz y harina en la despensa, mi madre encontró una caja con un preparado para pastel. Chocolate con pepitas de arcoíris, entre todas las cosas, como si mi padre supiera que algún día tendría un hijo. No estaba dispuesta a hacer nada en la cocina que no tuviera que hacer, pero la ilustración en la parte delantera de la caja parecía intrigante. No podía imaginarme cómo una bolsa con una mezcla marrón polvorienta se convertiría en un pastel con diminutas velas multicolores y un glaseado en espiral marrón, pero mi madre prometió que así sucedería.

—¿Qué significa «precalentar el horno a 175 grados»? —le pregunté mientras leía las instrucciones en la parte de atrás. Leía desde que tenía tres años—. ¿Y qué vamos a hacer con lo del horno?

Había visto fotos en los anuncios de electrodomésticos en las cocinas del *Geographic*, y sabía que no teníamos uno.

—No necesitamos un horno —respondió mi madre—. Vamos a hornear el pastel de la misma manera que horneamos las galletas.

Esto me dejó preocupada. Las galletas con levadura que hacía mi madre en la sartén de hierro fundido sobre nuestra cocina de leña se quemaban a veces y siempre estaban duras. Una vez perdí un diente de leche al morder una. Su falta de habilidades culinarias era un tema sensible, y recurrente con mi padre, pero a mí no me molestaba. No puedes echar de menos lo que nunca has conocido. En retrospectiva, es fácil ver que podría haber evitado el problema secuestrando a alguien un poco mayor, pero ¿quién soy yo para criticar a mi padre? Como dice el refrán, a lo hecho…

Mi madre sumergió un trapo en el cubo de grasa de oso que guardábamos en un armario a prueba de ratones y lo frotó por el interior de nuestra sartén, y luego puso la sartén a calentar en la cocina.

—Mezcla dos huevos y un cuarto de C de aceite —continué—. ¿Aceite?

—Grasa de oso —dijo mi madre—. Y la C significa *cup*, taza. ¿Tenemos huevos?

—Uno.

Los patos salvajes se reproducen en primavera. Afortunadamente nací a finales de marzo. Mi madre rompió el huevo en medio del polvo, añadió la grasa que había derretido en una taza de hojalata sobre la cocina, junto con una cantidad igual de agua, y batió la masa.

—Tres minutos con una batidora eléctrica a alta velocidad, o trescientos golpes.

Cuando se le cansó el brazo, me tocó a mí. Me dejó agregar las pepitas, aunque para cuando la masa estaba lista ya me había comido la mitad. Era dulce, lo que siempre es agradable, pero mientras la empujaba con la lengua en la boca la textura me hacía pensar en excrementos de ratón. Ella añadió otra cucharada de grasa a la sartén para que la masa no se pegara, la vertió y cubrió la sartén con una tapadera de hierro fundido.

Diez minutos más tarde, después de advertirme dos veces de que no mirase o el pastel no se hornearía, y tras levantar la tapadera para comprobar el progreso, descubrió que los bordes de la tarta se estaban ennegreciendo mientras que el centro aún estaba como un pegote. Abrió el compartimento del fuego y agitó las brasas para que el calor se distribuyera con mayor uniformidad y añadió otro tronco al fuego, y funcionó. El producto final no se parecía en nada a la imagen, pero lo despachó de todos modos.

Tal vez un pastel hecho con huevos de pato y grasa de oso no te parezca gran cosa, pero fue la primera vez que probé el chocolate, y me supo a gloria.

El pastel en sí mismo habría sido más que suficiente. Pero el día no había terminado. En una rara demostración de lo que supongo, solo en retrospectiva, era afecto maternal, mi madre me hizo una muñeca. Rellenó uno de mis antiguos peleles con trozos secos de espadañas, metió cinco ramitas en cada manga para los

95

dedos y los colocó en su lugar atándolos con un pedazo de cuerda, y con uno de los calcetines viejos de mi padre formó una cabeza a la que le dibujó una cara sonriente y asimétrica con un trozo de carbón. Y sí, la muñeca era tan fea como suena.

—¿Qué es? —pregunté cuando la dejó en la mesa frente a mí mientras lamía las últimas migas de pastel de mi plato.

—Es una muñeca —dijo tímidamente—. La he hecho yo. Para ti.

—Una muñeca. —Estaba bastante segura de que era la primera vez que escuchaba la palabra—. ¿Para qué es?

—Tú... juegas con ella. Dale un nombre. Imagina que es un bebé y que tú eres su madre.

No sabía qué decir. Yo era muy buena fingiendo, pero imaginarme a mí misma como la madre de este bulto sin vida me superaba. Afortunadamente, mi padre encontró este concepto igualmente ridículo. Se echó a reír y eso me hizo sentir mejor.

—Ven, Helena. —Se apartó de la mesa y me tendió la mano—. También yo tengo un regalo para ti.

Mi padre me llevó a su habitación. Me subió a su cama alta. Me colgaban las piernas del borde. Normalmente no se me permitía entrar en la habitación, así que balanceé mis pies en feliz anticipación mientras mi padre se ponía a cuatro patas. De debajo de la cama sacó una caja de cuero marrón con un asa marrón y un ribete dorado y brillante. Podía decir que la caja era pesada porque gruñó al levantarla, y cuando la dejó caer en la cama a mi lado, la cama rebotó y zangoloteó como cuando yo saltaba sobre ella, aunque se suponía que no debía hacerlo. Mi padre cogió la llave más pequeña de su llavero y la insertó en la cerradura. El pestillo se abrió de golpe: *plack*. Levantó la tapa y giró la caja para que yo pudiera ver el interior.

Me quedé sin aliento.

La caja estaba llena de cuchillos. Largos. Cortos. Delgados. Gruesos. Cuchillos con empuñaduras de madera. Cuchillos con empuñaduras de hueso talladas. Cuchillos plegables. Cuchillos curvos que parecían espadas. Más tarde mi padre me enseñó sus nombres y las diferencias entre ellos y cómo usar cada uno para la caza, la lucha o la defensa personal, pero en ese momento lo único que sabía era que me moría por tocarlos. Quería pasar mis dedos por cada uno de ellos. Sentir la frialdad del metal, la suavidad de la madera, lo afilado de cada hoja.

—Adelante —dijo—. Elige uno. Ahora eres una niña grande. Lo suficientemente mayor para llevar un cuchillo propio.

De repente me ardían las entrañas como el fuego de nuestra cocina de leña. Había querido un cuchillo desde que tenía uso de razón. No podía imaginarme que ese tesoro descansaba bajo la cama de mis padres. O que un día mi padre compartiría una parte de su tesoro conmigo. Miré hacia la puerta. Mi madre tenía los brazos cruzados sobre el pecho y fruncía el ceño, así que podía ver que no le gustaba la idea. Cuando la ayudaba en la cocina, no se me permitía tocar nada afilado. Volví a mirar a mi padre y, de repente, en un arranque de lucidez, me di cuenta de que no tenía que escuchar a mi madre. Ya no. No ahora que mi padre me había dicho que tenía edad suficiente para tener mi propio cuchillo.

Me dirigí a la caja. Miré cuidadosamente cada cuchillo dos veces.

—Ese. —Señalé un cuchillo con una hoja de color dorado y un brillante mango de madera oscura.

Me gustó especialmente el diseño de una hoja en relieve en la funda de cuero del cuchillo. No era un cuchillo pequeño, porque a pesar de que mi padre decía que yo era una niña grande, sabía que iba a crecer aún más, y quería un cuchillo junto al que me fuera haciendo grande, no uno que se me quedara pequeño, como el montón de camisetas y monos desechados en un rincón de mi habitación.

—Excelente elección.

Mi padre sostenía lo que ahora sé que es un cuchillo Bowie

de doble hoja y veinte centímetros como el rey que le otorga una espada a un caballero. Intenté asirlo y luego me detuve. Mi padre tenía un juego al que le gustaba jugar y que consistía en fingir que me daba algo y, cuando yo intentaba cogerlo, me lo arrebataba. Si tuviera que jugar ahora, no creo que pudiera soportarlo. Sonreía y asentía dándome ánimos mientras yo vacilaba. A veces esto también era parte del juego.

Pero yo quería ese cuchillo. *Necesitaba* ese cuchillo. Rápidamente, lo agarré antes de que él pudiera reaccionar. Cerré el puño asiendo el cuchillo y me lo escondí en la espalda. Lucharía contra él si era lo que tenía que hacer.

Mi padre se rio.

—Está bien, Helena. De verdad. El cuchillo es tuyo.

Lentamente saqué el cuchillo de la espalda, y cuando su sonrisa se hizo más grande y vi que sus manos permanecían a ambos lados, supe que ese hermoso cuchillo era realmente mío. Saqué suavemente el cuchillo de su funda, le di vueltas entre mis manos, lo elevé para que le diese la luz, lo puse sobre mis rodillas. El peso del cuchillo, el tamaño y la forma y la sensación me confirmaron que mi elección había sido la correcta. Pasé el pulgar a lo largo de uno de los filos para comprobar lo afilado que estaba, como había visto hacer a mi padre. El cuchillo sacó sangre. No me dolió. Me puse el pulgar en la boca y volví a mirar a la puerta. Mi madre se había ido.

Mi padre cerró con llave la caja y la deslizó de nuevo debajo de la cama.

—Coge tu abrigo. Vamos a revisar la hilera de trampas.

Cuánto lo quería… y su invitación me hizo quererlo aún más. Mi padre revisaba su fila de trampas todas las mañanas. Ahora ya estaba anocheciendo. Que saliera por segunda vez solo para que yo pudiera probar mi nuevo cuchillo hizo que me explotara el corazón. Mataría por este hombre. Moriría por él. Y sabía que él haría lo mismo por mí.

Rápidamente me puse la ropa de invierno antes de que cambiara de opinión, y luego deslicé el cuchillo en el bolsillo del abrigo. El cuchillo me golpeaba la pierna mientras caminaba. Nuestra fila de trampas recorría toda la cresta de nuestra montaña. La nieve a cada lado del sendero tenía casi mi altura, así que seguí de cerca los pasos de mi padre. No iríamos muy lejos. El cielo, los árboles y la nieve se estaban volviendo de un azul nocturno. Al oeste *Ningaabi-Anang* brillaba baja. Le ofrecí una oración al Gran Espíritu para que *por favor, por favor* enviara un conejo antes de que tuviéramos que regresar.

Pero *Gitche Manitou* puso a prueba mi paciencia, como suelen hacer los dioses. Las dos primeras trampas que comprobamos estaban vacías. En la tercera, el conejo ya estaba muerto. Mi padre le quitó al conejo la trampa del cuello, la volvió a colocar y dejó caer en su saco el conejo rígido. Señaló hacia el cielo, que se estaba oscureciendo.

—¿Qué te parece, Helena? ¿Seguimos o volvemos?

A estas alturas, la estrella de la tarde estaba acompañada de muchas otras. Hacía frío y estaba bajando la temperatura, y el viento soplaba como si fuera a nevar. Me dolían las mejillas, me castañeteaban los dientes, tenía los ojos acuosos y no podía sentir la nariz.

—Seguimos.

Mi padre se volvió sin decir palabra y siguió por el sendero. Lo seguí trastabillando. Tenía el mono mojado y rígido y no podía sentir los pies. Pero cuando llegamos a la siguiente trampa, se me olvidó todo el problema de los dedos de los pies congelados. Este conejo estaba vivo.

—Rápido. —Mi padre se quitó los guantes y se sopló las manos para calentarlas.

A veces, cuando un conejo se quedaba atrapado en una trampa por la pata trasera, como le había sucedido a este, mi padre lo cogía y le golpeaba la cabeza contra un árbol. Otras veces, le cortaba la garganta. Me arrodillé en la nieve. El conejo estaba sin fuerzas por el miedo y el frío, pero claramente respiraba. Saqué mi cuchillo de la funda. «Gracias», susurré al cielo y a las estrellas, y empujé rauda la hoja por el cuello del conejo.

La sangre brotó de la herida y me salpicó en la boca, en la cara, en las manos, en el abrigo. Dio un chillido y me puse de pie. Supe enseguida lo que había hecho mal. En mi afán por matar a mi primera presa, se me había olvidado ponerme a un lado. Cogí un puñado de nieve y me lo froté por la parte delantera del abrigo y me eché a reír.

Mi padre se rio conmigo.

—Déjalo. Tu madre se encargará de ello cuando volvamos.

Se arrodilló junto al conejo y sumergió dos dedos en su sangre. Con suavidad, me acercó hacia él.

—*Manajiwin* —dijo—. Respeto.

Me levantó la barbilla y me dibujó las mejillas con sus dedos.

Empezó a bajar por el sendero. Recogí el conejo, me lo colgué al hombro y lo seguí de regreso a la cabaña. Se me arrugó la piel cuando el viento me secó las rayas. Sonreí. Ya era una cazadora. Una guerrera. Una persona digna de respeto y honor. Un hombre del mundo salvaje como mi padre.

Mi madre quiso lavarme la cara en cuanto me vio, pero mi padre no la dejó. Ella asó el conejo para la cena después de limpiar la sangre de mi abrigo y lo sirvió con una guarnición de arruruz hervido y una ensalada de hojas de diente de león fresco que embutíamos en cajas de madera en nuestro silo. Fue la mejor comida que había comido nunca.

Años más tarde, el estado vendió la extensa colección de cuchillos de mi padre para ayudar a sufragar sus costas judiciales. Pero yo aún tengo el mío.

9

El cuchillo que me dio mi padre por mi quinto cumpleaños es un Natchez Bowie de acero que hoy en día se vende por cerca de setecientos dólares. Es el cuchillo de combate perfecto, perfectamente equilibrado y perfectamente modelado en su solidez, alcance y posibilidades para hacer palanca, con un borde afiladísimo que corta como un machete y perfora como una daga.

El cuchillo que usó para escapar de la cárcel estaba hecho de papel higiénico. Me sorprendió cuando lo escuché. Dadas su propensión y su destreza, habría pensado que optaría por un cuchillo de metal. Desde luego, tuvo tiempo de fabricar uno. Creo que se decidió por el papel higiénico porque entendió la ironía de elaborar un arma mortal a partir de un material inocente. Los presos pueden ser increíblemente creativos cuando se trata de hacer pinchos: afilando cucharas de plástico y cepillos de dientes rotos contra las paredes o los suelos de cemento de sus celdas y tachonándolos con cuchillas de afeitar desechables, cortando cuchillos de metal a partir de los marcos de acero de las camas a lo largo de los meses usando hilo dental. Pero no tenía ni idea de que se pudiera matar a una persona con papel higiénico.

En YouTube, hay un vídeo que enseña cómo crear uno. En primer lugar, se enrolla con firmeza el papel dándole forma de cono, utilizando pasta de dientes como agente de unión, parecido al pegamento en el papel maché. Luego se moldea el pincho hasta conseguir la forma que se quiera, aplicando capas de papel higiénico en un extremo y apretándolas para lograr una sujeción personalizada. Una vez que se esté satisfecho con el resultado, se deja que el pincho se seque y se endurezca, se afila de la manera habitual y ya se tiene un arma letal. Además, es biodegradable. Si se deja caer en el inodoro cuando se haya terminado con él, y después de que se ablande, se puede tirar de la cisterna y hacer que desaparezca.

Mi padre dejó el suyo en la escena del crimen. El cuchillo había cumplido con su cometido, y no es que tuviera que crear un escenario de negación plausible. Según informaron en las noticias, el pincho de mi padre tenía doble hoja de quince centímetros con una empuñadura y un mango de color marrón de no quiero saber quién. Esa parte no me sorprende. Los Bowie siempre estuvieron entre sus favoritos.

Aparte de los detalles sobre el cuchillo que la policía dio a conocer ayer, lo único que se sabe con certeza es que dos guardias están muertos, uno por herida de puñal y el otro por disparos, y las armas de mi padre y de los dos guardias están desaparecidas. No hay testigos. O bien nadie vio estrellarse la furgoneta que transporta a los presos en una zanja en mitad del tramo de la Seney, o nadie está dispuesto a confesar que ha visto algo mientras mi padre ande de un lado para otro.

Conociendo a mi padre como lo conozco, puedo unir los puntos. Sin duda, ha estado planeando su huida durante mucho tiempo. Posiblemente años, de la misma manera que planeó el secuestro de mi madre. Una de las primeras cosas que seguro que hizo fue afianzarse como prisionero modelo para estar en buenos términos con los guardias que lo llevaban de la cárcel a sus citas en el juzgado. La mayoría de las fugas en las prisiones implican al menos algún error humano: los guardias no se preocupan de cerrar con dos vueltas las esposas del prisionero porque no lo ven como una amenaza, o la llave de unas esposas escondida en el cuerpo o la ropa del prisionero pasa inadvertida durante un registro por la misma razón. Los prisioneros que destacan por ser pendencieros requieren medidas de seguridad adicionales, así que mi padre se habría asegurado de no ser uno de ellos.

Hay ciento sesenta kilómetros desde la prisión de Marquette Branch hasta el palacio de justicia del condado de Luce, donde procesaron a mi padre, por lo que invirtieron mucho tiempo conduciendo. Los psicópatas como mi padre pueden ser muy carismáticos. Me lo imagino charlando con los guardias, averiguando qué les interesaba, entablando conversaciones poco a poco. Del mismo modo que engañó a mi madre para que confiara en él diciéndole que estaba buscando a su perro. Del mismo modo que jugaba con mis intereses cuando yo era niña para volverme contra mi madre de una manera tan sutil y completa que me llevó años de terapia aceptar que ella se preocupaba por mí.

No sé cómo sacó el cuchillo de su celda y lo metió en la furgoneta de la prisión. Pudo haberlo escondido en la costura del mono, en la parte superior cercana a la ingle, donde es probable que los agentes lo cachearan menos. O podría haberlo ocultado en el lomo de un libro. Aquí es donde un cuchillo más pequeño habría sido considerablemente más práctico. Pero algo que debe entender la gente acerca de mi padre es que nunca se queda a mitad de camino en nada que haga. Otra cosa que tienen que entender es que es un hombre paciente. Estoy segura de que dejó pasar un buen número de oportunidades para escapar hasta que se dieran todas las condiciones necesarias. Tal vez un día el tiempo era malo, o los guardias estaban inusualmente irascibles o inusualmente atentos, o no había terminado por completo el cuchillo para su satisfacción. No es que tuviera prisa.

Ayer las estrellas se alinearon. Mi padre sacó con éxito el cuchillo de su celda y lo ocultó en un hueco del asiento de la parte trasera de la furgoneta de la prisión. Esperó hasta el viaje de vuelta para ponerse en marcha porque los guardias estarían cansados después de un largo día en la carretera y porque para los buscadores sería más difícil seguirlo si se escapaba poco antes del ocaso. También porque en el camino de regreso tendrían que viajar hacia el oeste, y todo el mundo sabe cómo distrae conducir directamente hacia una puesta de sol.

Mi padre se inclinó sobre el asiento trasero mientras fingía dormitar. Conocía la ruta lo suficientemente bien para seguirla con los ojos cerrados, pero mi padre nunca deja nada al azar, y así cada par de minutos abría un ojo para seguir su progreso. Pasaron el desvío hacia Engadine, dejaron atrás Four Corners y subieron una colina y atravesaron el minúsculo pueblo de McMillan, pasaron por un puñado de casas y por la antigua granja McGinnis y bajaron la colina hasta King's Creek. Subieron otra colina y pasaron el taller de alfarería y la cabaña abandonados que habían construido una pareja *hippie* en los años setenta; luego por Danaher Road, bajaron una colina pequeña más y subieron otra y luego, por fin, bajaron a la zona pantanosa al oeste del puente del río Fox. Ver el pantano hizo que se le acelerase el pulso a mi padre, pero lo ocultó con disimulo.

Pasaron por Seney sin detenerse. Tal vez el conductor le preguntara al otro guardia si necesitaba ir al baño; tal vez siguió asumiendo que su pareja se lo diría llegado el caso. A mi padre no se le concedía ese lujo. Esta vez no le importaba. Se cambió al asiento de atrás, se deslizó hacia adelante ligeramente y fingió un ronquido para ocultar su movimiento. Accedió al hueco del asiento y sacó el cuchillo de su escondite. Lo colocó entre sus manos esposadas con la hoja apuntando hacia sí mismo para poder atacar desde arriba y así deslizarlo aún más.

A unos dieciséis kilómetros al oeste de Seney, justo después de pasar la carretera del río Driggs que corre paralela al río y conduce al corazón del refugio de entorno salvaje, mi padre lanzó su embestida. Es posible que rugiera como un soldado al ataque; también que estuviera tranquilo como un asesino. En cualquier caso, hundió el cuchillo en el pecho del guardia que iba en el asiento del pasajero, empujando la hoja profundamente a su paso por la carne, penetrando así en el ventrículo derecho y cortándole el tabique para que el guardia no muriera por pérdida de sangre, sino por la sangre que se había acumulado alrededor de su corazón, que lo comprimió e hizo que se detuviera.

El guardia se quedó tan sorprendido que no pudo gritar, y para cuando se dio cuenta de que se estaba muriendo, mi padre ya le había arrebatado el arma y le había disparado al conductor. La furgoneta se desvió hacia la cuneta, y eso fue todo. Mi padre se aseguró de que los dos guardias estaban muertos, los cacheó para encontrar la llave de las esposas, saltó al asiento delantero y salió gateando. Miró hacia arriba y hacia abajo por la carretera para cerciorarse de que no había testigos antes de salir de la furgoneta y se dirigió directamente hacia el sur, dejando rastros de huellas en el tramo de hierba entre la carretera y los árboles para que los buscadores supieran a qué dirección se dirigía.

Después de un kilómetro y medio o así, vadeó por el río Driggs. Caminó por el río durante un breve trecho y salió de nuevo por el mismo lado porque el río era demasiado profundo para cruzarlo sin tener que nadar, y porque no quería ponérselo demasiado difícil a los buscadores, a quienes quería convencer de que el refugio de vida salvaje era su destino. Dejó un helecho quebrado aquí, una rama rota allá, una huella parcial, trazando un sendero que era lo suficientemente desafiante como para que los investigadores pensaran que eran más inteligentes que él y

105

que lo alcanzarían antes del anochecer. Entonces, en el momento de elegir, se evaporó en el pantano como la niebla matutina y desapareció.

Así es como creo que lo hizo. O al menos, así es como lo habría hecho yo.

Estamos a un kilómetro y medio de la primera cabaña que quiero examinar cuando Rambo se queja de esa manera particular que tiene para decirme que necesita salir. No quiero parar, pero cuando comienza a excavar en el apoyabrazos y a girar sobre el asiento tengo que parar en la cuneta. Últimamente he notado que cuando tiene que salir, realmente tiene que salir. No sé si el problema es la edad o la falta de ejercicio. Los plott viven entre doce y dieciséis años, así que con ocho ya se está acercando.

Abro la guantera y me coloco la Magnum en la parte delantera de los vaqueros. En cuanto abro la puerta del copiloto, Rambo sale como un disparo. Camino por los bordes de la carretera con lentitud, buscando señales que me indiquen que por allí ha pasado alguien. Nada tan obvio como un pedazo de tela naranja enganchado a una rama. Ni tampoco una huella de un zapato de deporte sin cordones. Mi padre solía decirnos a mi madre y a mí que si alguien aparecía inesperadamente en la cresta de nuestra montaña, debíamos adentrarnos entre la hierba de los pantanos y rodar por el suelo en el barro y permanecer quietas hasta que él nos avisara de que era seguro volver. Ahora estoy segura de que el mono de prisión de mi padre está camuflado de manera similar.

A juzgar por la falta de árboles y la densidad de los matorrales a lo largo de la carretera, diría que han transcurrido diez años desde que realizaron una tala en el área. Lo único que crece ahora son arándanos y alisos americanos. Las montañas de maleza que dejaron atrás los madereros, junto con la fuente disponible de alimentos, hacen de este lugar un excelente entorno para el oso. No me cabe duda de que Rambo piensa que hemos venido por eso.

Cruzo el camino y vuelvo andando por el otro lado. Mi padre me enseñó a rastrear cuando era pequeña. Mientras yo estaba jugando o explorando me trazaba un recorrido, que luego yo tenía que localizar y seguir mientras él se colocaba a mi lado y me enseñaba todas las señales que había pasado por alto. Otras veces, caminábamos allá donde nos llevaran nuestros pies y él me señalaba cosas interesantes a medida que avanzábamos. Montañas de caca. El rastro distintivo de una ardilla roja. La entrada a la guarida de una rata cambalachera llena de plumas y comida regurgitada de búho. Mi padre señalaba un montón de excrementos y preguntaba: «¿Comadreja o puercoespín?». No es fácil encontrar las diferencias.

Con el tiempo me di cuenta de que realizar un rastreo es como leer. Los signos son palabras. Conéctalas y conviértelas en oraciones y te contarán una historia sobre un incidente en la vida del animal que pasó por allí. Por ejemplo, puedo llegar a una depresión donde un ciervo se hubiera acostado. Podría ocurrir en una pequeña isla que sobresale en el pantano o en un terreno similar elevado desde el que el ciervo puede vigilar su entorno. Lo primero que hago es mirar el desgaste de la depresión, y eso me dice cuánto se utiliza ese lecho. Si el lecho está muy aplastado, entonces es un lecho primario, lo que significa que probablemente vuelva el ciervo. A continuación, observo la dirección del lecho. La mayor parte del tiempo un ciervo se acostará con el viento a su espalda. Conocer el viento por el que se orienta el ciervo en ese lecho en particular me permite elegir un día cuando ese viento en particular esté soplando para así volver y disparar. Historias de este tipo.

A veces mi padre fingía ser la presa. Salía a hurtadillas de la cabaña mientras yo hacía tiempo con los ojos vendados en una silla de la cocina colocada contra la ventana para que no me sintiera tentada a mirar. Después de contar hasta mil, mi madre me quitaba la venda de los ojos y empezaba la persecución. Con todas las huellas que se cruzaban en la arena más allá de nuestra puerta trasera, no era fácil averiguar cuáles eran las suyas. Me ponía en cuclillas en el escalón inferior y estudiaba cuidadosamente todas las huellas hasta estar segura de cuáles eran las más recientes, porque si comenzaba por el camino equivocado, nunca lo encontraría; y dependiendo de lo lejos que hubiera llegado, del tiempo que túviese que permanecer oculto y del humor en que se encontrara ese día, la contemplación podría llevarme más tiempo en el hueco de las escaleras del que querría invertir.

De vez en cuando mi padre saltaba desde el porche sobre un montón de hojas o sobre una roca para hacer que el juego fuera más desafiante. A veces se quitaba los zapatos y se quedaba en calcetines o con los pies descalzos para avanzar de puntillas. Una vez me engañó usando unos zapatos que eran de mi madre. Ambos nos echamos unas buenas risas recordando aquello. Desde que dejé el pantano, he observado que hay muchos padres que dejan que sus hijos les ganen en los juegos con el fin de que edifiquen su autoestima. Mi padre nunca me lo puso fácil cuando tenía que seguirle el rastro, y yo no lo habría querido así. ¿De qué otra manera iba a aprender? En cuanto a mi autoestima, las veces que fui capaz de atrapar y matar a mi padre estuve sonriendo durante días. No lo mataba de verdad, por supuesto, pero dependiendo de dónde se escondiera, el juego siempre terminaba con una bala que se disparaba al suelo, cerca de sus pies, o en el tronco o en la rama del árbol que hubiera junto a su cabeza. Después de que le ganase tres veces seguidas, mi padre dejó de jugar. Mucho más tarde mi profesor leyó en clase un relato titulado *The Most Dangerous Game*, y se parecía mucho al juego al que mi padre y yo solíamos jugar. Me preguntaba si era de ahí de donde había sacado la idea. Quería decirle a la clase que sabía lo que era ser cazador y cazado, pero para entonces ya había aprendido que cuanto menos dijera sobre mi vida en el pantano, mejor.

Un coche de policía está estacionado a un lado de la carretera. O, por decirlo con mayor exactitud, un coche patrulla del *sheriff* del condado de Alger, uno de los nuevos que salieron recientemente en las noticias: blancos con una raya negra y un logotipo negro y naranja al lado, con barras estabilizadoras en la parte delantera y barra luminosa en la parte superior. Un coche tan prístino y brillante que parece que esta es la primera vez que sale.

Desacelero. Hay dos maneras de jugar a esto. Puedo pasar en mi camioneta como si no tuviera idea alguna de por qué hay un coche de policía estacionado al lado de la carretera en medio de ninguna parte. Dejar que el agente me pare y luego que el equipo de pesca que llevo en la parte trasera de la camioneta haga su parte. Tal vez el agente reconozca mi nombre y establezca una conexión con mi padre cuando compruebe mi identificación y la matrícula del vehículo. Tal vez no. De cualquier manera, lo peor que me puede pasar es que el agente me haga recoger con la advertencia de que me vuelva a casa y me ponga a salvo.

O puedo decirle al agente que he abortado mis intenciones de ir a pescar y estoy de camino a casa porque he oído en las noticias que hay un prisionero que se ha fugado. La segunda opción me da la oportunidad de preguntar cómo va la búsqueda, lo cual podría ser útil. O tal vez pueda conseguir que el agente hable el tiempo suficiente para captar alguna charla en la radio de la policía. Entonces me doy cuenta de que ambas opciones son irrelevantes. El coche patrulla está vacío. Me echo a un lado y me detengo. Salvo por la ocasional interferencia de la radio del coche, los bosques están tranquilos. Saco el Ruger de la baca

109

sobre la ventanilla y la Magnum de la guantera. Examino el área para detectar algún movimiento, luego me pongo en cuclillas para estudiar las huellas del camino. Un par. Hombre, a juzgar por el tamaño del zapato. De unos ochenta a unos noventa kilos, a juzgar por la profundidad. Se desplaza con extrema precaución, a juzgar por la distancia entre sus pasos.

Sigo las huellas hasta que desaparecen entre la vegetación junto a la carretera. Los helechos rotos y hierbas aplastadas me dicen que el agente iba corriendo. Estudio durante mucho tiempo el rastro que ha dejado y decido que iba corriendo hacia algo que pensaba que garantizaba la investigación, no lejos de allí.

Me cuelgo el Ruger al hombro y sostengo la Magnum con ambas manos frente a mí. Mis pasos son prácticamente silenciosos, gracias a los mocasines que llevo cuando estoy en el monte. Gracias a cómo me entrenó mi padre.

Entre una hilera de abedules mixtos y álamos temblones, el sendero conduce hasta la cima de un barranco escarpado. Camino hasta el borde y miro hacia abajo. En la parte inferior del barranco hay un cuerpo.

110

10

LA CABAÑA

*Pronto a la esposa del vikingo le quedó claro lo que le sucedía a
la niña; estaba bajo la influencia de un poderoso hechicero. Durante el día mostraba una apariencia encantadora, como un ángel de
la luz, aunque tenía un temperamento perverso y salvaje; mientras
que por la noche, bajo su forma de fea rana, estaba calmada y me-
lancólica, con los ojos cargados de pena.*

*He aquí dos naturalezas, que cambiaban interior y exterior-
mente con la ausencia y el regreso de la luz del sol. Y así sucedió que
de día la niña, bajo la forma real de su madre, desplegaba la fiera
disposición de su padre; por la noche, por el contrario, su aspecto
exterior mostraba claramente su descendencia paterna, mientras
que interiormente tenía el corazón y la mente de su madre.*

Hans Christian Andersen
La hija del Rey del Pantano

Los *National Geographic* fueron mis libros ilustrados, mis
primeras lecturas, mis libros de texto de historia y de ciencia y de

cultura del mundo todo en uno. Incluso después de haber aprendido a leer, me podía pasar las horas hojeando las imágenes. Mi favorita era la de un bebé aborigen que aparecía desnudo en algún lugar del interior de Australia. Tenía el pelo crespo, de color castaño rojizo, la piel marrón rojiza y estaba sentada sobre un barro casi del mismo color que ella, mientras mascaba una tira de corteza y sonreía como un bebé Buda. Parecía tan gorda y feliz que cualquiera podía ver que, en ese lugar y en ese momento, tenía todo lo que pudiera querer o necesitar. Cuando miraba su foto, me gustaba imaginar que ese bebé era yo.

Después del bebé aborigen, me gustaban las fotos de la tribu yanomami en la selva tropical de Brasil. Madres con flequillos de corte recto, caras tatuadas y desnudas de cintura para arriba, amamantando a sus bebés o portando niños en las caderas, con las mejillas y las narices perforadas con palos decorados con penachos de plumas amarillas. Los niños llevaban taparrabos con cuerdas que no cubrían sus partes de niño y portaban sobre los hombros monos muertos y pájaros de colores brillantes a los que habían disparado con sus propios arcos y flechas. Niños y niñas columpiándose en lianas tan gruesas como sus brazos y que se tiraban a un río que, según el artículo, era el hogar de caimanes negros, anacondas verdes y pirañas de vientre rojo. Me gustaba fingir que estos niños y niñas, salvajes y valientes, eran mis hermanos y hermanas. En los días de calor me quitaba toda la ropa y me pintaba con la mugre de los pantanos y correteaba por la cresta de nuestra montaña con un pedazo de cuerda que me ataba alrededor de la cintura, blandiendo el arco y las flechas que había fabricado con fragmentos de sauce que eran demasiado elásticos y verdes para derribar siquiera un conejo, pero eran lo bastante buenos para fingir. En el cobertizo para la leña colgué de las esposas la muñeca que mi madre me había hecho y la usé como blanco para practicar. La mayoría de las veces las flechas solo rebotaban, pero de vez en cuando llegaba a conseguir que una se quedara clavada en la muñeca. A mi madre no le gustaba verme sin ropa, pero a mi padre no le importaba.

Arranqué las fotos de las revistas y las escondí entre mi colchón y el somier. Mi madre rara vez iba a mi habitación, y mi padre nunca lo hizo, pero no me iba a arriesgar de ninguna manera. La otra revista que guardaba bajo la cama era la que contenía el artículo sobre el primer asentamiento vikingo en el Nuevo Mundo. Me encantaba todo lo que tuviera que ver con los vikingos. Los dibujos del artista, que reflejaban lo que pudo haber sido la vida en aquel asentamiento, se parecían mucho a lo que era la mía, solo que con casas de tepe y más gente. En las noches en que mi padre hacía un fuego, me sentaba tan cerca de la chimenea como era capaz de soportar y miraba atentamente las imágenes de los artefactos que habían encontrado, y que incluían huesos humanos, hasta que mi padre decidía que era hora de que los tres nos fuéramos a la cama.

Me encantaba leer, pero solo en días de lluvia o por la noche junto al fuego. Me encantaba especialmente mi libro de poemas. Las descripciones de la niebla matutina, las hojas amarillas y los pantanos congelados me hablaban verdaderamente. Incluso el nombre del poeta era el apropiado: Frost. Me preguntaba si se lo habría inventado, como cuando yo jugaba a los vikingos y me hacía llamar Helga la Intrépida. Me dio verdadera pena cuando mi padre le cortó las tapas al libro y puso las páginas en el retrete exterior. Mi madre me dijo que una vez tuvimos papel higiénico real, pero, de ser cierto, debimos de habernos quedado sin él hace mucho tiempo, porque no lo recordaba. Las *Geographic* eran demasiado rígidas y brillantes para el gusto de cualquiera, pero cumplían con la tarea.

Si hubiera sabido antes que el libro de poemas no iba a estar por allí para siempre, habría hecho un mayor esfuerzo para memorizar más. Incluso hoy puedo recordar fragmentos: «Los bosques son hermosos, oscuros y profundos… El atardecer resplandece ante el cielo de medianoche... Dos caminos se separaban en un bosque amarillo, y tomé el camino en el que menos se había viajado». ¿O era «por el que»?

Iris aprendió a leer sola antes de empezar el colegio. Me gusta pensar que eso lo heredó de mí.

Me doy cuenta de que algunas personas encontrarán ofensivos algunos aspectos de mi infancia. Por ejemplo, puede que las personas que no cazan se sientan molestas al saber que mi padre me enseñó a disparar cuando yo tenía seis años. Y, de nuevo, mi madre no mostró objeción alguna al respecto. En la Península Superior, la caza es prácticamente una religión. Los colegios cierran el primer día de la temporada de caza para que tanto los maestros como los alumnos puedan capturar sus ciervos, mientras que el puñado de negocios que permanecen abiertos operan con servicios mínimos. Todo el mundo lo suficientemente mayor para coger un rifle se dirige al campo de ciervos para cazar y beber y jugar al *euchre* y al *cribbage* durante dos semanas en las que se celebra «¿Quién conseguirá el mayor ciervo este año?». Los operadores de las cabinas de peaje del puente Mackinac publican una cuenta que va acumulando el número de ciervos que cruzan en lo alto de los coches o en la parte trasera de las camionetas desde la Península Superior hasta la inferior. La mayoría se capturan en los cebaderos, utilizando zanahorias y manzanas que las gasolineras y las tiendas de alimentación venden a los cazadores en sacos de casi veintitrés kilos. Es probable que te imagines lo que pienso al respecto.

Todos los años, día tras día durante aquellas dos frenéticas semanas de noviembre, escuchábamos sus disparos desde el amanecer hasta el atardecer, al igual que oíamos de vez en cuando el distante lamento de una motosierra que no era la de mi padre. Mi padre explicó que se trataba de la «temporada de caza»

114

del hombre blanco y que a los hombres blancos solo se les permitía matar ciervos durante estas dos semanas. Sentí pena por los hombres blancos. Me preguntaba quién habría creado una regla así y si las personas que la crearon castigarían a quienes la violaran encerrándolos en un pozo como hacía mi padre conmigo cuando le desobedecía. Me preocupaba lo que nos podría pasar si los hombres blancos descubrían que nosotros matábamos ciervos cuando queríamos. Mi padre dijo que, dado que él era nativo americano, las reglas de la caza de los hombres blancos no eran aplicables a él, y eso hizo que me sintiera mejor.

Mi padre mataba dos ciervos cada invierno, uno a mediados de diciembre, después de que los ciervos se tranquilizaran después de todo el alboroto, y otro a principios de primavera. Podríamos haber vivido perfectamente bien comiendo pescado y verduras, pero mi padre creía que era mejor comer una variedad de alimentos. Aparte del oso negro que vino rugiendo y terminó como alfombra en nuestra sala de estar, los únicos animales de presa que matábamos eran ciervos. Teníamos solo un rifle, y teníamos que tener cuidado con la munición. A los conejos los atrapábamos con trampas. También comíamos los cuartos traseros y los lomos de las ratas almizcleras y los castores que capturaba mi padre. A las ardillas y a las ardillas rayadas las mataba con mi cuchillo de tiro. La primera vez que le clavé el cuchillo a una ardilla rayada, la cociné sobre un fuego en el patio y me la comí, porque no derrochar es la manera india de proceder. Pero había tan poca carne en esos pequeños huesos que, después de eso, ya no me molesté.

Mi padre me prometió que en cuanto pudiera acertar diez latas en la fila que había colocado en nuestra valla en zigzag, sin fallar un solo tiro, me llevaría a cazar ciervos. Que mi padre usara parte de nuestra preciada munición para enseñarme a disparar me demostraba lo importante que era. Creo que se sorprendió de lo rápido que aprendí, pero yo no. La primera vez que cogí el rifle de mi padre me pareció natural, como una extensión de mis ojos y mis brazos. Con más de tres kilos y medio, el Remington 770 era pesado para una niña de seis años, pero yo era grande para mi edad, y gracias a los baldes de agua que transportaba era muy fuerte.

Pasaron semanas después de cumplir con lo que me pedía mi padre, y no sucedió nada. Pescamos, cazamos y pusimos trampas, mientras la Remington de mi padre permanecía cerrada bajo llave en el almacén. Mi padre llevaba la llave en una argolla que resonaba constantemente en su cinturón. No sabía para qué eran las otras. Desde luego, nunca cerrábamos la cabaña con llave. Creo que simplemente le gustaba el sonido, el peso y la sensación. Como si llevar muchas llaves significara que eras importante.

La primera vez que vi el almacén pensé que teníamos comida suficiente para un ejército. Pero mi padre me explicó que cada lata que utilizáramos ya no podría reemplazarse nunca, así que necesitábamos que nos duraran los suministros. A mi madre se le permitía abrir una lata al día. A veces me dejaba escoger. Crema de maíz un día, judías verdes otro, crema de sopa de tomate Campbell al siguiente, aunque no supe hasta más tarde que la parte del nombre que hace referencia a la «crema» procede de la leche que se usa para adelgazar la sopa, en lugar de agua. A veces, cuando me aburría, contaba cuántas latas quedaban. Solía pensar que cuando todas las latas se hubieran acabado, nos iríamos.

Cada vez que le preguntaba a mi padre cuándo iríamos a cazar ciervos, me decía que todo buen cazador necesitaba ser paciente. También me dijo que cada vez que preguntara la fecha se retrasaría una semana. Yo solo tenía seis años, así que tardé un tiempo en entender el concepto. Cuando lo hice, dejé de preguntar.

Cuando, a la primavera siguiente, una mañana mi padre

abrió el almacén temprano y salió con su rifle sobre su hombro y los bolsillos tintineando con munición, supe que al fin ese era el día. Me puse mi conjunto de invierno sin que nadie me lo dijera y lo seguí al exterior. Mi aliento generaba nubes blancas mientras caminábamos por el pantano congelado. Mi madre odiaba ir fuera cuando hacía frío, pero a mí me encantaba explorar el pantano en invierno.

Era como si la tierra se hubiera expandido mágicamente y pudiera caminar donde yo quisiera. Aquí y allá, sobresalían de la nieve cabezas de espadaña congeladas que me recordaban que estaba caminando sobre el agua. Pensé en las ranas y los peces que dormían abajo. Cerré la boca y dejé salir dos corrientes de aire por la nariz como un toro bravo. Cuando me empezó a gotear, me incliné y desatasqué la nariz dejando caer los mocos en la nieve.

La nieve chirriaba mientras caminábamos. La nieve produce diferentes sonidos a diferentes temperaturas, y el chirrido de nuestros pasos significaba que hacía mucho frío. Un buen día para la caza, porque los ciervos estarían apiñados para guardar calor y no forrajeando ni moviéndose por los alrededores. Un mal día, porque nuestros ruidosos pasos nos complicarían la ocasión de acercarnos.

Un cuervo graznó. Mi padre dijo el nombre indio del cuervo, *aandeg*, y señaló a un árbol lejano. Mi vista era aguda, pero el cuerpo negro del cuervo se fundía tan hábilmente entre las ramas que si el *aandeg* no hubiera revelado su ubicación con su graznido, no estoy segura de que hubiera podido verlo. Mi corazón se colmó de admiración por mi padre. Mi padre sabía todo sobre el *Anishinaabe*, el Pueblo Original, y sobre el pantano: cómo encontrar los mejores lugares para agujerear el hielo para la pesca, a qué hora del día pican los peces, cómo comprobar el espesor del hielo para no caernos. Podría haber sido curandero o chamán.

Cuando llegamos al montículo cubierto de nieve que reconocí como el refugio de castores donde mi padre ponía sus trampas, mi padre se agachó detrás para que el sonido de su voz no se expandiera.

—Dispararemos desde aquí —me dijo en voz baja—. Usaremos el refugio para cubrirnos.

Lentamente levanté la cabeza. Podía ver los cedros que rodeaban la cresta de nuestra montaña, pero no había ciervos debajo. Me picaban los ojos por la decepción. Empecé a levantarme, pero mi padre me agarró y tiró de mí hacia abajo.

Se puso el dedo en los labios y señaló. Entrecerré los ojos y miré con mayor detenimiento. Por fin vi las suaves bocanadas de humo blanco del aliento del ciervo. Los ciervos cubiertos de nieve que yacían en un terreno nevado bajo ramas de cedro cubiertas de nieve no eran fáciles de detectar, pero yo los encontré. Mi padre me entregó su rifle, y cuando miré a través del visor, pude ver el ciervo claramente. Hice un repaso a la manada. Un animal que estaba separado del resto era más grande que los demás. El ciervo. Saqué mis mitones y los dejé caer en la nieve, luego le quité el seguro y deslice mi dedo por el gatillo. Podía sentir que mi padre miraba. En mi cabeza oí sus instrucciones: «Mantén los codos bajos; desplaza el brazo que te sirve de apoyo más adelante y sujeta el guardamanos, te proporcionará un mejor control; observa con atención; sigue siempre al ciervo al que hayas disparado; nunca asumas que has fallado por completo». Contuve la respiración y apreté. El arma explotó contra mi hombro. Me dolió, pero no más que cuando mi padre me pegaba. Mantuve los ojos fijos en mi ciervo mientras el rebaño se dispersaba. Un disparo en el corazón o en el pulmón haría que el ciervo saltase y saliera corriendo a toda velocidad. Un ciervo con un tiro en el intestino baja la cola y se encorva mientras huye. Mi ciervo no hizo ninguna de las dos cosas. Mi tiro fue limpio.

—Ven.

Mi padre se puso en pie y se colocó a un lado para que yo pudiera tomar la iniciativa. Me abrí camino a través de la nieve, que me llegaba más allá de las rodillas, hasta que nos acercamos a la res muerta. Los ojos del ciervo estaban abiertos. La sangre le resbalaba por el cuello. La lengua le colgaba a un lado de la boca. Mi ciervo no tenía cuernos, pero en esta época del año tampoco esperaba que los tuviera. Su barriga era enorme, y eso era lo importante.

Entonces el vientre del ciervo se movió. No mucho. Tan solo una ondulación o un escalofrío, como cuando mi padre y mi madre retozaban bajo las colchas. Al principio pensé que el ciervo no estaba muerto. Entonces me acordé de que la anaconda se traga a su presa entera cuando aún está viva y a veces se puede ver a la presa moviéndose dentro. Pero los ciervos no comían carne. Era un misterio.

—Sostenle las patas.

Mi padre se echó a la espalda mi ciervo. Me puse detrás y le cogí una pata con cada mano para mantener firme el ciervo. Mi padre deslizó su cuchillo cuidadosamente por la piel de su blanco vientre y le abrió el estómago. A medida que la hendidura se ensanchaba, apareció un pequeño casco, y luego otro, y entonces comprendí que el ciervo al que había disparado no era en absoluto un ciervo. Mi padre levantó al cervatillo del vientre de la cierva y lo dejó en la nieve. El cervatillo debía de estar próximo a su nacimiento, porque cuando mi padre cortó el saco amniótico, el cervatillo se revolvió y pateó como si quisiera ponerse de pie.

Mi padre presionó al cervatillo contra la nieve y expuso su cuello. Saqué mi cuchillo, recordando quedarme a un lado para que la sangre rociara hacia otro lugar y no hacia mí. Mientras mi padre evisceraba a la cierva, yo seguía sus instrucciones con el cervatillo:

—Localiza el esternón. Palpa el lugar donde termina el esternón y comienza el vientre. Bien, ahora corta desde el esternón hasta el bajo vientre. Tómatelo con calma. Lo que te conviene es que el cuchillo penetre la piel y la membrana bajo ella, pero no perforar las entrañas. Bien. Ahora saca las tripas así, empezando por la entrepierna y continuando hacia arriba, cortando las membranas que unen las entrañas a la columna vertebral a medida que avanza. Ahora corta la piel alrededor del ano y saca el colon de la cavidad del cuerpo. Bien. Vale. Eso es todo, ya está.

Lavamos los cuchillos y nuestras manos en la nieve. Me sequé las manos en la chaqueta, me puse los mitones y miré con orgullo a mi cervatillo destripado. El cervatillo era demasiado pequeño para más de una o dos comidas, pero la piel parecía lo suficientemente grande como para que mi madre me hiciera un par de guantes moteados.

En una pila mi padre amontonó las entrañas humeantes mientras los *aandeg* y sus amigos esperaban a que nos fuéramos haciendo ruidos en los árboles. Se echó a mi cierva sobre los hombros fácilmente. Yo hice lo mismo con mi cervatillo. El cervatillo era tan pequeño y ligero que, mientras seguía a mi padre de vuelta a nuestra cabaña, sentía como si no llevara nada en absoluto.

Durante las siguientes semanas, mi madre trabajó en mis mitones. El proceso implicaba muchos estiramientos, frotamientos y tirones. Las nativas solían masticar las pieles para suavizarlas, pero los dientes de mi madre no eran tan buenos. Mi madre frotó la piel del cervatillo de arriba a abajo, de un lado a otro, sobre el respaldo de una de las sillas de madera de nuestra cocina, repasándola una y otra vez por una pequeña sección hasta que quedaba suave y luego pasaba a la siguiente.

Mi padre curtía la piel sin quitarle el pelo porque las manchas de un cervatillo no bajan hasta el final. Con este utilizó los sesos del cervatillo para curtirlo. Podríamos haber curtido nuestras pieles siguiendo la costumbre india, sujetándolos con piedras en una corriente fría y dejando que la fuerza del agua y el tiempo suavizaran el pelo. Pero no íbamos a comernos los sesos de todos modos, y de esta manera no se desperdiciaban. Los sesos de cada animal tienen el tamaño necesario para curtir su propia piel, dijo mi padre, que me contó que el Gran Espíritu sabe realmente lo que está haciendo. Después de raspar todos los trozos de carne de la piel, cocinó los sesos del ciervo en una cantidad igual de agua y los trituró hasta conseguir un líquido aceitoso. A continuación, se extiende su piel sobre la tierra o en el suelo con el lado de la piel hacia arriba y se vuelca la mitad de la mezcla de sesos. El truco era asegurarse de que la piel tenía la cantidad correcta de humedad después de que se terminara de remojar. Si la piel estaba demasiado seca, los sesos no penetrarían en la piel. Pero si estaba demasiado húmeda, no habría lugar para los sesos. Cuando terminaba, enrollaba la piel y se dejaba durante la noche en un lugar donde los animales no pudieran acceder a ella, y al día siguiente, la desenrollaba y volvía a hacer lo mismo. Una vez que los sesos cumplían su función y se eliminaba todo el pelo y se lavaba la piel, el siguiente paso era suavizar la piel, que era donde entraba mi madre.

Me doy cuenta de que hasta ahora no he hablado mucho de mi madre. Es difícil saber qué debo decir. Aparte de preguntarme qué me prepararía para la cena cuando llegaba a casa hambrienta de mis vagabundeos, mientras crecía es cierto que no le dediqué muchos pensamientos. Ella estaba simplemente allí, merodeando al fondo, realizando el trabajo que la naturaleza le había asignado mediante la procreación para mantenerme vestida y alimentada. Sé que no tuvo la vida que merecía o que quería, pero no creo que vivir en el pantano fuera tan malo como a ella le gustaba proclamar. Tuvo que haber tenido momentos en los que fue feliz. No estoy hablando de momentos aleatorios, fugaces, como cuando la familia de mofetas y sus crías que cruzaban nuestro patio todas las noches durante la primavera la hacía sonreír. Estoy hablando de momentos en los que estaba bien y muy feliz. Cuando podía abstraerse de sí misma y bajar la vista objetivamente, como si lo mirara desde arriba y pensara, «sí, me gusta esto». Aquí y ahora. Esto es bueno.

Creo que se sentía así cuando trabajaba en su jardín. Incluso cuando yo era niña, podía ver que siempre que mi madre estaba cavando, arrancando hierba o recogiendo la cosecha, sus hombros parecían menos encorvados. A veces la sorprendía cantando: «Nena, siempre te amaré… Por favor, no te vayas, nena». Pensé que su canción trataba de mí. Después de marcharnos del pantano y de ver los pósteres de los cuatro chicos de pelo oscuro con camisetas blancas y vaqueros rajados por todas las paredes de su dormitorio, que era una cápsula del tiempo, me enteré de que la canción la hizo un grupo al que llamaban New Kids on the Blook y que la banda se proclamaba como los nuevos chicos del bloque, aunque para entonces ya no eran ni chicos ni nuevos. Aunque más que descubrir el origen de lo que siempre había pensado que era mi canción, lo que más me asombró fue el descubrimiento de que en el pasado mi madre hubiera colgado sus fotos favoritas en las paredes.

La obsesión de mi madre por las verduras rozaba el fanatismo. Nunca entendí cómo podía encontrar pasión en los guisantes y las patatas. Cada primavera, en cuanto la tierra empezaba a descongelarse y mucho antes de que la nieve terminara de derretirse, se abrigaba con sombrero, bufanda y manoplas y se encaminaba fuera, pala en mano, para comenzar a remover la tierra. Como si exponer la parte inferior congelada de cada una de aquellas laboriosas paladas al sol que la fortalecía aligerase el proceso.

El jardín de mi madre era pequeño, no tenía más de cuatro metros y medio por cada lado y estaba rodeado de una malla de alambre de un metro ochenta de altura, pero producía una cosecha abundante gracias a los desechos vegetales que echábamos durante todo el año en su pila de compostaje. No sé cómo sabía mi madre que, con el tiempo, la materia vegetal en descomposición convertiría el suelo arenoso de la cresta de nuestra montaña en algo que se parecía a la marga, como tampoco estoy segura de cómo sabía que había que dejar que algunas plantas de cada cosecha se hicieran semilla cada otoño para poderlas sembrar de nuevo la siguiente primavera... o, si vamos al caso, cómo descubrió que algunas zanahorias tenían que dejarse en la tierra durante el invierno para que crecieran de nuevo al año siguiente porque las zanahorias necesitan dos temporadas para completar su proceso. No creo que mi padre la enseñara; él era más cazador que agricultor. Tampoco creo que aprendiera de sus padres. Desde luego, durante los años que viví con mis abuelos nunca mostraron ningún interés por la jardinería, y ¿por qué deberían?

Lo único que tenían que hacer era bajar en coche a la Supervalu o a IGA para comprar verduras frescas con un carro si querían. Tal vez lo leyó en el *Geographic*.

Mi madre cultivaba lechugas, zanahorias, guisantes, calabazas, maíz, coles y tomates. No sé por qué se molestó con los tomates. Nuestra temporada de cultivo era tan corta que para cuando los primeros tomates comenzaron a madurar, tuvimos que recoger todas las frutas, sin que importase lo pequeñas que fuesen y lo verdes que estuvieran, para que no se convirtieran en papilla con la primera helada. Mi madre envolvió individualmente cada tomate en papel y los extendió por el suelo de nuestro silo para que madurasen, pero nueve de cada diez empezaron a pudrirse. El maíz también era una causa perdida. Los mapaches tienen una capacidad casi misteriosa para planificar sus incursiones nocturnas cuando a las mazorcas les faltan uno o dos días para madurar, y no hay cercado en el mundo que pueda mantenerlos alejados.

Un verano una marmota excavó bajo la malla de alambre y se llevó por delante toda la cosecha de zanahorias de mi madre. Por el berrinche que tuvo podría haberse pensado que alguien había muerto. Sabía que esto significaba que nunca más volveríamos a disfrutar de las zanahorias, pero había otras raíces que podíamos comer. Por ejemplo, tubérculos de arruruz. Los indios llaman *wapatoo* al arruruz. Mi padre me dijo que el método indio para cultivar el *wapatoo* es caminar descalzo en el barro y tirar de las raíces enredadas de los tubérculos con los dedos de los pies. No siempre podía saber cuándo mi padre hablaba en serio y cuándo estaba de broma, así que nunca lo comprobé. Usamos un viejo rastrillo de cuatro puntas como el que usan los agricultores para lanzar el heno. Mi padre se amarraba con correas sus botas de pescador y salía al barro profundo que había cerca de la orilla y arrastraba el rastrillo hacia adelante y hacia atrás. Mi tarea era recolectar los tubérculos que flotaban en la superficie. El agua estaba tan fría que apenas podía soportarlo, pero lo que no te mata te hace más fuerte, le gustaba decir a mi padre. Mi padre me enseñó a nadar cuando yo era niña atándome una cuerda alrededor de la cintura y arrojándome al agua.

Después de saber la verdad sobre mi padre y mi madre, solía preguntarme por qué no huyó mi madre. Si tanto odiaba vivir en el pantano como pregonó más tarde, ¿por qué no se fue? Podría haber cruzado el pantano cuando estaba congelado mientras mi padre y yo estábamos recorriendo la hilera de trampas. Haberse amarrado las botas de pescador de mi padre y haber luchado por salir de allí mientras él y yo pescábamos en su canoa. Haber robado su canoa y alejarse remando mientras nosotros cazábamos. Entiendo que era una niña cuando mi padre la

124

llevó a la cabaña, por lo que puede que algunas de estas opciones no se le ocurrieran de inmediato. Pero tuvo catorce años para haber pensado en algo.

Ahora que he leído relatos de chicas que fueron secuestradas y retenidas en cautiverio entiendo mejor los factores psicológicos que estaban en juego. Algo se quiebra en la mente y en la voluntad de una persona que ha sido despojada de su autonomía. Por mucho que nos guste pensar que lucharíamos como linces si estuviéramos en una situación similar, es probable que nos rindiéramos. Y es muy posible que más pronto que tarde. Cuando una persona se encuentra en una posición en la que cuanto más luche peor castigo recibe, no tarda mucho tiempo en aprender a hacer exactamente lo que su captor quiere. Esto no es el síndrome de Estocolmo; los psicólogos lo llaman indefensión aprendida. Si una persona secuestrada cree que su captor aplazará el castigo o incluso le dará una recompensa como una manta o un trozo de comida si hace lo que quiere, lo hará sin que importe lo repugnante o degradante que eso pueda ser. Si el secuestrador está dispuesto a infligir dolor, el proceso avanza mucho más rápido. Después de un tiempo, por mucho que quiera, la cautiva ni siquiera intentará escapar.

Es como cuando coges un ratón o una musaraña y los pones en una cubeta de metal para ver qué hacen. Al principio, el animal se arrima a los bordes del cubo y corre alrededor en un círculo tras otro buscando una salida. Después de unos días, se acostumbra a estar en el cubo y llega incluso a colocarse en el medio para conseguir comida y agua, aunque eso vaya en contra de sus instintos naturales. Después de algunos días más, puedes crearle una salida atando un pedazo de tela o una cuerda a una de las agarraderas y cubriendo ambos extremos por los lados, pero el ratón simplemente continuará corriendo en círculos porque eso es todo lo que sabe hacer. Con el tiempo, morirá. Algunas criaturas sencillamente no viven bien en cautiverio. Si no fuera por mí, mi madre y yo seguiríamos viviendo en la cresta de nuestra montaña.

Otra cosa destaca de mi madre: siempre llevaba pantalones largos y mangas largas cuando trabajaba en su jardín. Nunca los pantalones cortos y las camisetas que le compró mi padre. Ni siquiera en los días más calurosos. Tan diferente de las madres yanomami.

11

Me detengo en lo alto del barranco y miro hacia abajo. Las laderas son escarpadas, la vegetación escasa. Abajo puedo ver claramente el cuerpo. El agente muerto –pelo castaño rapado, mejillas rojizas, cuello quemado por el sol– parece tener en torno a los cuarenta años. Razonablemente en forma, tal vez ochenta y dos kilos, precisamente en mitad del rango de peso que predije basándome en sus huellas. Tiene la cabeza vuelta hacia mí, con los ojos abiertos de sorpresa, como si no pudiera comprender del todo la enormidad del agujero de bala que llevaba en su espalda.

Pienso en los guardias de la prisión muertos, en sus familias. En el dolor que los consumirá mucho después de que mi padre esté de nuevo entre rejas. Pienso en la familia de este hombre. Cómo están pasando el día como si fuera otro día normal. Cómo no se figuran que su marido, padre y hermano ya no está. Pienso en cómo me sentiría si le sucediera algo a Stephen.

Examino la zona empleando únicamente los ojos, buscando actividad en el área periférica de mi visión que indicaría que mi padre está cerca. Pero cuando un grajo grita desde el otro lado del barranco y un pájaro carpintero comienza a perforar, sé que mi padre se ha ido.

Sigo mi camino colina abajo. No hay duda de que el agente está muerto, pero lo giro de todos modos, con la intención de poner mis dos dedos en su cuello para confirmarlo. Cuando se desploma sobre su espalda, aparto la mano como si me hubiera quemado. Alguien le ha rasgado y abierto la camisa. En su pecho estragado, escrito con sangre se lee: *Para H.*

Me estremezco, fuerzo que mi respiración vaya más lenta. Tengo un *flashback* de la última vez que mi padre me dejó un mensaje similar. El ágata del lago Superior que encontré en el alféizar de mi dormitorio dos años después de haber salido del pantano era grande, del tamaño del puño de un bebé: de un rico y profundo color rojo rodeado de bandas concéntricas naranjas y blancas con un cúmulo de cristales de cuarzo en el centro. El tipo de ágata que valdría mucho dinero una vez que se cortara y se puliera. Cuando le di la vuelta, vi cinco letras escritas con un rotulador negro en la parte inferior: *Para H.*

Al principio asumí que el ágata era una broma. Para entonces ya me había pegado con todos los chicos del colegio que se sentían obligados a desafiarme después del incidente del cuchillo en mi fiesta de bienvenida a casa, pero aún había un puñado de ellos que no podían dejarlo pasar, y que ahora se dedicaban a cosas estúpidas como dejarme animales muertos en mi taquilla; una vez algún tipo inteligente había escrito con *spray* rojo las palabras *La hija del Rey del Pantano* en la fachada de la casa de mis abuelos.

Lo único que hice con el ágata fue ponerla en una caja de zapatos y guardar la caja de zapatos bajo la cama. No le dije nada a mi madre ni a mis abuelos porque no sabía qué pensar. Tenía la esperanza de que el ágata fuera de mi padre, pero por otro lado no. No quería verlo, pero sí lo hice. Yo quería a mi padre pero, al mismo tiempo, lo culpaba de mi profunda infelicidad y de mi lucha por encajar. Había tanto sobre el mundo exterior que él debería haberme enseñado y que yo no sabía...

¿Qué importaba que yo pudiera cazar y pescar como cualquier hombre y mejor que la mayoría? Para mis compañeros de clase yo era una rara, una ignorante que pensaba que la televisión en color se había inventado recientemente, que nunca había visto un ordenador ni un móvil, que no tenía ni idea de que Alaska y Hawái eran ahora estados. Creo que las cosas habrían sido diferentes si hubiera sido rubia. Si me hubiera parecido a mi madre, puede que mis abuelos me hubieran querido. Pero yo era la viva imagen de mi padre, un recordatorio diario de lo que él le había hecho a su hija. Cuando salí del pantano, pensé que los padres de mi madre estarían entusiasmados de recuperar a su hija perdida hace mucho tiempo que venía con un plus. Pero yo le pertenecía a él.

Cuando apareció en mi alféizar una segunda ágata dentro de una cesta de hierba de bisonte, supe que los regalos eran de mi padre. Mi padre podía hacer cualquier cosa con materiales naturales: cestas trenzadas, cajas de corteza de abedul decoradas con púas de puercoespín, raquetas en miniatura realizadas con ramitas de sauce y cuero sin curtir, minúsculas canoas de corteza de abedul con asientos y remos de madera tallada. La repisa de la chimenea de la cabaña estaba repleta de sus creaciones. Yo solía recorrerla admirando las cosas que él había hecho, con las manos sujetas en la espalda porque se me permitía mirar, pero no tocar. Mi padre realizaba la mayor parte de sus trabajos de artesanía durante el invierno, ya que había muchas horas muertas que consumir. Trató de enseñarme más de una vez pero, por alguna razón, cuando se trataba de trabajos artísticos yo era una manazas. Una persona no puede ser buena en todo, dijo mi padre después de que yo hubiese vuelto a arruinar otro intento de trabajar con púas de puercoespín… pero, por lo que pude ver, eso no se cumplía en su caso.

Yo sabía por qué me estaba dejando regalos mi padre. Los regalos eran su forma de decirme que estaba cerca. Que me estaba observando y que nunca me dejaría, aunque yo lo hubiera dejado a él. Sabía que no debía guardarlos. Había visto suficientes programas de televisión sobre policías para saber que conservar pruebas me convertía en un cómplice de los crímenes de mi padre. Pero me gustaba que este fuera nuestro secreto. Mi padre confiaba en que yo mantuviera silencio. Mantener silencio era algo que yo podía hacer.

Los regalos seguían llegando. No todos los días. Ni siquiera cada semana. A veces pasaba tanto tiempo entre los regalos que estaba segura de que mi padre había pasado página y se había olvidado de mí. Entonces encontraba otro. Ponía cada uno de ellos en la caja que tenía debajo de la cama. Siempre que me sentía sola, sacaba la caja y trasteaba con cada uno de los regalos y pensaba en mi padre.

Entonces, una mañana encontré un cuchillo. Lo quité rápidamente del alféizar antes de que mi madre se despertara y lo escondí en mi caja de zapatos. Apenas podía creerme que mi padre me hubiera dado este cuchillo. Mi padre y yo solíamos sentarnos en su cama en la cabaña con la caja de cuchillos abierta entre nosotros mientras me contaba la historia de cada cuchillo. De entre mis favoritos, el segundo era una pequeña navaja de plata en forma de daga con las iniciales *G.L.M.* grabadas en la base de la hoja, después del cuchillo que elegí en mi quinto cumpleaños. Siempre que le preguntaba a mi padre quién era G.L.M., lo único que me decía era que se trataba de un misterio. Yo solía inventarme mis propias historias. El cuchillo pertenecía al hombre que mi padre había asesinado. Lo ganó en una pelea en un bar, o en una competición en la que se arrojaban cuchillos. Lo robó cuando hurgaba en el bolsillo de alguien. No tenía ni idea de si robar al descuido estaba entre las muchas habilidades de mi padre, pero me servía para la historia.

Más tarde, cuando mi abuela llevó a mi madre en coche a ver a su terapeuta y mi abuelo terminó de almorzar y regresó a su tienda, saqué la caja y extendí mis tesoros sobre la cama.

A veces, cuando jugaba con mi colección, ordenaba los elementos en montones según su clase. Otras veces los colocaba en el orden cronológico en que los había recibido, o bien desde el que más me gustaba al que menos, aunque, por supuesto, me encantaban todos. Las consultas a las que iba mi madre normalmente duraban una hora y a veces más, así que calculé que tenía cuarenta y cinco minutos antes de que tuviera que guardarlos. Aún me resistía a la idea de repartir un día en horas y minutos, pero entendía que había momentos en que era útil saber exactamente cuánto tiempo iba a desaparecer una persona y cuándo volvería.

Estaba sentada en mi cama, fingiendo que mi padre estaba por fin sentado a mi lado, contándome la verdadera historia de este cuchillo, cuando mi madre y mi abuela entraron en la habitación. No sé cómo pudieron pillarme por sorpresa. Lo único que se me ocurre pensar es que yo estaba tan atrapada en la historia de mi padre que no escuché que el coche estaba aparcando. Más tarde supe que la sesión de terapia de mi madre no había ido bien y que por eso volvieron a casa temprano. Esa parte no me sorprendió. Se suponía que yo debía acudir al mismo terapeuta, pero había dejado de ir seis meses antes de que ocurriera esto porque el terapeuta no dejaba de presionarme para que terminara el colegio, por muy abatida que me sintiera, para poder matricularme en la Northern Michigan University en Marquette y así obtener un grado en Biología o en Botánica y conseguir un trabajo en algún lugar algún día para hacer investigación de campo. No podía comprender que sentarme en un aula pudiera enseñarme más sobre el pantano de lo que ya sabía. No necesitaba un libro que me explicara la diferencia entre unas marismas y un pantano o entre una ciénaga y una zona pantanosa.

Lo primero que vio mi abuela cuando entró en la habitación

fue el cuchillo. Se acercó a la cama, me fulminó con la mirada y extendió la mano.

—¿Qué estás haciendo con eso? Dámelo.

—Es mío. —Arrojé el cuchillo a la caja de zapatos junto con el resto de mis cosas y empujé la caja debajo de mi cama.

—¿Lo robaste?

Ambas sabíamos que no podría haber comprado el cuchillo por mi cuenta. Mis abuelos nunca me dejaron tener dinero, ni siquiera el dinero que la gente envió después de que abandonara el pantano y que se suponía que era para mí. Dijeron que el dinero se había puesto en algo llamado «fideicomiso», y eso significaba que no podían tocarlo. Después de cumplir los dieciocho años, el abogado que contraté para poder acceder a él me dijo que no había fideicomiso alguno y que nunca lo había habido, lo que explica el Ford F-350 que conducían mis abuelos, como también el Lincoln Town Car. No puedo evitar pensar que si mis abuelos se hubieran preocupado menos por sacar dinero de lo que le había sucedido a mi madre y más por ayudarla a superarlo, las cosas le habrían ido mucho mejor a ella.

Mi abuela se echó al suelo, apoyando las manos y las rodillas, y sacó la caja de debajo de la cama, lo cual no fue fácil porque era una mujer grande y no tenía bien las piernas. Vació el contenido en mi cama y agarró el cuchillo; empezó a agitarlo y a chillar, como si yo no estuviera sentada a poco más de medio metro y no pudiera oírla perfectamente bien, aunque hubiera susurrado. Sigo detestando que la gente me chille. Se puede decir lo que se quiera de mi padre, pero él nunca levantó la voz.

El cuchillo era tan distintivo que, en cuanto lo vio, mi madre supo enseguida que pertenecía a mi padre. Se llevó la mano a la boca y salió de la habitación de espaldas a la puerta, como si el cuchillo fuera una cobra y fuera a atacarla. Al menos no gritó. Mi madre todavía tenía tendencia a entrar en pánico cuando algo le recordaba a mi padre o alguien decía su nombre, aunque esta vez habían pasado dos años. Quizá su terapeuta la estuviera ayudando realmente.

Mi abuela llevó la caja de zapatos a la policía. La policía encontró mis huellas en el cuchillo junto con un conjunto que se correspondía con las que habían tomado en la cabaña. Ellos aún no sabían el nombre de mi padre, pero las huellas demostraban que estaba por la zona. El detective les prometió a mis abuelos que era solo cuestión de tiempo que atraparan a mi padre, y tenía razón. Las investigaciones sobre un indio con una gran colección de cuchillos les condujo a un remoto campo forestal al norte de las cataratas de Tahquamenon, donde mi padre vivía con un par de hombres de las Primeras Naciones. En aquel entonces no era raro que un trabajador contratara a indios de Canadá para que cortaran los restos de madera que nadie quería. Los habían instalado en el lugar de trabajo, en un remolque o en una caravana, y les llevaban combustible para el generador y comestibles una vez por semana y les pagaban en negro.

He visto muchas veces en YouTube el conjunto de imágenes que se grabaron sobre la incursión del FBI. Es como un episodio de *Policías* o de *Ley & Orden* protagonizado por tu propio padre, aunque la versión sin cortes resulta un poco larga. Hay un montón de escenas con susurros y extraños ángulos de cámara mientras el equipo se sitúa detrás de unos troncos apilados, bajo la maquinaria forestal *skidder*, detrás de los remolques e incluso dentro del retrete interior porque no se iban a arriesgar a desperdiciar ninguna oportunidad. Luego hay una secuencia larga en que no pasa nada mientras esperan a que mi padre y los hombres con los que vivía regresen de un día de tala. La cara de mi padre mientras el equipo entró en tromba con sus armas apuntando y gritándole «¡Al suelo! ¡Al suelo!» aún me hace reír. Pero sucede tan rápido que tienes que estar preparado para pulsar pausa o te la pierdes. Estoy segura de que el empleador se quedó más que sorprendido cuando se enteró de que estaba albergando al hombre que ocupaba el primer puesto en la lista de los «Más buscados» del FBI.

En teoría, mi padre debió haber seguido siendo un hombre libre para siempre la primera vez que estuvo a la fuga, porque en aquel entonces nadie sabía quién era. Mi madre y yo siempre asumimos que Jacob era su verdadero nombre, porque ¿qué nos podría hacer pensar de otro modo? Pero eso es lo único que sabíamos. Siempre pensé que el artista de la policía había realizado un trabajo decente a la hora de captar la imagen de mi padre, pero mi padre debía de tener una de esas caras que se parecían mucho a otras, porque aunque no podías encender la televisión o leer un periódico o conducir por la autopista sin ver su foto, al final no produjo ningún resultado. Se podría pensar que los padres de mi padre habrían reconocido a su hijo y se habrían presentado para identificarlo, pero les debió de resultar difícil acudir y admitir que su hijo era un secuestrador y un asesino.

La gente dice que mi padre se cansó de estar a la fuga y que por eso se acercó a mí. Creo que se sintió solo. Que echaba de menos nuestra vida en el pantano. Que me echaba de menos. O, al menos, eso me gustaba pensar.

Durante mucho tiempo me culpé por la captura de mi padre. Mi padre confiaba en mí y yo le fallé. Debía haber sido más cuidadosa, ocultar las cosas que me dio en un lugar más seguro, poner mayor empeño en mantener mi colección fuera de las manos de la gente que quería usarla para hacerle daño.

Más tarde, después de comprender la magnitud de los crímenes de mi padre y el impacto que tuvo en mi madre, no me preocupaba tanto que fuera a pasar el resto de su vida en la cárcel, aunque fuese yo quien lo había enviado allí. Me afligía realmente que nunca más se le permitiera vagar por el pantano o cazar o pescar. Pero tuvo la oportunidad de huir de la zona. Podría haber ido al oeste, a Montana, o al norte, a Canadá, y nadie le habría pedido que rindiera cuentas. Que me dejara los regalos que condujeron a su captura fue un error suyo, no mío.

Le quito la camisa al agente y borro las palabras que mi padre le escribió en el pecho; luego, vuelvo a poner el cuerpo del agente boca abajo, de la manera en que lo encontré. Me doy cuenta de que estoy manipulando la escena del crimen pero, teniendo en cuenta que la policía ya me considera una posible cómplice, no voy a dejarle el mensaje que mi padre me dejó en el pecho del agente muerto. Mientras vuelvo a subir por la colina, siento que voy a vomitar. Mi padre mató a este hombre por mi culpa. Dejó el cuerpo para que yo lo encontrara al igual que un gato le deja a su amo un ratón muerto en el porche.

«Para H». Las palabras ya no están, pero el mensaje está grabado a fuego en mi cerebro. La capacidad de mi padre para manipular cualquier situación a su favor resulta casi incomprensible. No solo anticipó que vendría a buscarlo siguiendo este camino; cuando vio el coche de policía y concluyó correctamente que el conductor era un agente que iba solo, con el instinto correcto en el momento equivocado, lo sacó y lo condujo al barranco con el único propósito de montar esta escena para que yo la encontrara. Me lo imagino saliendo disparado al otro lado de la carretera frente al coche patrulla, dejando que el agente viera por un instante al hombre que todo el mundo estaba buscando para que parase y aparcara. Tal vez anduviese cojeando para que el agente pensara que estaba herido y, por tanto, no representaba una amenaza, luego se tambalearía como si estuviese al límite de sus fuerzas mientras conducía al agente al matorral, dejando que la cabeza del hombre se inflamara de imágenes de aclamación por capturar al prisionero sin ayuda de nadie, antes de que mi padre diera un rodeo y le disparara por la espalda.

Me pregunto qué más me tiene reservado mi padre.

De vuelta a la carretera, me voy directamente a la camioneta. Abro la puerta del copiloto y deslizo la mano dentro y le pongo la correa a Rambo. Él gime y tira. Huele la sangre en el aire, siente la tensión que emana de mí. Dejo que me lleve al fondo del barranco para que reciba un efluvio del olor de mi padre y volvemos a subir la colina. Debería informar del asesinato. Permitir que las autoridades se encarguen de buscar a mi padre mientras me voy a casa con mi marido. Pero el mensaje que mi padre dejó en el hombre que asesinó es para mí.

Pienso en mi madre, ya desaparecida y olvidada por la mayoría. Pienso en mis hijas. Pienso en mi marido, solo y esperándome. Los asesinatos deben parar. *Encontraré* a mi padre. Lo *atraparé*. Lo *devolveré* a la cárcel y le haré pagar por todo lo que ha hecho.

12

LA CABAÑA

Ella era, sin duda, salvaje y brutal incluso en aquellos tiempos duros e incultos. Le habían puesto el nombre de Helga, que era más bien un nombre demasiado blando para una niña con el temperamento que tenía ella, aunque su forma era aún hermosa.

Se deleitaba chapoteando con sus manos blancas en la sangre caliente del caballo que había sido sacrificado. En uno de sus salvajes arrebatos, le mordió la cabeza al gallo negro que el sacerdote estaba a punto de matar.

A su padre adoptivo le dijo un día: «Si tu enemigo derribara tu casa bajo tus oídos, y tú estuvieras en la inconsciencia protectora del sueño, no te despertaría; aunque tuviera el poder, nunca lo haría, porque mis oídos aún están teñidos del golpe que me diste hace años. Nunca lo he olvidado».

Pero el vikingo se tomaba estas palabras a broma; él estaba, como todos los demás, hechizado con su belleza, y nada sabía del cambio en forma y temperamento de Helga por la noche.

Hans Christian Andersen
La hija del Rey del Pantano

La primera vez que vi el lado sádico de mi padre yo tenía ocho años. En aquel momento yo no entendía que lo que él me hacía estaba mal, o que los padres normales no tratan a sus retoños de la manera en que mi padre me trataba a veces. No me gusta que la gente piense que mi padre es aún peor de lo que ya creen que es. Pero estoy tratando de ser sincera cuando cuento cómo me fueron las cosas en mi infancia, y eso debe incluir tanto las buenas como las malas.

Mi padre afirmaba que eligió vivir en el pantano porque mató a un hombre. Nunca fue acusado, y su participación en la muerte de un discapacitado mental, cuyo cuerpo se encontró en avanzado estado de descomposición en una cabaña vacía al norte de Hulbert, Michigan, nunca quedó probada. A veces, cuando contaba la historia, decía que había matado al hombre a palos. Otras veces decía que le había cortado el cuello porque no le gustaba la forma en que el hombre babeaba y tartamudeaba. La mayoría de las veces contaba que estaba solo cuando ocurrió el asesinato, pero en otra versión era su hermano menor quien le ayudó a deshacerse del cuerpo, aunque más tarde supe que mi padre era hijo único. Es difícil saber si algo de lo que mi padre dijo sobre el asesinato era cierto, o si la historia era algo que se inventó para pasar el tiempo en una larga noche de invierno. Mi padre contaba muchas historias.

Mi padre reservó sus mejores historias para nuestro *madoodiswan*, nuestra cabaña sauna. Mi madre llamaba «sauna» a nuestra cabaña sauna. Para construirla, mi padre derribó nuestro porche el verano que yo tenía ocho años. Dijo que no necesitábamos tener un porche delantero y otro trasero, y aunque la cabaña parecía extraña sin él, no tuve más remedio que estar de acuerdo.

Construyó nuestra cabaña sauna porque estaba cansado de bañarse de pie. También porque aunque yo podía aún sentarme en la palangana de esmalte azul que había estado usando desde que era un bebé, no pasaría mucho tiempo antes de que tuviera que hacer lo mismo que él. Mi madre nunca se daba baños, así que sus necesidades no importaban. (Mi madre nunca se quitó la ropa delante de mi padre ni de mí y solo se limpiaba con un paño húmedo cuando necesitaba asearse, aunque la había visto nadando en el pantano en ropa interior cuando pensaba que no había nadie alrededor).

Esto sucedió en torno a finales de agosto o principios de septiembre. No puedo ser más específica porque no siempre me fijaba en estas cosas. El final del verano es un buen momento para llevar a cabo un proyecto de construcción al aire libre, porque el tiempo sigue siendo cálido, pero la mayoría de los insectos ya no están. Mi madre era una de esas personas por las que los insectos parecían sentirse atraídos. A menudo estaba tan llena de picaduras que lloraba de frustración. He leído que los pioneros en Siberia y Alaska terminaban enloquecidos por los mosquitos, pero, en general, a mí los mosquitos no me molestan. Las moscas negras son mucho peores. A las moscas negras les gusta colocarse en la parte posterior del cuello o detrás de las orejas, y las mordeduras pican y duelen durante semanas. Una sola picadura cerca del borde del ojo puede hacer que se te hinche todo el párpado y dejártelo cerrado. Ya te puedes imaginar lo que sucede cuando te pican dos. A veces, cuando en junio cortábamos leña en el bosque, las moscas negras eran tan gruesas que no podíamos respirar sin tragarnos unas pocas. Mi padre solía bromear con que esto solo significaba que estábamos ingiriendo proteínas extra, pero no me gustaba, aunque eso significara que había una mosca menos que pudiera picarme. Los tábanos te arrancan un trozo. Los tábanos te picarán si los dejas, pero son tan predecibles con el zumbido que emiten alrededor de tu cabeza que, si calculas bien el intervalo, cuando te pasen por delante de la cara puedes apresarlos de una palmada, y ahí acaba todo. Los jejenes son tan diminutos como el punto al final de una frase, pero dan unos picotazos que exceden en gran proporción el tamaño que tienen. Si estás durmiendo en una tienda de campaña y hay algo que te está picando y que parece un mosquito, pero no puedes ver nada, son jejenes. No hay nada que se pueda hacer contra ellos salvo enterrarte en el saco de dormir, echarte una colcha sobre la cabeza y permanecer así hasta la mañana siguiente. A la gente le preocupa que los productos químicos de los repelentes de insectos causen cáncer, pero si hubiéramos tenido repelente de insectos cuando vivíamos en el pantano, te apuesto lo que sea a que lo habríamos usado.

Nuestra cabaña sauna era un proyecto familiar. Imagínate un día caluroso en el que todos nosotros echamos una mano haciendo nuestra parte. A mi padre el sudor le resbalaba por la espalda y a mí me goteaba por la punta de la nariz mientras trabajábamos. Cuando le di el pañuelo que llevaba en el bolsillo trasero para que se secara la cara y el cuello, mi padre hizo la broma de que era una cabaña tan buena que nos hacía sudar. Mi madre clasificaba y apilaba la madera: tablas para el suelo en una pila, viguetas para el suelo en otra, vigas de apoyo en una tercera. Las viguetas y las vigas se convertirían en guardacantones y postes para nuestra cabaña sauna, mientras que las tablas para el suelo cubrirían los lados. El techo del porche lo sacó mi padre de una sola pieza. Solo necesitábamos la mitad, pero mi padre nos explicó que podíamos apilar la leña para nuestra cabaña sauna bajo los salientes para protegerla así de las inclemencias del tiempo. Nuestro *madoodiswan* tendría un banco a lo largo de la pared trasera donde podríamos sentarnos y un círculo de piedras sacado de los cimientos del porche donde mi padre haría el fuego. Quemábamos arce y haya en nuestra cocina de leña, pero en la cabaña sauna quemábamos cedro y pino porque necesitábamos un fuego caliente y rápido. Me resultaba difícil comprender de qué manera el hecho de estar sentados en una pequeña habitación caliente nos limpiaría, pero si mi padre decía que así era como funcionaba la cabaña sauna, yo le creía.

Mi tarea era enderezar los clavos que él sacaba. Me gustaba la forma en que chirriaban los clavos antes de quedarse sueltos, como un animal atrapado en una trampa. Enderezaba los clavos sobre una piedra plana con el lado doblado apuntando hacia arriba, como me había enseñado mi padre, y los golpeaba pan-pan-pan con un martillo hasta que los dejaba todo lo derechos que podía. Me gustaban especialmente los clavos que tenían lados cuadrados. Mi padre dijo que estos clavos se hacían a mano, y esto significaba que nuestra cabaña era muy vieja. Me preguntaba cómo se harían los demás clavos.

Me preguntaba sobre las personas que construyeron nuestra cabaña. ¿Qué pensarían si nos vieran derribando una parte? ¿Por qué construyeron la cabaña en la cresta de esta montaña en lugar de elegir la otra cresta donde les gustaba congregarse a los ciervos? ¿Por qué construyeron la cabaña con dos porches en vez de uno? Creía saber algunas de las respuestas. Pensaba que construyeron nuestra cabaña con dos porches para poder sentarse en el porche delantero a ver salir el sol y en el trasero para verlo ponerse. Y pensé que la razón de que construyeran aquí en esta cresta, en lugar de escoger la otra, era que así los ciervos se sentirían seguros hasta que las personas que construyeron nuestra cabaña estuvieran preparadas para subir hasta la otra cresta a cazar uno.

Últimamente me había estado preguntando muchas cosas. ¿De dónde había sacado mi padre la palanca azul con la que solía extraer los clavos? ¿La trajo él o ya estaba en la cabaña? ¿Por qué no tenía yo hermanos y hermanas? ¿Cómo cortaríamos leña cuando mi padre se quedara sin combustible para la motosierra? ¿Por qué nuestra cabaña no tenía una cocina como las que había en las fotos del *Geographic*? Mi madre dijo que, cuando ella era pequeña, su familia tenía una gran cocina blanca con cuatro quemadores en la parte superior y un horno, así que ¿por qué nosotros no? La mayor parte del tiempo me guardaba estas preguntas para mí. A mi padre no le gustaba que yo hiciese demasiadas preguntas.

Para que el trabajo fuera más rápido mi padre me dijo que golpeara con fuerza los clavos utilizando el martillo, en lugar de dar golpes suaves. No es que tuviéramos prisa, pero él quería usar el *madoodiswan* ese invierno y no tener que esperar hasta el siguiente. Sonrió cuando lo dijo, así que supe que estaba de broma. Yo también sabía que realmente quería que trabajara más rápido, así que le di al martillo con más fuerza. Me preguntaba si sería capaz de enderezar un clavo de un solo golpe. Rebusqué entre el montón para encontrar un clavo que solo estuviera ligeramente doblado.

Más tarde, me pregunté qué me habría hecho fallar tanto con el clavo. Quizás aparté la mirada cuando una ardilla dejó caer una piña. O tal vez me distrajese la llamada del tordo sargento. Es posible que parpadease cuando el viento me introdujo un poco de serrín en el ojo. Cualquiera que fuera la razón, cuando el martillo me destrozó el pulgar, grité tan alto que tanto mi padre como mi madre vinieron corriendo. En segundos mi pulgar se puso morado y se hinchó. Mi padre extendió el pulgar y lo giró de esta y esa otra manera y dijo que no estaba roto. Mi madre entró en la cabaña y salió con una tira de tela y me la ató alrededor del pulgar. Yo no estaba segura de para qué servía aquello.

Pasé el resto de la tarde en la gran roca de nuestro patio trasero hojeando los *Geographic* con una sola mano. Cuando el sol se puso como un balón naranja sobre la hierba del pantano, mi madre entró para servir el guiso de conejo que había estado oliendo durante horas. Gritó que la cena estaba lista, y mi padre dejó sus herramientas y la calma se extendió por el pantano una vez más.

Había tres sillas en nuestra mesa de la cocina. Me preguntaba si las personas que construyeron nuestra cabaña eran también una familia de tres miembros. Nadie dijo nada mientras comíamos porque a mi padre no le gustaba que habláramos con la boca llena.

Cuando mi padre terminó de comer, echó la silla hacia atrás y rodeó la mesa para venir a mi lado.

—Déjame ver el pulgar.

Puse la mano sobre la mesa con los dedos extendidos. Él me retiró la tira de tela.

—¿Te duele?

Asentí. En realidad, el pulgar ya no me dolía a menos que lo tocara, pero me gustaba ser el centro de atención de mi padre.

—No está roto, pero podría haberlo estado. Helena, ¿lo entiendes, no? —Asentí de nuevo—. Tienes que tener más cuidado. Ya sabes que en el pantano no hay lugar para el error.

Asentí por tercera vez y traté de que mi expresión fuera tan seria como la suya. Mi padre me había dicho muchas veces que tuviera cuidado. Si me hacía daño, tendría que afrontar las consecuencias, porque no íbamos a dejar el pantano, pasara lo que pasase.

—Lo siento —dije con voz humilde, porque ahora realmente lo sentía.

Odiaba cuando mi padre no estaba contento conmigo.

—Decir lo siento no es suficiente. Los accidentes siempre tienen consecuencias. No estoy seguro de cómo enseñarte a recordar eso.

Mi estómago se endureció cuando lo dijo, como si me hubiera tragado una piedra. Esperaba no tener que pasar otra noche en el pozo. Antes de que pudiera decirle a mi padre que de verdad, de verdad que lo sentía, que recordaría ser más cuidadosa y que nunca jamás volvería a golpearme el pulgar con un martillo, cerró la mano transformándola en un puño y la estrelló contra mi pulgar. La habitación explotó y se llenó de estrellas. Un dolor ardiente me subió por el brazo.

Me desperté en el suelo. Mi padre estaba arrodillado a mi

lado. Me levantó, me senté en la silla y me tendió la cuchara. Me temblaba la mano cuando la agarré. El pulgar me dolía más que cuando me lo aplasté con el martillo. Parpadeé para controlar las lágrimas. A mi padre no le gustaba cuando lloraba.

—Come.

Sentí que iba a vomitar. Sumergí el cubierto en el cuenco y tomé una cucharada. El estofado se quedó abajo. Mi padre me dio una palmadita en la cabeza.

—Otra vez.

Tomé otra cucharada, y luego otra. Mi padre permaneció a mi lado hasta que me terminé todo el guiso.

Ahora entiendo que lo que hizo mi padre estaba mal. Sin embargo, no creo que quisiera hacerme daño. Solo hizo lo que creía que tenía que hacer para enseñarme una lección que necesitaba aprender.

Lo que no entendí hasta mucho más tarde fue cómo mi madre pudo contemplar todo el episodio desde el otro lado de la mesa, tan pequeña e inútil como el conejo que había servido para la cena, sin levantar un solo dedo para ayudarme. Pasó mucho tiempo antes de que pudiera perdonarla por eso.

En nuestra nueva cabaña sauna, ese invierno, mi padre contó una historia. Yo estaba sentada en el estrecho banco entre mi padre y mi madre. Mi madre llevaba su camiseta de Hello Kitty y su ropa interior. Salvo por el ágata pulida del lago Superior que mi padre siempre llevaba en el cuello sujeta por un cordel de cuero, mi padre y yo estábamos completamente desnudos. Me gustaba cuando mi padre se quitaba la ropa porque podía ver todos sus tatuajes. Mi padre se tatuó a sí mismo según la costumbre india: usando agujas de espinas de pescado y hollín. Mi padre me había prometido que cuando tuviera nueve años comenzaría a tatuarme.

—Un invierno, una pareja recién casada se mudó con todo su pueblo a nuevos campos de caza. —Así comenzó la historia mi padre. Me acurruqué más cerca. Sabía que sería una historia de miedo. Eran las únicas historias que contaba mi padre—. Allí tuvieron un hijo. Un día, mientras contemplaban a su hijo en el capazo, el niño habló. ¿Dónde está ese *Manitou*?, preguntó el bebé.

Mi padre hizo una pausa en la historia y me miró.

—*Manitou* es el Espíritu del Cielo —respondí.

—Muy bien —dijo mi padre, y continuó—. Dicen que es muy poderoso, dijo el niño. Algún día voy a ir a visitarlo. Cállate, dijo la madre del bebé. No debes hablar así. Después de aquello, la pareja se durmió con el bebé en la cuna que habían colocado entre ellos. En mitad de la noche, la madre descubrió que el bebé había desaparecido. Despertó a su marido. El marido hizo un fuego y la pareja buscó por toda la tienda india, pero no pudieron encontrar al bebé. También comprobaron la tienda del vecino, luego encendieron antorchas de corteza de abedul y buscaron si había pistas en la nieve. Por fin encontraron una hilera de diminutas huellas que conducían al lago. Siguieron las huellas hasta encontrar la cuna. Las huellas que conducían desde la cuna hasta el lago eran mucho más grandes que las que podían dejar pies humanos. Los padres, horrorizados, se dieron cuenta de que su hijo se había convertido en un *wendigo*, el terrible monstruo del hielo que se come a la gente.

Mi padre sumergió una taza en el cubo de agua y roció lentamente con el agua la placa de estaño que estaba nivelada en la parte superior del fuego.

Las gotas chisporroteaban y bailaban. El vapor inundó la habitación. El agua me corrió por la cara y me goteó por la barbilla.

—Algún tiempo después, un *wendigo* atacó el pueblo —continuó la historia mi padre—. El *wendigo* era terrible y muy delgado. Olía a muerte y decadencia. Sus huesos empujaban contra

145

la piel y su piel era gris como la muerte. Sus labios estaban despellejados y ensangrentados, y tenía los ojos en lo más profundo de sus cuencas. Este *wendigo* era muy grande. Un *wendigo* nunca se queda satisfecho después de matar y comer. Siempre está buscando nuevas víctimas. Cada vez que se come a una nueva persona, crece más, por lo que nunca está lleno.

Desde fuera llegó un ruido. Sssh-sssh-sssh. Sonaba como si una rama se restregase contra el lateral de la cabaña sauna, excepto por el hecho de que nuestro *madoodiswan* se encontraba en un claro y no había ramas lo suficientemente cerca como para rozarlo. Mi padre ladeó la cabeza. Esperamos. El sonido no volvió.

Se inclinó hacia delante. El resplandor del fuego hundió la parte superior de su rostro en la sombra mientras iluminaba su barbilla desde abajo.

—Mientras el *wendigo* se acercaba a la aldea, la pequeña gente que protegía al *manitou* salió corriendo a su encuentro. Uno le arrojó una piedra al *wendigo*. La piedra se convirtió en un rayo que golpeó al *wendigo* en la frente. El *wendigo* cayó muerto con un ruido como el que produce un gran árbol al caer. Cuando el *wendigo* yacía en la nieve, parecía un gran indio. Pero cuando la gente empezó a despedazarlo, vieron que, en realidad, era un enorme bloque de hielo. Derritieron las piezas y en el centro encontraron a un niño muy pequeño con un agujero en la cabeza allí donde la piedra le había golpeado. Era el bebé que se había convertido en un *wendigo*. Si el *manidog* no lo hubiera matado, el *wendigo* se habría comido a todo el pueblo.

Me estremecí. Entre las parpadeantes luces del fuego vislumbré al bebé con el agujero en la frente, a sus padres llorando por el terrible destino al que se había precipitado su hijo por ser demasiado curioso. El agua goteaba por las grietas del techo y trazaba un camino helado desde mi cuello hacia abajo.

El ruido procedente del exterior volvió a oírse de nuevo. Sssh-sssh-sssh. Oí una respiración, ah-ah-ah, como si lo que fuese que estuviera fuera hubiera llegado a la cresta de nuestra montaña después de una larga carrera. Mi padre se puso en pie. Su cabeza casi tocaba el techo. Tras el fuego, su sombra era aún más grande. Sin duda el chamán al que tenía por padre estaba a la altura de lo que hubiese fuera. Dio un rodeo al fuego y abrió la puerta. Cerré los ojos y retrocedí apretándome contra mi madre mientras el frío entraba a toda prisa.

—Abre los ojos, Helena —ordenó mi padre con una voz terrible—. ¡Ves! ¡Aquí está tu *wendigo*!

Apreté con más fuerza mis ojos cerrados y subí los pies al banco. El *wendigo* estaba en la habitación, podía sentirlo. Oí al *wendigo* jadeando. Olía su aliento horrible y nauseabundo. Algo frío y húmedo me tocó el pie. Di un alarido.

Mi padre se rio. Se sentó a mi lado y tiró de mí para ponerme en su regazo.

—Abre los ojos, *Bangii-Agawaateyaa* —me dijo, usando el sobrenombre que me había dado, y que significaba «Sombrita». Y así lo hice.

Maravilla de maravillas, no era un *wendigo* que había encontrado su camino a nuestra cabaña sauna. Era un perro. Sabía que era un perro porque había visto fotos en el *Geographic*. También porque su pelaje era corto y moteado y no tenía nada que ver con la piel de un coyote o de un lobo. Le colgaban las orejas y movía la cola de un lado a otro mientras empujaba su nariz contra los dedos de mis pies.

—Siéntate —ordenó mi padre.

No estaba segura de por qué, pues ya estaba sentada. Entonces me di cuenta de que mi padre le estaba hablando al perro. No solo eso, sino que el perro entendió lo que le dijo y le obedeció. El perro se dejó caer sobre sus patas y miró a mi padre con la cabeza inclinada hacia un lado, como si dijera: «De acuerdo. Ya he hecho lo que se me ha dicho. ¿Y ahora qué?».

Mi madre estiró la mano y rascó al perro detrás de las orejas.

147

Fue lo más valiente que le había visto hacer. El perro gimoteó y se acercó más a mi madre. Ella se levantó y se echó una toalla por los hombros.

—Ven —le dijo al perro.

El perro trotó tras ella. Nunca había visto nada parecido. Lo único que podía pensar era que mi madre le había robado a mi padre parte de su magia de chamán.

Mi madre quería que el perro pasara la noche con nosotros dentro de la cabaña. Mi padre se rio y dijo que los animales formaban parte del exterior. Le ató al perro una cuerda alrededor del cuello y lo llevó al cobertizo para la leña.

Mucho después de que mi madre y mi padre pusieran fin a los gemidos de los muelles, me quedé junto a la ventana de mi cuarto, mirando hacia el patio. La luna que se reflejaba en la nieve hacía que la noche fuera tan brillante como el día. Entre las grietas del cobertizo para la leña podía ver al perro moviéndose. Con la uña di unos golpecitos en la ventana. El perro dejó de caminar y me miró.

Me eché la manta sobre los hombros y bajé de puntillas por las escaleras. Afuera, la noche era fría y tranquila. Me senté en los escalones y me puse las botas, luego crucé el patio hasta el cobertizo para la leña. El perro estaba atado a la argolla de hierro en la parte trasera. Me paré en la puerta y le susurré el nombre indio que mi padre le había dado. La cola del perro dio unos golpes. Pensé en la historia de mi padre acerca de cómo Perro llegó al pueblo ojibwa. Acerca de cómo el gigante que protegió a los cazadores que se perdieron en el bosque les entregó a su mascota Perro para que los protegiera del *wendigo* a su regreso. Acerca de cómo Perro permitió que los hombres lo acariciaran, y aceptó comida de sus manos y jugó con sus hijos.

Fui dentro y me senté en los juncos de espadaña seca que mi madre extendió por el suelo como cama. Susurré una segunda vez el nombre indio que mi padre le había dado al perro: «Ram-

148

bo». De nuevo la cola del perro dio unos golpes. Me aproximé más y alargué la mano. El perro también avanzó hacia mí y me olisqueó los dedos. Me acerqué aún más y le puse la mano sobre la cabeza. Si mi madre era lo suficientemente valiente como para tocar al perro, entonces yo también. El perro se sacudió bajo mi mano. Antes de que pudiera retirarme, sacó la lengua y me lamió los dedos. La lengua era áspera y suave. Puse mi mano sobre su cabeza, y el perro me lamió la cara.

Cuando me desperté, la luz del día ya se derramaba entre los listones del cobertizo para la leña. Hacía tanto frío que podía ver mi aliento. Rambo se acurrucó contra mí. Levanté la manta por uno de sus extremos y la puse sobre el perro dormido. Rambo suspiró.

Me produce dolor físico pensar en lo mucho que quería a ese perro. Durante el resto del otoño y entrado ya el invierno, hasta que hizo demasiado frío, dormí al lado de Rambo en el cobertizo para la leña. Los laterales del cobertizo estaban cubiertos con listones y expuestos a las inclemencias del tiempo, así que construí un refugio con leña y colgué mis mantas por los lados y encima, de manera muy parecida a los fuertes que Stephen y las niñas construyen en nuestro salón con las almohadas y los cojines del sofá.

Rambo estaba entrenado para recibir órdenes básicas como «ven», «siéntate» y «quieto», pero yo no lo sabía. Así que mientras aprendía gradualmente el vocabulario de Rambo, pensé que él estaba aprendiendo el mío. Siempre que Rambo se paraba, cuando estaba siguiendo el rastro de un conejo o mordisqueando el asta de un ciervo o molestando a una ardilla rayada, y venía o se sentaba según la orden que le diese, me sentía tan poderosa como un chamán.

Mi padre odiaba a mi perro. En aquel momento no podía

entender por qué. Se suponía que los indios y los perros eran amigos. Sin embargo, siempre que Rambo trataba de seguir a mi padre, mi padre lo echaba a patadas o le gritaba o le pegaba con un palo. Cuando no estaba golpeando a Rambo, lo único que hacía era quejarse de que Rambo era una boca más que alimentar. No podía ver dónde estaba el problema. Mi padre me contó que Rambo era un perro de cacería de osos que se perdió durante una cacería. La temporada de caza de osos es en agosto. Esto fue a mediados de noviembre, lo que significaba que Rambo se había estado alimentando perfectamente bien durante meses. Solo le daba los restos de comida que no queríamos. ¿Qué le importaba a mi padre que Rambo se comiera los huesos y las entrañas que solo íbamos a tirar?

Ahora sé que mi padre odiaba a mi perro porque es un narcisista. Un narcisista solo es feliz mientras el mundo funcione como él quiere. El plan de mi padre para nuestra vida en el pantano no incluía un perro; por tanto, no podía ver al perro de otra forma que no fuera un problema.

También creo que vio a Rambo como una amenaza. En un principio me dejó que me quedase a Rambo como una muestra de generosidad, pero cuando, con el tiempo, llegué a querer a mi perro de manera tan pura como quería a mi padre, se puso celoso porque pensaba que mis afectos estaban divididos. Pero mis afectos no estaban divididos; se habían multiplicado. Mi amor por mi perro no empequeñeció el amor que sentía por mi padre. Es posible querer a más de una persona. Eso me lo enseñó Rambo.

Creo que Rambo fue la razón por la que, la siguiente primavera, mi padre desapareció. Un día estaba con nosotros en la cabaña y luego ya no. Mi madre y yo no teníamos ni idea de dónde había ido mi padre o por qué se había marchado, pero no teníamos motivos para pensar que esta vez fuera diferente de otras ocasiones en que desaparecía durante horas o incluso un día, o de vez en cuando, durante la noche, así que continuamos con nuestra rutina habitual en la medida de lo posible. Mi madre sacó agua y mantuvo el fuego encendido mientras yo cortaba leña y revisaba la hilera de trampas. La mayoría de las veces las trampas aparecían vacías. Los conejos se reproducen en primavera, por lo que pasan la mayor parte del tiempo en sus madrigueras y son más difíciles de atrapar. Habría intentado matar a un ciervo, pero mi padre se había llevado el rifle. Principalmente nos alimentamos de las verduras que quedaban en el silo. Muchas veces pensé en utilizar el hacha de mi padre para partir la puerta de la despensa y poder acceder a los suministros. Pero luego pensé en lo que me haría cuando volviera y lo viera, así que no lo hice. Cuando Rambo desenterró una madriguera de conejos para llegar a las crías, también nos los comimos.

Y, luego, dos semanas después, del mismo modo abrupto en que había desaparecido, mi padre volvió, silbando mientras subía por la cresta de nuestra montaña con el rifle al hombro y una caléndula acuática asomando de su saco de arpillera, como si nunca se hubiera marchado. Tenía una bolsa de sal para mi madre y un ágata del lago Superior que era casi idéntica a la que él llevaba: un regalo para mí. Nunca nos dijo dónde había estado ni qué había estado haciendo, y nosotras no preguntamos. Simplemente nos alegramos de que hubiese regresado.

Durante las semanas siguientes, realizamos nuestras tareas como si no hubiera cambiado nada. Pero sí había cambiado. Porque, por primera vez en mi vida, podía imaginarme un mundo sin mi padre.

13

Voy conduciendo carretera abajo, girando la cabeza como un búho de granero mientras busco rastros de mi padre. No sé lo que estoy buscando. Por supuesto, no espero llegar a una curva y encontrarme a mi padre de pie en mitad de la carretera agitando los brazos para que pare. Supongo que lo sabré cuando lo vea.

La correa de Rambo está atada a la agarradera sobre la puerta del pasajero. Por lo general no lo ato cuando lo llevo conmigo en la camioneta, pero Rambo está tan ansioso como parece, con un tic en la nariz y los músculos temblorosos. De vez en cuando, levanta la cabeza y gimotea como si hubiese olido a mi padre. Cada vez que hace esto mis manos se contraen y se me aprieta el estómago.

He estado pensando mucho en Stephen mientras conduzco. Sobre nuestra pelea de anoche. Sobre cómo volvió esta mañana. Cómo quiere apoyarme a pesar de todo lo que le he hecho. Pienso en los papeles que cada uno de nosotros ha desempeñado en nuestra relación: yo, protegiéndola, y Stephen, nutriéndola. Y en cómo solía pensar que esto era un problema.

Y, por supuesto, pienso en el día en que nos conocimos en el festival de arándanos, un día que estoy segura de que organizaron los dioses. Después de sacar mis tarros y colgar el letrero en la parte delantera de mi mesa, vi a Stephen montar su tienda directamente frente a la mía. Para ser sincera, estaba más impresionada con su despliegue de lo que lo estaba con sus fotos. Entiendo que las imágenes de faros son populares entre los turistas porque, con más de cinco mil kilómetros de costa, Michigan tiene más faros que cualquier otro estado, pero aun así me resulta difícil entender por qué alguien querría colgar en la pared una foto de uno de ellos.

Nunca habría entrado en su tienda de no haber sido porque, cuando dejé mi mesa para usar un aseo portátil y pasé por delante, miré dentro por casualidad y vi una fotografía de un oso. He visto muchas fotos y postales de osos en las tiendas de recuerdos cuando hago mis rondas, pero este oso tenía algo que me llamó la atención. Me resulta difícil decir si era la iluminación cuando hizo la foto o el ángulo que eligió. Lo único que sé es que había algo en el brillo del ojo del oso y en el corte de su mandíbula que llamó mi atención.

Me detuve. Stephen sonrió y entré. En el lado opuesto del armazón de alambre en el que había colgado sus fotos de faros estaban las imágenes que apresaron mi corazón: garzas y alcaravanes, águilas y visones, nutrias, castores y martines. Todos ellos animales de mi infancia, todos fotografiados de tal manera que se resaltaban sus características y personalidades únicas, como si Stephen pudiera adentrarse en sus almas. Compré la foto del oso, y Stephen compró todas las mermeladas y jaleas que me quedaban, y el resto, como se suele decir, es historia.

Sé lo que vi en Stephen. Aún no estoy segura de qué vio él en mí, pero trato de no pensar demasiado en ello. Stephen es la única persona sobre la faz de la tierra que me ha elegido; que no me ama porque tenga que hacerlo, sino porque quiere. Un regalo del universo por sobrevivir a mi pasado.

Pienso de nuevo en todos los años y en todas las oportunidades que tuve para revelar quién soy y no lo hice; en los sacrificios que realicé para mantener a salvo mi secreto. Alejarme de mi padre. Querer presentarle a mi madre a la recién nacida Iris, pero no ser capaz de hacerlo. Los momentos en que dije o hice algo fuera de lo establecido y Stephen me miró como si yo hubiera perdido la cabeza y no fuera capaz de ofrecer una explicación. Las cosas habrían sido mucho más fáciles si hubiera dicho la verdad.

Diez minutos después, me echo a un lado y aparco. Rambo pone las patas en el alero de la ventanilla y presiona la nariz contra el cristal como si creyera que voy a dejarlo salir, pero esta vez soy yo quien tiene que salir. Recorro un corto trecho hasta el matorral y me desabrocho los vaqueros. Apenas hay tráfico en esta carretera, pero nunca se sabe. Mi padre y yo nunca nos preocupábamos por la privacidad cuando estábamos cazando o pescando y necesitábamos responder a la llamada de la naturaleza, pero aquí la gente es mucho más sensible.

Casi he terminado cuando Rambo lanza una advertencia con su ladrido de agudo *staccato*, que significa que ha detectado algo. Me subo la cremallera, agarro la Magnum, me doblo sobre el estómago y avanzo sosteniendo la pistola con ambas manos y miro entre la maleza.

Nada. Aprovecho el ruido del viento para disimular mientras me arrastro hasta un punto donde puedo ver la camioneta desde otro ángulo, pensando que habrá unas piernas agachadas al otro lado, pero todo está en silencio. Cuento lentamente hasta veinte y, como no cambia nada, me levanto. Rambo me ve y comienza a ladrar y rascar para que lo deje salir. Me acerco a la camioneta y abro la puerta del copiloto lo suficiente para deslizar la mano, agarrarlo luego por el cuello y desatar la correa de la agarradera. Si dejo que Rambo se salga con la suya en estas condiciones, no volveré a verlo durante días. Tal vez nunca. Hay una razón por la que el primer Rambo apareció en la cresta de nuestra montaña.

En cuanto toca el suelo, Rambo me arrastra hasta un tocón a menos de seis metros de donde me encontraba, ladrando y haciendo círculos como si hubiera ido tras una ardilla o un mapache. Solo que no hay ardilla. En lugar de ello, justo en el centro del tocón hay un ágata del lago Superior.

14

LA CABAÑA

La esposa del vikingo vivía en una pena y dolor constantes por la niña. Su corazón se aferraba a la pequeña criatura, pero no podía explicarle a su marido las circunstancias en que se encontraba. Si se lo dijera, muy probablemente, como era costumbre en aquel momento, expondría a la pobre niña en la vía pública, y dejaría que alguien se la llevase.

La buena esposa del vikingo no podía permitir que eso sucediera y, por ello, resolvió que el vikingo no debería ver a la niña salvo a la luz del día. Después de un tiempo, la madre adoptiva comenzó a querer a la pobre rana, con sus amables ojos y sus profundos suspiros, incluso más que a la pequeña belleza que mordía y luchaba contra todo lo que había a su alrededor.

Hans Christian Andersen
La hija del Rey del Pantano

Mi infancia llegó a su fin el día en que mi padre trató de ahogar a mi madre. Fue por mi culpa. El incidente comenzó de manera bastante inocente, y aunque no podría haber previsto en absoluto el resultado, no puedo cambiar los hechos. No es el tipo de cosas que superas rápidamente. Aún hoy, cada vez que ponen en la radio esa canción sobre el naufragio del Edmund Fitzgerald, o escucho un reportaje sobre un ferri o un crucero que vuelca o una madre que empuja a un lago un coche lleno de niños pequeños, siento náuseas.

—He visto una zona de fresas en la cresta de la siguiente montaña —le dije a mi madre una mañana a finales de junio.

Era el verano de mis once años, después de que ella se quejara de que las bayas que le había recogido en la cresta de nuestra montaña apenas iban a ser suficientes para elaborar la cantidad de mermelada que quería.

Lo que hay que saber para entender lo que sucedió después es que cuando le dije a mi madre que había visto una zona de fresas que crecía en «la cresta de la siguiente montaña», ella sabía exactamente de qué cresta estaba hablando. Los blancos tienden a dar nombres a características geográficas, o a personas importantes, pero nosotros seguíamos la tradición indígena y nombrábamos nuestro entorno según su uso, o su proximidad respecto a nosotros. La cresta de la siguiente montaña. Los cedros donde a los ciervos les gusta reunirse. El estero donde crece el arruruz. El lugar donde Jacob disparó al águila. La roca donde Helena le cortó la cabeza. Como la palabra ojibwa para el río Tahquamenon, *Adikamegongziibi*, «río donde se encuentra el pescado blanco». Sigo pensando que la costumbre indígena tiene más sentido.

—¿Las recogerás por mí? —preguntó mi madre—. Si dejo de remover ahora, este lote no cuajará.

Y por eso el casi ahogamiento de mi madre fue mi culpa: quería decirle que sí. No había nada que me gustara más que sacar la canoa de mi padre, excepto, quizás, cazar ciervos o atrapar castores. Normalmente no habría dejado pasar la oportunidad. En retrospectiva, ojalá la hubiera aprovechado. Pero con once años ya estaba llegando a esa etapa en la que, la mayor parte del tiempo, me dejaba llevar por una necesidad de afirmarme. Así que meneé la cabeza.

—Me voy a pescar.

Mi madre se quedó mirándome durante mucho tiempo, como si hubiera mucho más que quisiese decir, pero no pudiera. Al final, lanzó un suspiro y colocó la olla al fondo de la cocina. Cogió una de las cestas que mi padre había tejido con ramitas de sauce el invierno anterior y salió fuera.

En cuanto la puerta con su tela metálica dio un golpe tras ella, rocié parte del sirope de fresa caliente sobre un plato de galletas del día anterior, me serví una taza de achicoria y me llevé el desayuno al porche de atrás. El comienzo del día ya era caluroso. En la Península Superior, el invierno dura eternamente y la primavera se demora hasta que, de repente, una mañana a mediados de junio te levantas, y sin más, ya es verano. Me desabroché las correas del mono y me quité la camisa, luego me enrollé los pantalones lo más alto que pude. Me estuve pensando muy en serio emplear el cuchillo para cortar las perneras y convertir el mono en pantalones cortos, pero este era el mono más grande que tenía e iba a necesitar esas patas del pantalón al invierno siguiente.

Casi había terminado de comer y estaba a punto de volver a la cocina para sisar una segunda ración cuando mi padre apareció por una de las laderas de la colina con un cubo de agua en cada mano. Puso los cubos en el porche y se sentó a mi lado. Le di la última galleta, tiré a la tierra lo que quedaba de mi achicoria y sumergí mi taza en uno de los cubos. El agua estaba fresca y clara. A veces las larvas de los mosquitos se quedaban atrapadas en el agua.

Nos los encontrábamos nadando en nuestros cubos, retorciéndose y girando una y otra vez sobre sí mismos como peces en tierra firme. Cuando eso sucedía sumergíamos las tazas evitándolos o los sacábamos de las tazas con el dedo. Probablemente

159

deberíamos haber hervido el agua antes de beberla, pero a ver quién renuncia a una buena bebida fresca de agua de pantano en un caluroso día de verano. De todos modos, nunca estábamos enfermos. Después de abandonar el pantano, mi madre y yo pasamos los siguientes dos años tosiendo y estornudando. Ese era un beneficio de nuestro aislamiento en el que la gente nunca piensa: no hay gérmenes. Siempre pienso que es gracioso cuando la gente dice que se ha resfriado por haber salido sin sombrero o sin chaqueta. Según esa lógica, se debería tener fiebre en verano si hace demasiado calor.

—¿Dónde va tu madre? —La voz de mi padre sonaba espesa por las galletas y el sirope que estaba masticando.

Quería preguntar por qué a él se le permitía hablar con la boca llena mientras que a mi madre y a mí no, pero no quería estropear el momento. No había mucho contacto físico en mi familia y me gustaba sentarme junto a mi padre en el último escalón con las caderas y las rodillas apretadas como gemelos siameses.

—A recoger fresas —le dije con orgullo, satisfecha de que, gracias a mí, ese año tendríamos un montón de mermelada de fresa—. Encontré una zona llena en la siguiente cresta.

Para entonces mi madre casi había llegado a la parcela de árboles. Nuestra parcela estaba en el extremo inferior de la cresta de nuestra montaña. Al fondo de la parcela estaba la depresión en forma de «V» donde mi padre guardaba su canoa.

Mi padre entrecerró los ojos. Saltó del porche y salió corriendo colina abajo. Nunca lo había visto moverse tan rápido.

Entonces aún no tenía idea de lo que estaba a punto de ocurrir, por qué el hecho de que mi madre cogiera la canoa podría suponer un problema. Sinceramente, pensé que mi padre solo quería ir con ella para ayudarla, aunque él siempre decía que recoger bayas era un trabajo para mujeres y niños.

Él la alcanzó mientras ella empujaba la canoa y la echaba al agua. Pero en lugar de subirse a la canoa como yo esperaba, agarró a mi madre por el pelo, la sacó de un tirón de la canoa y la arrastró gritando hacia la cima de la colina hasta llegar a nuestro porche trasero, donde le metió la cabeza en uno de los cubos de agua y la mantuvo allí mientras ella se agitaba y arañaba. Cuando se quedó floja, pensé que estaba muerta. La expresión de su rostro cuando él le sacó la cabeza, con el cabello goteando y los ojos enloquecidos mientras se ahogaba, tosía y crepitaba, me revelaba que ella también lo había pensado.

Mi padre la echó a un lado y se alejó con paso largo. Al cabo de un rato, mi madre se impulsó para ponerse de rodillas y se arrastró por las tablas del porche para entrar en la cabaña. Me senté en la gran roca del patio y contemplé el rastro de agua que había dejado tras ella hasta que se secó. Siempre le había tenido miedo a mi padre, pero hasta aquel momento había sido más bien un temor respetuoso; un miedo a incomodarlo, no porque tuviera miedo de recibir un castigo, sino porque no quería decepcionarle. Pero ver cómo mi padre casi ahoga a mi madre me aterrorizó, sobre todo porque no entendía por qué quería matarla o qué había hecho mal. Por entonces, yo no sabía que mi madre era su prisionera, o que, de hecho, podría haber estado intentando huir. Si yo hubiera sido ella, en ese momento en que casi muere ahogada me habría impulsado más que nunca a escapar de mi captor. Pero algo que he aprendido desde que dejé el pantano es que todo el mundo es diferente. Lo que una persona *debe* hacer otra no *puede*.

En resumidas cuentas, por eso tengo un problema con los ahogamientos.

Antes de que mi padre intentara ahogar a mi madre, me solía gustar capturar castores. Había una charca de castores a unos ochocientos metros del río Tahquamenon desde nuestra cabaña. Mi padre atrapaba castores en diciembre y enero, cuando las pieles eran supremas. Caminaba por los bordes de la charca buscando los lugares por los que el castor habría salido a tomar aire fresco y la luz del sol, y ponía cepos y trampas. Supongo que la charca sigue ahí, ¿aunque quién sabe? A veces el Departamento de Recursos Naturales vuela por los aires una presa de castores si piensan que está interfiriendo con la forma en que debe correr un río, o si la presa causa de alguna manera problemas a la gente. El daño a la propiedad que causan los castores asciende a millones de dólares cada año, y el DRN se toma en serio sus responsabilidades de gestión. La pérdida de madera, la pérdida de cosechas, los daños a carreteras y sistemas sépticos por las inundaciones, incluso la destrucción de las plantaciones ornamentales del paisaje en jardines residenciales se consideran todas razones legítimas para eliminar una presa de castores. Sin que importen las necesidades de los castores.

Nuestra charca se formaba cuando los castores estacaban uno de los afluentes menores, sin nombre, del Tahquamenon. La presa más grande de castores de la que se tiene constancia superaba los ochocientos metros. Es el doble de longitud que la presa Hoover, para quien intente imaginárselo, lo que impresiona bastante si se tiene en cuenta que un castor macho en edad adulta ronda el tamaño y el peso de un niño de dos años. Nuestra presa no llegaba ni de lejos a esa longitud. Yo solía caminar a lo largo de la parte superior y arrojar piedras y palos a la charca, o pescar percas americanas, o sentarme con las piernas colgando sobre el lado seco mientras me comía una manzana. Me gustaba la idea de que el hábitat que estaba explorando lo habían creado los animales que vivían en él. A veces destrozaba una sección de la presa para ver cuánto tardaban los castores en arreglarla.

Además de ser el hogar de los castores, nuestra charca albergaba muchas especies de peces, insectos acuáticos y aves, incluyendo patos, garzas azules, martines pescadores, mergos y águilas calvas. Si nunca has visto un águila calva caer como una roca del cielo, salpicar en el agua en calma de la charca y alejarse volando con un lucio o una perca en sus garras, te estás perdiendo mucho.

Después de que mi padre intentara ahogar a mi madre, tuve que dejar de atrapar castores. Yo no tenía problemas para matar animales siempre y cuando se hiciera por necesidad y con respeto, pero los cepos matan arrastrando y forzando a los castores a permanecer bajo el agua, y la muerte por ahogamiento me revolvía el estómago.

Algo que me molestaba más que ahogar a los castores era que no entendía en absoluto por qué mi padre seguía atrapándolos. Nuestro cobertizo estaba lleno hasta arriba de pieles. Visón, castor, nutria, zorro, coyote, lobo, rata almizclera, armiño. Mi padre siempre nos enseñó que era importante mostrar respeto por los animales que matábamos. Que debíamos pensar antes de apretar el gatillo y no debíamos derrochar. Que no debíamos disparar al primer animal que viéramos porque podría ser el único de su clase que viéramos en todo el día, y eso significaría que la población era pequeña y había que dejarla en paz por un tiempo. Sin embargo, cada año añadía más pieles a los montones. Cuando yo era muy pequeña solía pensar que un día cargaría las pieles en su canoa, remontaría el río y comerciaría con ellas como hacían los franceses y los indios. Solía albergar la esperanza de que me llevara con él. Pero después de que mi padre intentara ahogar a mi madre, comencé a cuestionar todo el esfuerzo. Sabía que lo que le había hecho a mi madre estaba mal. Tal vez su excesiva colocación de trampas también estuviera mal. Si el resultado final de todas aquellas trampas no era otra cosa que montones de pieles apiladas por encima de mi cabeza, ¿cuál era el objetivo?

Pensaba en cosas así cuando me sentaba en el porche trasero después de la cena mientras el verano daba paso al otoño, hojeando los *Geographic* hasta que estaba demasiado oscuro para poder ver, con la esperanza de encontrar un artículo que no hu-

163

biera leído. Solía gustarme ver el viento de la noche soplar entre los pastos mientras las sombras se extendían por el pantano y las estrellas iban saliendo poco a poco, pero últimamente el movimiento solo me generaba inquietud. A veces Rambo levantaba la cabeza y olía el aire y gimoteaba mientras yacía en las tablas del porche junto a mí, como si él también lo sintiera. Una sensación de querer, pero no tener; una sensación de que había algo más allá de los márgenes del pantano y que era más grande, mejor, mayor. Miraba fijamente la oscura hilera de árboles a lo largo de la línea del horizonte e intentaba imaginar lo que habría más allá. Cuando los aviones sobrevolaban nuestra cabaña, yo me protegía los ojos y seguía mirando al cielo mucho después de que se hubieran ido. Pensaba en la gente que iba dentro. ¿Deseaban estar conmigo en el pantano tanto como yo deseaba estar en el aire con ellos?

Mi padre estaba preocupado por mí, me daba cuenta. Él no entendía más que yo los cambios que me estaban ocurriendo. A veces lo sorprendía estudiándome cuando él pensaba que yo no estaba mirando, atusándose su delgada barba de esa manera que tenía de decirme que estaba pensando profusa y afanosamente. A menudo esto era el preludio de una historia. Una leyenda nativa americana, una historia sobre caza o pesca, o una historia sobre algo extraño o divertido o dramático o aterrador o maravilloso que le había sucedido. Me sentaba con las piernas cruzadas y con las manos dobladas respetuosamente en el regazo como él me había enseñado y fingía escuchar mientras me rondaban los pensamientos. No era que ya no me interesaran las historias de mi padre. Mi padre es uno de los mejores narradores que he conocido. Pero ahora quería crear las mías.

Una mañana lúgubre y lluviosa de aquel otoño, mi padre decidió que era hora de que yo aprendiera a hacer jalea. No podía ver por qué necesitaba saber hacerlo. Yo quería coger la canoa de mi padre para comprobar mi hilera de trampas. Había una familia de zorros rojos que vivían al otro lado de la cresta, donde a los ciervos les gustaba reunirse, y esperaba atrapar uno para que mi madre pudiera hacerme un sombrero de cola de zorro con orejeras como el que mi padre llevaba. No me importaba que estuviera lloviendo. No iba a disolverme, y lo que se mojara volvería a secarse con el tiempo. Cuando mi madre anunció en el desayuno que, dado que estaba lloviendo, iba a hacer jalea y dijo que quería que yo la ayudara, me puse el abrigo de todos modos, porque mi madre no podía decirme qué hacer. Pero mi padre sí. Así que cuando él decretó que ese era el día en que iba a aprender a hacer jalea, me quedé atascada.

Preferiría haber ayudado a mi padre. Estaba sentado a la mesa de la cocina usando una piedra de afilar y un paño de pulir y abrillantar su colección de cuchillos, aunque los cuchillos ya estaban afilados y brillantes. Nuestra lámpara de aceite estaba en mitad de la mesa. Normalmente no encendíamos la lámpara durante el día porque nos estábamos quedando sin grasa de oso pero, debido a la lluvia, esa mañana en la cabaña había más oscuridad de la habitual.

Mi madre estaba junto a la encimera, removiendo una olla con puré de manzana caliente con una cuchara de madera para enfriarlo mientras en el fogón hervía y formaba su espuma otra olla. Los tarros vacíos que había lavado y secado aguardaban sobre trapos de cocina doblados sobre la mesa. Una lata de parafina derretida aguardaba en la parte posterior de la cocina. Mi madre vertió una capa de parafina caliente sobre la jalea después de que se asentara para sellar los frascos y que a la jalea no le saliera moho, aunque el moho salía de todos modos. Decía que el moho no nos haría daño, pero yo me había dado cuenta de que ella se lo quitaba antes de ingerir la jalea y arrojaba las partes mohosas. En la palangana que había en el suelo se amontonaban las peladuras de manzana. En cuanto dejó de llover, mi madre sacó fuera la tina y echó las peladuras en la pila de compostaje.

Yo tenía las manos rojas de apretar el puré de manzana caliente contra un pedazo de estopilla plegada para separar el jugo de la pulpa. La cocina estaba cargada y caliente. Me sentía como un minero dragando en una veta de carbón en las profundidades de la tierra. Me quité la camisa por la cabeza y la usé para limpiarme la cara.

—Ponte la camisa —dijo mi madre.

—No quiero. Hace demasiado calor.

Mi madre le lanzó una mirada a mi padre. Mi padre se encogió de hombros. Enrollé mi camisa, la arrojé a un rincón, subí las escaleras dando pisadas fuertes hasta mi habitación, me dejé caer en la cama con los brazos detrás de la cabeza, miré al techo y tuve malos pensamientos sobre mi padre y mi madre.

—¡Helena! ¡Baja aquí! —me llamó mi madre por las escaleras. No me moví. Podía oír a mis padres discutir.

—Jacob, haz algo.

—¿Qué quieres que haga?

—Hazla bajar. Haz que ayude. No puedo hacerlo todo yo sola.

Salí rodando de la cama y escarbé en busca de una camiseta seca entre las pilas de ropa que había en el suelo; me abotoné encima una camisa de franela y salí escaleras abajo con unos fuertes pisotones.

—No vas a salir —dijo mi madre cuando atravesé la cocina y cogí mi abrigo del gancho junto a la puerta—. No hemos terminado.

—Tú no has terminado. Yo sí.

—Jacob.

—Escucha a tu madre, Helena —me dijo mi padre sin levantar la vista del cuchillo que estaba afilando. Podía ver su reflejo en la hoja. Mi padre sonreía.

Tiré mi abrigo al suelo, corrí al salón, me tiré sobre mi alfombra de piel de oso y enterré la cara en su piel. No quería aprender a hacer jalea. No entendía por qué mi padre no se ponía de mi parte contra mi madre, qué me estaba sucediendo a mí y a mi familia. Por qué sentía ganas de llorar aunque no quisiera.

Me senté, rodeé mis rodillas con los brazos y hundí los dientes en el brazo hasta que sentí el sabor de la sangre. Si no podía parar de llorar, me daría una razón para ello.

Mi padre me siguió al salón y se detuvo a mi lado con los brazos cruzados. Tenía en la mano el cuchillo que había estado afilando.

—Levántate.

Me levanté. Traté de no mirar el cuchillo mientras me ponía en pie tan derecha y estirada como podía. Crucé los brazos sobre el pecho, saqué barbilla y le devolví la mirada. No lo estaba desafiando. Aún no. Solo le dejaba saber que lo que planeara hacerme como castigo por mi desafío iba a tener un precio. Si pudiera regresar en el tiempo y preguntarle a la niña de once años lo que estaba planeando hacerle a mi padre en represalia, no podría haberlo dicho. Lo único que sabía es que no había nada que mi padre pudiera decir o hacer que me convenciera para ayudar a mi madre a hacer jalea.

Mi padre miró hacia atrás con la misma tranquilidad. Levantó el cuchillo y sonrió. Una sonrisa taimada, torcida, que decía que habría sido mucho más inteligente si hubiera hecho lo que él me había dicho, porque ahora se iba a divertir un poco. Me agarró de la muñeca y la sostuvo firmemente para que no pudiera soltarme. Estudió la marca de los dientes que había dejado en mi antebrazo y luego rozó mi piel con la punta del cuchillo. Me estremecí. No quería hacerlo. Sabía que lo que mi padre planeara hacerme sería peor si sabía que tenía miedo. Y yo no tenía miedo… en realidad no lo tenía, al menos, no del dolor. Había acumulado mucha experiencia soportando el dolor de mis tatuajes.

En retrospectiva, creo que la razón por la que me estremecí fue porque no sabía lo que iba a hacer. Hay un componente psicológico cuando se controla a una persona que puede ser tan poderoso como el dolor físico que se le inflige, y creo que este incidente es un buen ejemplo.

Mi padre me pasó el cuchillo por todo el antebrazo. Los cortes que me hizo no eran profundos. Lo suficiente para hacer que asomara la sangre. Lentamente conectó las marcas de los dientes hasta que formaron una tosca «O».

Hizo una pausa, estudió su obra, luego dibujó tres líneas cortas contiguas a un lado de la «O» y otras cuatro al otro.

Cuando terminó, me levantó el brazo para que yo pudiera verlo. La sangre corrió por el interior de mi brazo y me goteó por el codo.

—Ve a ayudar a tu madre.

Golpeó la punta del cuchillo contra la palabra que me había dibujado en el brazo y volvió a sonreír, como si estuviera feliz de seguir con esto todo el tiempo que hiciera falta si no hacía lo que él decía, y así lo hice.

Las cicatrices se han desvanecido con el tiempo, pero si sabes dónde buscar, aún puedes leer la palabra *NOW*, ahora, en el interior de mi antebrazo derecho.

Las cicatrices que mi padre dejó en mi madre fueron, por supuesto, mucho más profundas.

15

Contemplo el ágata que mi padre ha dejado en el tocón. No quiero tocarla. Este es exactamente el tipo de estratagema que solía emplear cuando me enseñaba a rastrear. Justo cuando pensaba que tenía el juego ganado, anticipando alegremente el momento en que podría dispararle una bala entre los pies, él hacía algo para expulsarme: barrer sus huellas con una rama frondosa, o usar un palo largo con el que doblar la hierba donde él quería que yo pensara que había pasado, o volver sobre sus pasos, o caminar usando solo el perfil de sus pies para no dejar una sola marca de talones o dedos del pie. Cada vez que pensaba que ya dominaba todo lo que había que saber para rastrear a una persona en un entorno salvaje, mi padre salía con algo nuevo.

Ahora es un ágata. Que mi padre estaba a la espera quién sabe cuánto tiempo, que podía escabullirse mientras yo estaba ocupada y dejarme el ágata para que yo la encontrara, demuestra que mi padre es un leñador aún mejor de lo que yo lo seré jamás después de haber pasado trece años en una celda de cuatro metros cuadrados. No solo puede escaparse de una prisión de máxima seguridad, sino que puede hacer que quienes lo buscan piensen que está en una zona donde no está, y entonces atraerme hasta aquí sabiendo que nuestra historia común me conducirá a este lugar. Yo sabía esta mañana que cuando salí a buscar a mi padre lo encontraría.

Lo que no anticipé es que él me encontraría primero a mí.

Rambo está ladrando como si creyera que a la roca le van a brotar piernas y va a despegar. Le dejaré que olfatee cuando pase un rato, pero primero quiero saber cómo sabía mi padre que la persona que se había adentrado entre los arbustos para aliviarse era yo. No me parezco en nada a como era antes. El cabello negro que llevaba recogido en coletas o en trenzas me llega ahora a los hombros, y lo atraviesan tantas mechas que es casi rubio. Después de dos niños mi figura se ha rellenado y redondeado. Nunca seré gorda porque no tengo ese tipo de cuerpo ni metabolismo, pero no estoy tan flaca como la última vez que me vio. También he crecido unos tres centímetros, quizá cinco. Rambo podría haber sido una pista, ya que es de la misma raza que el perro que apareció en la cresta de nuestra montaña, pero un perro de oso moteado que corretea por los bosques de la Península Superior durante la temporada del oso no es exactamente una rareza. A menos que pronunciara su nombre en voz alta, no veo de qué manera pudo haber establecido la conexión mi padre. ¿Y dónde y cómo consiguió el ágata? Todo apesta, incluso peor que los restos de carne que solíamos arrojar a nuestro pozo para la basura. Si mi padre piensa que va a meterme en una versión para adultos de nuestro antiguo juego de rastreo, debería recordar que las tres últimas veces que jugamos a ese juego gané yo.

Quizás lo único sea que mi padre no puso la roca en el tocón para jactarse de que es mucho mejor que yo en la caza y en el rastreo. Quizás no es una burla. Tal vez sea una invitación. No te he olvidado. Me importas. Quiero verte una última vez antes de desaparecer.

Me quito la camisa, recojo el ágata y se la muestro a Rambo para que la olisquee. Rambo sigue su olfato entre los palos y la maleza hasta un punto en la carretera a seis metros delante de mi camioneta. El rastro de unas pisadas apunta hacia el oeste. Huellas como las que podrían haber dejado los zapatos de un guardia de prisión muerto. Regreso a la camioneta, casi esperando que mi padre salga de los arbustos de un salto y me agarre como solía hacer cuando volvía de la cabaña sauna a la cabaña después de una de sus historias de miedo.

Tiro la roca al asiento delantero, luego amarro a Rambo en la parte de atrás y le ordeno que se eche y se quede quieto. No he olvidado lo que siente mi padre por los perros. Extraigo del llavero la llave del coche y la meto en el bolsillo, luego compruebo que tengo el teléfono en silencio y lo meto en el otro. Suelo dejar las llaves en la camioneta cuando estoy de caza; la Península Superior no está exactamente plagada de ladrones de coches y no quieres que las llaves te hagan ruido en el bolsillo. Pero no estoy dispuesta a seguir el rastro que me ha dejado mi padre solo para llegar al final y descubrir que me ha robado mi camioneta. Cierro la cabina para añadir seguridad y compruebo que llevo el cuchillo y el arma. La policía dice que mi padre está armado y es peligroso. Yo también.

Cuatrocientos metros más adelante, las huellas conducen a la entrada de una de las cabañas que quería revisar. Rodeo el camino y trazo un amplio círculo para poder acercarme desde un ángulo en la parte posterior. Hay menos territorio para esconderse de lo que me gustaría. Estos bosques son, en su mayoría, de alerce y pino de Jack, finos, ralos y secos como la yesca; es imposible abrirse camino sin hacer ruido. Por otro lado, si mi padre me está esperando dentro de la cabaña, ya sabe que estoy aquí.

La cabaña es vieja y pequeña y está situada tan atrás en el claro que casi se funde con el bosque. El musgo y las agujas de pino cubren totalmente el tejado. Unas elevadas flores amarillas y unas enredaderas altas y delgadas revisten los laterales. Parece una cabaña de cuento de hadas de uno de los libros ilustrados de mis chicas. No es el tipo de cabaña que pertenece a una inocente pareja sin hijos o a un pobre leñador, sino más bien el tipo de cabaña destinada a atraer y conducir a su interior a niños incautos. Mantengo una especial atención a la caseta que hay al final

171

del camino, donde se encuentra aparcada una vieja camioneta. Reviso bajo el chasis y las vigas. El cobertizo está vacío.

Bordeo los márgenes del claro y rodeo la cabaña para dirigirme a la parte de atrás. La única ventana se abre a un dormitorio apenas mayor que la cama, el tocador y la silla que alguien logró encajar en su interior. La cama está hundida en el medio y no parece que nadie haya dormido en ella.

Voy al lateral para comprobar la siguiente ventana. Los accesorios del baño están oxidados, las toallas, viejas. Un solo cepillo de dientes colocado en un aplique en la pared cuelga sobre el lavabo. El agua del inodoro es marrón. Un anillo oscuro por encima del nivel del agua indica que ha pasado un tiempo desde que alguien tiró de la cadena.

La siguiente ventana se abre a una sala de estar que podría ser una réplica de la sala de estar de mis abuelos: un sofá de flores descolorido, sillones a juego, mesa de café de madera con un bol lleno de piñas, madera rescatada de la deriva y ágatas en el centro, un armario esquinero con el frente de cristal, repleto de chismes, juegos de sal y pimienta y cristalería de la época de la Depresión. Tapetes de croché amarillentos en los brazos y los respaldos de las sillas. Un sillón reclinable viejo que necesita un nuevo tapizado. Una taza de café y un periódico doblado en la mesa de al lado. Parece que nadie ha tocado nada en la habitación. Si mi padre está esperando dentro de la cabaña, no me está aguardando aquí.

Vuelvo con un rodeo al frente y piso silenciosamente el porche. Me quedo quieta, escucho, huelo el aire. Cuando vas a cazar humanos, la lentitud es la clave.

Después de largos minutos de nada, lo intento por la puerta. El pomo gira sin problemas, y entro.

Tenía quince años la primera vez que me colé en una cabaña. Para entonces ya había abandonado la escuela, y los tutores que

172

el estado enviaba no sabían qué hacer conmigo, como les sucedía a mis abuelos, así que tenía mucho tiempo libre.

Ojalá pudiera decir que entré en la cabaña por necesidad —porque me sorprendió un chaparrón o una tormenta de nieve, algo—, pero fue solo una broma, una idea que se me ocurrió para hacer algo un día que estaba aburrida. La cabaña pertenecía a los padres de uno de los chicos con los que iba a la escuela y al que le gustaba crearme problemas; pensé que sería divertido cambiar las tornas y causarle problemas a él. No planeaba hacer ningún daño; solo quería dejar suficientes pruebas de que me había colado para que él supiera que podía hacerlo. En la puerta, la cabaña tenía una de esas pegatinas *Esta propiedad está protegida por*, pero la casa de mis abuelos tenía la misma, así que sabía que la advertencia no era real. Mi abuelo decía que las pegatinas falsas funcionaban tan bien como las reales y eran mucho más baratas que instalar un sistema de seguridad.

Mi plan era sencillo:

1. Ponerme un par de guantes de goma amarillos que saqué de debajo del fregadero de mi abuela.
2. Utilizar el cuchillo para sacar las barras de metal de las bisagras de la puerta principal.
3. Abrir una lata de algo que hubiera en la cocina y hacer un fuego en la cocina de leña para prepararla, porque la comida enlatada me gustaba más caliente que fría.
4. Dejar la lata en mitad del salón y meter dentro un ratón muerto que había sacado de la montaña de leña de mis abuelos.
5. Colocar de nuevo la puerta en sus bisagras y salir.

El ratón estaba fresco, por lo que contaba con que apestara lo suficiente para que la siguiente vez que alguien entrara en el lugar el olor fuera lo primero que le golpease. Encontrarían la lata con el ratón muerto dentro y sabrían que alguien se había colado, pero no sabrían quién gracias a los guantes. Después de que se me ocurriera la idea del ratón en la lata, pensé que me colaría en todas las cabañas que pertenecieran a todas las familias de todos los niños que me estaban dando problemas, y que esa sería mi tarjeta de visita. La policía pensaría que los allanamientos se realizaban al azar, pero, con el tiempo, mis torturadores descubrirían la conexión y se darían cuenta de que era yo. Sin embargo, no podrían decir nada sin señalarse ellos mismos, lo cual me parecía la mejor parte de mi plan.

Pero resultó que no todo el mundo es tan económico como mi abuelo: las pegatinas de seguridad eran reales. Estaba sentada en una silla junto a la cocina de leña, hojeando una pila de *National Geographic* para ver si tenían el del artículo sobre los vikingos mientras esperaba a que hirvieran mis alubias, cuando el coche de un *sheriff* se detuvo delante con sus luces parpadeantes. Podría haberme escabullido por detrás; no había un *sheriff* en la tierra que pudiera atraparme después de que yo desapareciera en el bosque si no quería que me atrapase. Pero el ayudante del *sheriff* que salió del coche era el mismo que me había llevado de vuelta las dos últimas veces que me había escapado, y de alguna manera habíamos desarrollado una relación.

—¡No dispares! —grité mientras salía por la puerta principal con las manos en alto, y los dos nos reímos.

El ayudante del *sheriff* me hizo volver a colocar todo como lo había encontrado, luego me abrió la puerta del coche como si yo fuera una estrella de cine y él mi chófer. Intercambiamos historias de caza y pesca de camino a casa, y fue muy divertido. Le conté la historia de mi padre sobre cómo cayó en la cueva del oso como si me hubiera pasado a mí, y se quedó impresionado. Cuando le pregunté si le gustaría ser mi novio porque parecía que nos llevábamos muy bien, me dijo que estaba casado y tenía dos niños. No creía que eso importara, pero él me aseguró que sí.

El ayudante me llevó a comisaría. Aparentemente, el allanamiento era un delito más grave que la huida. Tenía la esperanza de que me pusiera en la misma celda en la que había estado mi padre para poder ver cómo era, pero hizo que me sentara en un banco de madera del pasillo mientras llamaba a mis abuelos. Cuando llegaron mis abuelos, el ayudante del *sheriff* soltó un largo sermón sobre la suerte que tenía porque los dueños de la cabaña no iban a presentar cargos, aunque podrían haberlo hecho y, entonces, me habría visto envuelta en verdaderos problemas, y que tenía que obedecer la ley y respetar las posesiones de los demás para que nada de esto volviera a suceder. No me importó. Él solo estaba haciendo su trabajo. Pero cuando empezó a darme la lata con lo que me pasaría si no dejaba de comportarme con tanta imprudencia y me preguntó si quería acabar en la cárcel como mi padre, me alegré de que no fuera mi novio. Decidí que a la primera oportunidad que tuviera, me colaría en otra cabaña para fastidiarle. Tal vez en la suya.

Después de aquello, mi abuelo me obligó a trabajar en su tienda a tiempo completo. Hasta entonces, había estado trabajando tres días a la semana. Mis abuelos llevaban una tienda que combinaba la venta de cebo y bicicletas en un viejo edificio de madera en la calle principal, Main Street, emparedada entre una agencia inmobiliaria y un *drugstore*. Las bicicletas estaban alineadas frente a la tienda para que quien pasara por delante pudiera verlas, y los tanques de cebo y los refrigeradores llenos de gusanos y rastreadores nocturnos estaban en la parte de atrás. Solía pensar que la razón por la que mi abuelo eligió vender bichos para la pesca y bicicletas era porque ambos empezaban por la letra «B». Ahora conozco muchos comercios en la Península Superior que venden una combinación de cosas que normalmente no se pensaría que van juntas, porque es muy difícil ganarse la vida vendiendo solo una. A mí me va bien con la jalea y la mermelada, pero eso es porque muchas de mis ventas proceden de Internet.

Mi abuelo también dijo que ya que yo estaba trabajando a tiempo completo, tendría que pagar habitación y comida. Después, si quería, podía ahorrar el dinero que me quedaba y comprarle una bicicleta a plazos. Mi abuelo ya había vendido todas las bicicletas y el resto de cosas que me había enviado la gente mucho antes de esto, así que me alegré de tener la oportunidad de poder conseguir otra. Dibujó tres columnas en un pedazo de papel en las que se leía *Al por mayor*, *Al por menor* y *Beneficio neto*, y escribió algunos números como ejemplo para enseñarme cómo funcionaba el negocio al por menor, lo que fue útil más adelante cuando empecé mi propio negocio.

La que elegí era una bicicleta de montaña Schwinn Frontier en azul espejo. Me gustaba poder montar en bicicleta tanto por la carretera como fuera de ella. Ahora sé que había bicicletas mejores y más caras que mi abuelo podría haber traído, pero nadie iba a ganarse la vida vendiendo bicicletas de alta gama en la Península Superior, aunque además vendiera cebo.

Cada vez que un cliente entraba en la tienda con la intención de comprar una bicicleta, lo alejaba de la mía. Yo no sabía que mi abuelo podía pedir otra igual si se vendía. Me doy cuenta de que, después de tres años, la mayoría de la gente pensaría que debería haber entendido más acerca de cómo funcionaba el sistema comercial, pero me gustaría verlos a ellos intentarlo desde cero y ver lo bien que lo hacen.

Incluso ahora, de vez en cuando, me encuentro con cosas que desconozco. Así que cuando uno de los chicos del colegio compró la bicicleta para la que había estado ahorrando, pensé que todo había terminado. Llevé la bicicleta a la camioneta de sus padres, dejé caer la bicicleta en la acera sin ayudarles a cargarla como se suponía que debía hacer y seguí caminando. No tenía en mente ningún lugar particular; solo sabía que mi abuelo me había engañado con la bicicleta para la que había estado ahorrando y que no iba a volver.

Mi abuelo dio conmigo después de unas horas. Para entonces ya hacía tiempo que había anochecido. Si mi abuela no hubiera estado en el asiento del copiloto, probablemente no habría entrado. Como es natural, me sentí bastante estúpida después de que todo se resolviese y mi abuelo prometiera pedir otra bicicleta como la que había vendido. En aquel entonces me sentía estúpida muy a menudo.

No estoy contando estas historias para hacer que la gente se compadezca de mí. Dios sabe que ya he tenido suficiente. Solo quiero que la gente entienda por qué, después de algunos años, sentí que necesitaba empezar de nuevo. A veces una persona piensa que quiere algo pero luego, después de conseguirlo, se da cuenta de que no era en absoluto lo que quería. Eso es lo que me pasó cuando dejé el pantano. Pensé que podría comenzar una nueva vida en solitario, ser feliz. Yo era inteligente, joven, estaba lista para abrazar el mundo exterior, ansiosa por aprender. El problema es que la gente no estaba tan ansiosa por abrazarme a mí. Ser descendiente de un secuestrador, violador y asesino es un estigma del que cuesta desprenderse. Si la gente piensa que estoy exagerando, deberían pensar en lo siguiente: ¿Me habrían acogido en su casa sabiendo quién era mi padre y lo que le hizo a mi madre? ¿Me dejarían ser amiga de sus hijos e hijas? ¿Confiarían en mí para que cuidase de sus hijos? Incluso si alguien dice que sí a cualquiera de estas cuestiones, me apuesto lo que sea a que ha dudado antes de responder.

Afortunadamente, los padres de mi padre murieron con un margen de pocos meses, no mucho después de que yo cumpliera los dieciocho, y me dejaron la casa donde creció mi padre. Como yo era mayor de edad, su abogado tenía voluntad de transferirme la propiedad sin decirle nada ni a mi madre ni a mis abuelos maternos. En cuanto estuvo listo el papeleo, hice una maleta, les dije que me mudaba pero no dónde, me cambié el apellido a Eriksson, porque siempre me habían encantado los vikingos y pensé que esta era mi oportunidad de convertirme en una, me corté el pelo y me lo teñí de rubio. Y así fue como desapareció la hija del Rey del Pantano.

La puerta de la cabaña se abre directamente a la sala de estar. La habitación es pequeña, tal vez de nueve metros cuadrados, y el techo es tan bajo que podría tocarlo si me pusiera de puntillas. Dejo la puerta abierta a mi espalda. Tengo un problema con los lugares cerrados que huelen a humedad y a moho.

La televisión está encendida con el sonido bloqueado. En la pantalla, un locutor está articulando con afectación las últimas noticias sobre la búsqueda de mi padre. Sobre el hombro izquierdo del hombre aparecen en un recuadro unas imágenes de vídeo: un helicóptero agita la superficie de un pequeño lago mientras los barcos patrulla se mueven en círculo. En la parte inferior de la pantalla se desplaza un rótulo: *La búsqueda continúa*, *El FBI aporta más efectivos* y *¿Encontrado el cuerpo del prisionero?*

Me quedo todo lo quieta que puedo, tratando de percibir la oscilación de una cortina, una pequeña ingesta de aire, un desplazamiento molecular que indicaría que no estoy sola. Bajo el moho y la humedad puedo oler tocino, huevos, café, los restos de humo de un arma que se ha disparado recientemente, y el olor metálico y agudo de la sangre fresca.

Espero. Ni un ruido. Ni un movimiento. Lo que pasara ocurrió mucho antes de que yo llegara. Espero un poco más, luego cruzo la sala de estar y me detengo en la entrada a la cocina.

Un hombre desnudo está tendido de costado entre la mesa y el anafe. Su sangre y sus sesos salpican el suelo.

Stephen.

16

LA CABAÑA

El escaldo habló del tesoro dorado que la esposa del vikingo le había traído a su rico marido y del goce de él ante la hermosa niña que había visto únicamente bajo su encantadora apariencia durante el día. Admiraba bastante su apasionada naturaleza, y decía que se convertiría en una valiente doncella escudera o valquiria, capaz de defenderse por sí misma en la batalla. Sería la clase de persona que no parpadearía si una mano experimentada le cortaba las cejas como broma con una afilada espada.

Cada mes este temperamento se expresaba en contornos más agudos; y con el transcurso de los años, la niña llegó a convertirse casi en una mujer, y antes de que nadie pareciera consciente de ello, era una doncella de dieciséis años de maravillosa hermosura. El cofre era espléndido, pero su contenido era inútil.

Hans Christian Andersen
La hija del Rey del Pantano

—Coge tu abrigo —me dijo mi padre a horas tempranas de una mañana de invierno, cuando yo tenía once años. Este sería mi último invierno en el pantano, aunque aún no lo sabía—. Quiero enseñarte algo.

Mi madre levantó la mirada de la piel en la que estaba trabajando. En cuanto se percató de que mi padre no estaba hablando con ella, volvió la cabeza rápidamente a lo que estaba haciendo. La tensión entre mis padres era tan espesa como la niebla. Había sido así desde que mi padre intentó ahogar a mi madre.

—Me va a matar —murmuró mi madre poco después, cuando estaba segura de que mi padre no estaba cerca.

Pensé que podría ser cierto. Mi madre no me pedía ayuda ni esperaba que yo me pusiera de su lado contra mi padre, y yo se lo agradecía. Si mi padre realmente quería matar a mi madre, no había nada que yo pudiera hacer.

Mi madre estaba trabajando en la piel del ciervo que mi padre había curtido en piel de ante. Aparte de cocinar y limpiar, este era su trabajo principal durante el invierno. El invierno anterior le hizo a mi padre una preciosa camisa de piel de ante con flecos. Ese invierno, en cuanto tuviera suficiente piel de ante, ella me iba a hacer una a mí. Mi padre me prometió que me decoraría la camisa con púas de puercoespín según el diseño que le había dibujado con carbón sobre un pedazo de corteza de abedul porque no teníamos lápices ni papel. Mi padre era un artista con talento. La camisa tendría mucho mejor aspecto que mi dibujo.

Me puse la ropa de invierno y seguí a mi padre al exterior. Mis mitones de cervatillo moteado me quedaban ya demasiado pequeños, pero estaba intentando aprovecharlos al máximo antes de tener que añadirlos a la pila de descartes. Ojalá mi madre me los hubiera hecho más grandes, pero me dijo que mi cervatillo era tan pequeño que era lo mejor que había podido hacer. Cuando mi padre disparó a su ciervo en primavera, tenía la esperanza de que fuese una hembra embarazada de gemelos.

El día era soleado y frío. El reflejo del sol en la nieve era tan brillante que tuve que entornar los ojos. Mi padre llamaba a este tipo de tiempo el deshielo de enero, pero hoy no había nada que se derritiera. Nos sentamos en el borde del porche y nos atamos nuestras raquetas. Habíamos tenido mucha nieve ese invierno y nadie iba a ninguna parte sin ellas. Mi padre fabricó mis raquetas con ramas de aliso y cuero sin curtir el invierno en que yo tenía nueve años. Utilizó unas Iverson que pertenecían a su padre. Mi padre me prometió que me daría sus raquetas cuando se hiciera demasiado mayor para usarlas.

Empezamos a buen ritmo. Ahora que era casi tan alta como mi padre, no tenía ningún problema para seguirlo. No pregunté adónde íbamos. Mi padre solía sorprenderme con salidas misteriosas como esta, la mayoría relacionadas con enseñarme cómo rastrear, pero había pasado un tiempo. Mientras lo seguía hacia el extremo inferior de la cresta de nuestra montaña, traté de adivinar nuestro destino. No fue difícil. En la mochila que llevaba mi padre había una pequeña cafetera con tapadera en la que derretir nieve para el té, seis galletas que estaban duras como piedras, pero que se ablandarían después de que las mojáramos, cuatro tiras de venado seco y una mezcla de arándanos que mi padre llamaba *pemmican*, y un tarro de mermelada de arándanos, así que sabía que no volveríamos a tiempo para el almuerzo. El rifle de mi padre estaba encerrado en la despensa y Rambo estaba atado en el cobertizo para la leña, así que no íbamos de caza. Llevábamos bastones y raquetas para la nieve, lo que significaba que recorreríamos a pie una distancia considerable. No había nada entre la cresta de nuestra montaña y el río, salvo unas cuantas crestas que ya había explorado y, de todas formas, no había nada en ellas que mereciera la pena visitar, así que no podían ser nuestro destino. Teniendo en cuenta todo esto, era obvio que íbamos hacia el río. Aún no sabía por qué. Había visto el río muchas veces y en cada estación del año. Lo único que podía pensar era que mi padre había encontrado algunas formaciones de hielo interesantes que quería enseñarme. Si esto era así, apenas merecía la pena el esfuerzo.

Cuando por fin llegamos al río, esperaba que mi padre fuera hacia arriba o hacia abajo y caminara por el margen hasta llegar a lo que fuera que yo debía ver. En su lugar, caminó directamente hacia el hielo sin detener el paso. *Fue* una sorpresa. El Tahquamenon era rápido y tenía por lo menos treinta metros de ancho, y aunque la mayor parte del río estaba helado, había grandes secciones que no lo estaban. Sin embargo, mi padre caminaba deliberadamente hacia el otro lado sin echar ni una vez la vista atrás, como si estuviera caminando sobre tierra firme. Lo único que podía hacer era quedarme en la orilla y observar. Normalmente yo seguía a mi padre a dondequiera que él fuera, ¿pero cómo podía pensar que era seguro cruzar el río? Desde que tenía edad suficiente para recorrer el pantano yo sola, mi padre me había advertido una y otra vez que nunca debía aventurarme en el río durante el invierno por muy sólido que pareciese el hielo. El hielo de río no se parecía en nada al hielo del lago debido a las corrientes. Podía ser grueso en algunos lugares y delgado en otros y, a menos que se emplee una vara para medir el espesor del hielo, algo que mi padre no había hecho, no había manera de saberlo. Si llegara a caerme a través del hielo de un lago o una charca, me quedaría fría y húmeda, pero no correría grave peligro porque los lagos y las charcas que hay en los pantanos solían ser superficiales. Incluso si tuviera que nadar para llegar a una sección donde el hielo fuese lo suficientemente fuerte para soportar mi peso, me las arreglaría. Pero si caía en el río, la corriente me arrastraría bajo el hielo antes de que pudiera tomar aire para pedir ayuda a gritos, y nadie volvería a verme ni a saber de mí de nuevo.

Eso era lo que mi padre me había enseñado. Sin embargo, ahora él estaba haciendo lo contrario. Siempre había pensado

182

que mi padre era tan poderoso que era casi indestructible. Algo parecido a un dios. Sabía que era humano, mortal, pero solo con que la mitad de las historias que contaba fueran verdad, mi padre había entrado y salido de muchas situaciones peligrosas. No obstante, ni siquiera mi padre podría sobrevivir a una caída en el río. Y la muerte por ahogamiento no era la que yo elegiría.

Solo que quizás… tal vez ese fuera el asunto. Mi padre nunca hizo nada sin un propósito. Tal vez me llevara al río para ver precisamente eso. Sabía que tenía miedo de ahogarme. También sabía que yo ansiaba explorar el otro lado del río; le había pedido muchas veces que me cruzara en su canoa. No había valorado el hecho de que él supiera que el pantano había empezado a convertirse en un lugar claustrofóbico para mí, o cuánto anhelaba ver o hacer algo nuevo, pero tal vez lo sabía. En cualquier caso, unió las dos cosas, lo que más deseaba y lo que más me asustaba, y me llevó al río para hacer que me enfrentara a mi miedo en lugar de mantenerlo dentro y dejar que se enconara.

Rápidamente subí por los bloques de hielo a lo largo de la orilla y pisé el río antes de que cambiara de opinión. Mi corazón dio un vuelco. Dentro de los mitones, mis manos estaban húmedas de sudor. Puse los pies con cuidado, tratando de recordar el camino que había tomado mi padre para poder seguir sus pasos exactos. El hielo se movía arriba y abajo mientras caminaba, como si el río estuviera respirando, como si fuera un ente vivo y se ofendiera ante esta arrogante niña humana que se atrevía a caminar sobre su superficie helada. Imaginé que el Espíritu del Río sacaba una mano helada del agua, a través de una de las numerosas grietas del hielo, me agarraba el tobillo y tiraba de mí hacia dentro. Me vi mirando hacia atrás desde debajo del hielo, con el pelo ondeando y los pulmones al límite, mientras el Espíritu del Río tiraba de mí y me llevaba cada vez más abajo, más abajo, y mi cara tenía los ojos tan abiertos y aterrorizados como los de mi madre.

Seguí caminando. El agua parda que corría por los lugares

abiertos me mareaba. Sentía el amargor del miedo en la boca. Miré hacia atrás para ver hasta dónde había llegado, luego miré a mi padre para ver hasta dónde tenía que ir y me di cuenta de que estaba muy lejos para ponerme a salvo tanto si corría en una dirección como en la otra. Quería parar, agitar la mano para demostrarle a mi padre que era valiente y no tenía miedo. En cambio corrí, volando sobre el hielo tan rápido como sería capaz de correr cualquiera que usara raquetas caseras. Mi padre me extendió la mano y me ayudó a subir por la orilla del río y a los árboles. Me agaché con las manos en las rodillas hasta que pude respirar más despacio. El alcance de lo que había logrado era casi abrumador. Tenía miedo, pero el miedo no me impidió hacer lo que quería hacer. Esa era la lección que mi padre quería que aprendiera. El conocimiento me llenó de poder. Abrí los brazos por completo y miré hacia el cielo y agradecí al Gran Espíritu la sabiduría que le dio a mi padre.

Nos dirigimos al este y caminamos río abajo por el margen. Yo era Erik el Rojo o su hijo, Leif Eriksson, poniendo un pie en las orillas de Groenlandia o Norteamérica por primera vez. Cada árbol, cada arbusto, cada roca era una roca o un arbusto o un árbol que no había visto nunca. Incluso se respiraba un aire diferente. En nuestro lado del río, el pantano era en su mayoría llanas praderas cubiertas de agua estancada con una que otra cresta. En este lado era todo terreno firme, con unos altísimos pinos blancos tan gruesos que dos personas no podrían rodearlos con sus brazos. En este bosque había la suficiente madera para construir mil cabañas como la nuestra y suficiente leña para mantener calientes a las familias que vivían en ellas durante docenas de años. Me preguntaba por qué la gente que construyó nuestra cabaña no la había construido aquí.

Mientras avanzaba con las raquetas detrás de mi padre, sentí que podía caminar durante kilómetros. Entonces me di cuenta de que podía hacerlo. No había nada que me impidiese caminar donde quisiera porque ya no estaba limitada por el agua. No es de extrañar que el pantano se me quedara pequeño.

Por supuesto, también me di cuenta de que por mucho que camináramos, en algún momento íbamos a tener que darnos la vuelta y recorrer la misma distancia otra vez. También tendríamos que volver a cruzar el río y, si no calculábamos bien el tiempo de nuestro viaje de vuelta, podría anochecer para cuando tuviéramos que hacerlo. No tenía ni idea de cómo nos las arreglaríamos si eso sucedía, pero entonces no pensaba en eso. Mi padre había conseguido que yo cruzara el río una vez; podía hacerlo de nuevo. Lo único que importaba era que al fin, por fin, estaba viendo y experimentando algo completamente nuevo.

El río se hizo más ancho. En la distancia oí un estruendo. Al principio el sonido era tan débil que no estaba segura de si era real. Pero poco a poco el ruido se volvió más fuerte. Sonaba como el ruido que hacía el río cuando el hielo se quebraba en primavera, solo que no era primavera, y el río estaba congelado por completo. Quería preguntar qué significaba aquel estruendo, por qué se oía cada vez más, por qué la corriente llevaba más fuerza, pero mi padre caminaba tan rápido que apenas podía seguir su ritmo.

Llegamos a un lugar en el que un grueso cable con hebras de alambre retorcido estaba amarrado a través del río. En nuestro lado el cable estaba envuelto alrededor de un árbol. La corteza había crecido sobre el cable, así que sabía que el cable había estado allí durante mucho tiempo. Me imaginé que el cable estaba anclado de manera similar al otro lado. En medio del río, colgando del cable, había una señal. Salvo por la palabra *PELIGRO*, escrita en grandes letras rojas en la parte superior, las frases eran demasiado pequeñas para que se pudieran leer. No entendía por qué alguien se iba a tomar el esfuerzo de colgar una señal en un lugar donde los únicos que podían leerlo tendrían que estar necesariamente en un barco. ¿Y cuál era el peligro?

185

Seguimos caminando. La nieve se volvió resbaladiza y húmeda. Los árboles estaban cubiertos con lo que parecía escarcha, pero cuando tiré de una rama, el recubrimiento no se desprendió como hacen las que están heladas.

Y entonces el río desapareció. Es la única manera que se me ocurre para describirlo. A nuestro lado, el río corría rápido y ancho. Cien metros más adelante no había nada más que cielo. El río simplemente se paraba allí, como si lo hubieran cortado con un cuchillo. El río que desaparecía, la escarcha que no era escarcha, el rugido que sonaba como un trueno, pero nunca cesaba... me sentí como si de un paso hubiera salido del mundo real y hubiese entrado en una de las historias de mi padre.

Mi padre me condujo a través de un claro entre los árboles hacia el borde de un acantilado helado. Durante un momento aterrador pensé que esperaba que uniéramos nuestras manos y saltáramos como en las leyendas sobre guerreros indios y doncellas a quienes prohíben casarse. En su lugar, me puso las manos en los hombros y me giró suavemente.

Di una bocanada de aire. A menos de quince metros de donde estábamos, el río explotaba sobre el lado del acantilado en una gran pared de agua marrón y dorada, que se estrellaba incesantemente sobre las rocas que había abajo. Unos trozos de hielo tan grandes como nuestra cabaña obstruían el río en la parte inferior. Una gruesa capa de hielo cubría los árboles y las rocas. Los lados de la cascada estaban congelados en unas columnas de hielo gigantes como los pilares de una catedral medieval. Justo frente a nosotros se extendía una plataforma de madera sobre lo alto de la cascada. Desde la plataforma las escaleras conducían hasta una empinada colina y a los árboles. Había visto fotos de las cataratas del Niágara en el *Geographic*, pero esto superaba cualquier cosa que pudiera haberme imaginado. No tenía ni idea de que existiera algo así en nuestro pantano, aunque nuestras cataratas estuvieran a menos de un día de camino a pie.

Nos quedamos de pie y las contemplamos durante mucho tiempo. La niebla me cubrió el pelo, la cara, las pestañas. Al final mi padre me dio un golpecito en el brazo. No quería irme, pero lo seguí hasta los árboles y me senté a su lado en un tronco caído. Como todo lo que había en este bosque mágico, el tronco era enorme, al menos tres veces mayor que el tronco caído más grande que había visto hasta entonces.

Mi padre sonrió y agitó la mano calurosamente.

—¿Qué te parece?

—Es maravilloso —fue lo único que pude decir.

Esperaba que fuera suficiente. El ruido, el rocío, el agua golpeaba fuerte y sin parar… no tenía palabras para describir la magnitud de lo que estaba pensando y sintiendo.

—Esto es nuestro, *Bangii-Agawaateyaa*. El río, la tierra, esta cascada, todo nos pertenece. Mucho antes de que viniera el hombre blanco, nuestro pueblo pescaba en estas aguas y cazaba en estas orillas.

—¿Y la plataforma de madera? ¿También construimos eso?

El rostro de mi padre se oscureció. Al instante deseé no haber hecho la pregunta, pero era demasiado tarde para retirarla.

—Al otro lado de las cataratas hay un lugar al que los blancos llaman parque. Los blancos construyeron las escaleras y la plataforma para que la gente les diera dinero para mirar nuestra cascada.

—Pensé que tal vez la plataforma fuera para la pesca.

Mi padre dio una palmada y soltó una risotada larga y fuerte. Normalmente me habría agradado su reacción, pero no estaba tratando de ser graciosa. En cuanto las palabras salieron de mi boca, me di cuenta de que no había peces en estas aguas. Mi padre me había contado que nuestro río desembocaba en un gran lago llamado Gitche Gumee en un lugar que los ojibwa llaman *Ne-adikamegwaning* y los blancos llaman Whitefish Bay, bahía del pescado blanco. También sabía por los *Geographic* que los salmones nadan aguas arriba entre los rápidos para desovar en los ríos del noroeste del Pacífico, pero ningún pez podría nadar entre estas aguas.

La risa de mi padre resonó desde el otro lado, con un tono agudo, como la de una mujer o un niño. Mi padre se quedó en silencio, pero el eco de su risa continuó. Mi corazón latía con fuerza. Nanabozho, el tramposo, tenía que ser él; escondido al otro lado del río, magnificando la risa de mi padre ante mi estupidez y arrojándola a través del agua para burlarse de mí. Me puse de pie de un salto. Quería ver la forma que ese viejo transformista había adoptado hoy. Mi padre me agarró de la mano y tiró de mí. Levanté la cabeza de todos modos. Si Nanabozho estaba de visita en este bosque, tenía que verlo.

Un nuevo sonido, similar a un ruido metálico, y dos personas bajaron corriendo por las escaleras. No era lo que esperaba. Normalmente, Nanabozho aparecía bajo la forma de un conejo o un zorro. Pero Nanabozho tenía por padre a un espíritu y por madre a una humana, así que supuse que era posible que pudiera adoptar forma humana. Sin embargo, a menos que también pudiera dividirse en dos, los humanos de la plataforma tenían que ser reales.

Gente. Las primeras personas aparte de mi madre y mi padre que yo había visto nunca. Llevaban sombreros, bufandas y abrigos, así que no podía estar segura, pero si hubiera tenido que adivinarlo, habría dicho que estaba ante un niño y una niña.

Un niño y una niña.

Niños.

Otras voces, más profundas, y dos personas más bajaron por las escaleras. Adultos. Un hombre y una mujer. La madre y el padre de los niños.

Una familia.

Contuve la respiración. Tenía miedo de que, si la soltaba, el sonido se transportaría por el agua y los asustaría. Mi padre me apretó el brazo, advirtiéndome de que me quedara en silencio, pero no tenía que haberlo hecho. No quería llamar su atención. Solo quería mirar. Ojalá hubiéramos llevado el rifle para poder verlos por el visor.

La familia hablaba, reía, jugaba. No podía distinguir lo que estaban diciendo, pero sí podía ver que se estaban divirtiendo. Cuando el padre cogió por fin al niño pequeño, lo sentó sobre los hombros y lo llevó escaleras arriba, yo tenía las piernas rígidas de frío y mi estómago gruñía. La madre lo siguió más despacio con el otro niño. Podía oírlos reír mucho después de que la familia entera desapareciera.

Mi padre y yo nos agazapamos detrás del tronco durante mucho tiempo. Por fin se levantó, se estiró, abrió la mochila y colocó nuestro almuerzo sobre el tronco. Normalmente mi padre hacía un fuego para preparar té, pero esta vez no lo hizo, así que comí nieve para remojar las galletas de mi madre.

Cuando terminamos de comer, mi padre guardó todo en la mochila y se dio la vuelta para marcharse sin hablar. Mientras regresábamos a nuestra cabaña, en lo único que podía pensar era en aquella familia. Estábamos tan cerca que parecía que pudiera arrojarles una piedra y acertar. Desde luego, podría haber captado su atención si hubiera disparado una bala por encima de sus cabezas en los árboles. Me pregunté qué habría pasado si lo hubiera hecho.

He estado en las cataratas de Tahquamenon muchas veces desde entonces. Las cascadas siempre son impresionantes: sesenta metros de ancho, con una caída vertical de quince metros. Durante la escorrentía de primavera se vierten ciento noventa mil litros de agua por segundo por el reborde, haciendo de Tahquamenon la tercera cascada más voluminosa al este del Misisipi. Más de quinientas mil personas de todo el mundo visitan las cataratas cada año. Por alguna razón, las cataratas son especialmente populares entre los turistas japoneses. El parque tiene un centro de visitantes, un pequeño restaurante y cervecería, baños públicos con inodoros y una tienda de regalos donde vendo mis mermeladas y jaleas. El camino a las cataratas está pavimentado para que se pueda caminar con facilidad, y el servicio del parque construyó cercas de cedro a lo largo de los bordes del acantilado para que la gente no se caiga. Hay gente que ha muerto en las cataratas, como el hombre que saltó al remolino en la parte inferior para recuperar el zapato de deporte de su novia, pero eso no es culpa del servicio del parque.

Stephen y yo llevamos a las chicas el pasado mes de marzo. Esa fue la primera vez que había vuelto durante el invierno. En retrospectiva, debería haber anticipado lo que iba a suceder. Pero en ese momento, solo estaba pensando en lo mucho que las chicas iban a disfrutar de su primera visita a las cataratas. Stephen había estado presionando durante un tiempo para que hiciéramos la salida, pero yo quería esperar hasta que Mari fuera lo suficientemente mayor para apreciar lo que estaba viendo. Además, son noventa y cuatro pasos hacia la plataforma con vistas y noventa y cuatro de vuelta, así que nadie quiere llevar a un niño que tenga que cargar.

Estaba de pie junto a la barandilla de la plataforma, mirando a Stephen y a las chicas, que se reían, lanzaban bolas de nieve y estaban simplemente disfrutando el día, cuando me volví para mirar hacia el lugar donde mi padre y yo estuvimos todos aquellos años atrás. Al instante, volví a tener once años, agazapada detrás del tronco con mi padre, mirando hacia atrás a través de las cataratas hasta la plataforma donde ahora yo estaba con Stephen y mis chicas. Fue entonces cuando me di cuenta.

Éramos esa familia.

Estaba estremecida de pena por mi yo de once años. La mayoría de las veces, cuando echo la vista atrás y pienso en la forma en que me crié, soy capaz de ver las cosas con bastante objetividad. Sí, yo era la hija de una chica secuestrada y su captor. Durante doce años, viví sin ver ni hablar con otro ser humano que no fueran mis padres. Dicho así, suena bastante triste. Pero eso era lo que había; tenía que llamar al pan, pan y al vino, vino si alguna vez quería seguir adelante, como solía decir el terapeuta que habían designado los juzgados. Como si la analogía significara algo para una niña de doce años que nunca había visto el vino.

Pero cuando me situé junto a la barandilla y miré entre las cataratas al fantasma de mi pasado, se me rompió el corazón ante aquella pobre niña salvaje que fui. Tan desorientada acerca del mundo exterior a pesar de su preciados *National Geographic*. Una niña que no sabía que los balones rebotaban, o que cuando la gente se saludaba con las manos extendidas se llamaba «estrechar la mano» porque sus manos realmente se movían. Que no se daba cuenta de que las voces de las personas sonaban diferentes porque nunca había oído hablar a nadie más que a su madre y su padre. Que no sabía nada de la cultura moderna o de la música popular o de la tecnología. Que se escondía ante la primera oportunidad de contacto con el mundo exterior porque su padre le dijo que lo hiciera.

También sentí lástima por mi padre. Sabía que yo era muy inquieta. Estoy segura de que él esperaba que al mostrarme lo que él consideraba el mayor tesoro del pantano, podría convencerme de que me quedase. Pero después de ver a esa familia, lo único que quería era irme.

Me aparté de la barandilla sin dar explicación alguna sobre mis lágrimas, salvo para decir que no me sentía bien y que teníamos que irnos a casa de inmediato. Naturalmente, las chicas estaban decepcionadas. Stephen se echó a Mari sobre los hombros y subió las escaleras sin decir una palabra. Pero mientras los seguía más lentamente con Iris, podía ver que no me creía.

17

El muerto que yace desnudo en el suelo de la cocina de la cabaña no es mi marido. Pensar que pudiera ser Stephen ha sido solo una idea momentánea, una de esas reacciones emocionales ilógicas que se te pasan por la cabeza durante los primeros segundos después de haber experimentado una sorpresa o un *shock* y que se descartan con la misma rapidez.

Que el hombre esté desnudo es desagradable. Resulta fácil suponer que cuando mi padre entró y se topó con él, el hombre no estaba haciéndose el desayuno sin ropa. Tan fácil como imaginar que el muerto no llevara ropa porque mi padre le había obligado a desnudarse antes de dispararle. Esto significa que el hombre no solo sabía que estaba a punto de morir, sino que mi padre lo humilló durante sus últimos momentos. Por supuesto, mi padre siempre había tenido un lado sádico. Dudo que trece años en una prisión de máxima seguridad hubiese mejorado su disposición.

Más allá de la forma en que mi padre matara al hombre, lo que más me preocupa es que mi padre no tenía que haberlo matado bajo ningún concepto. Podría haberlo atado a una silla, amordazarlo, si lo que no quería era escuchar las objeciones del hombre, prepararse algo para comer, cambiarse de ropa, echarse una siesta, jugar a las cartas, escuchar música y, por lo demás, hacer tiempo en la cabaña mientras quienes lo buscaban batían los matorrales del pantano, y luego regresar a su camino después de anochecer. Con el tiempo, alguien habría encontrado al hombre, muy probablemente un par de días después de que los investigadores se dieran cuenta de que habían sido engañados y volvieran a poner su atención en el norte. Incluso si el hombre era medianamente ingenioso, hay bastantes formas en que podría haberse liberado sin ayuda de nadie. En cambio, mi padre le hizo quitarse la ropa, ponerse de rodillas y rogar por su vida; luego le disparó en la nuca.

Saco el móvil. Sin cobertura. De todos modos, marco el 9-1-1. A veces entra una llamada o un texto. Pero esta vez no. En su lugar, aparece en la pantalla otro aviso de que tengo mensajes. Cuatro de Stephen:

¿Dnd stas?
¿Stas bien?
Llámame
Ven a casa. Xfav. Tenemos q hablar

Leo de nuevo el primer mensaje, luego miro el cuerpo del hombre. ¿Dónde estoy? Sin duda, Stephen no querría saberlo.

Cruzo la cocina para intentar llamar desde el teléfono fijo. No hay línea. Poco importa ahora que el hombre no haya pagado el recibo o que mi padre haya cortado los cables. Salgo y subo por el camino con el teléfono en la mano para ver si puedo buscar cobertura. Ya no me interesa localizar huellas u otros indicios de que mi padre estuvo aquí. Sea cual sea el juego al que esté jugando, yo he terminado. Voy a conducir hasta que consiga cobertura —iré hasta el cuartel general de la policía estatal e informaré en persona del asesinato si tengo que hacerlo—, luego me iré directamente a casa con mi marido. La policía no estará contenta con que yo haya ido a buscar a mi padre, ni tampoco Stephen, pero ese es el menor de mis problemas. Puede que Stephen crea que seguir adelante será tan simple como decir «Lo siento, te quiero» por parte de los dos, pero yo sé que hay más. En el fondo de su mente siempre estará la idea de que el padre de la mujer con la que se casó es un hombre muy malo. Stephen puede fingir que no ha cambiado nada. Incluso podría engañarse creyendo que es cierto. Pero, en realidad, nunca podrá olvidar que la mitad de mi composición genética procede de mi padre. Probablemente ahora esté en el ordenador, leyendo todo lo que pueda encontrar sobre el Rey del Pantano y su hija.

Y esta vez, cuando los buitres de los medios de comunicación se echen sobre mí para destriparme, va a ser peor debido a mis niñas. Que Stephen y yo pudiéramos intentar protegerlas de la atención mediática sería como tratar de contener una cascada. Mari probablemente será capaz de manejar la notoriedad. Iris no tanto. Sin embargo, un día, Iris y Mari lo sabrán todo sobre mí, sobre sus abuelos, y sobre lo ruin de lo que su abuelo le hizo a su abuela. Todo está en la red, incluido el artículo de la revista *People* con esa ridícula portada. Lo único que hay que hacer es ir a Google.

Espero que cuando llegue ese momento mis chicas se den cuenta de que he tratado de ser para ellas una madre mejor de lo que mi madre lo fue para mí. Entiendo que fue difícil para ella después de que abandonáramos el pantano. Volvió a un mundo que había progresado sin ella. Los niños con los que había ido a la escuela habían crecido, se habían casado, tenían sus propios hijos, se habían mudado a otro lugar. Sin la notoriedad que le trajo su secuestro, es difícil decir cómo habría sido la vida de mi madre.

Me la imagino casándose en cuanto se graduara en Secundaria; teniendo un par de hijos, uno tras otro; viviendo en un remolque en la parte trasera de la propiedad de sus padres o en la cabaña vacía de alguien; lavando los platos y limpiando la casa y haciendo la cena y la colada mientras su marido repartía *pizzas* o se dedicaba a cortar pulpa de madera. Si lo piensas, una vida no muy distinta de la que tenía en el pantano. Si suena duro, recuerda que mi madre tenía solo veintiocho años cuando salió del pantano. Podría haber terminado sus estudios, haber llegado a algo por sí misma. Entiendo que mi padre la secuestró cuando estaba en una edad vulnerable; sé que los niños que crecen en estado de cautiverio pagan un terrible peaje. El aislamiento los aturde en ese punto de sus vidas en que se supone que están madurando emocional e intelectualmente. A menudo me he preguntado si la muñeca que mi madre me hizo por mi quinto cumpleaños no era, en realidad, para ella.

Pero yo también luchaba. No tenía amigos. Había abandonado el colegio. Mis abuelos me odiaban, o al menos actuaban como si así fuera, y yo, desde luego, los odiaba por cómo me trataban. Odiaba que mi madre se quedara en su habitación todo el día, y odiaba a mi padre por lo que fuera que le hiciese a ella y que le hacía tener miedo de salir. Pensaba en mi padre todos los días. Lo echaba de menos. Lo quería. Deseaba más que nada en el mundo que las cosas volvieran a ser como antes de que saliéramos del pantano. No los días caóticos inmediatamente anteriores a que nos escapáramos, sino de vuelta a cuando era pequeña, al único momento de mi vida en que fui verdaderamente feliz.

Supe que mi madre nunca iba a ser el tipo de madre que necesitaba desesperadamente el día en que encontré a un hombre en su cama. No sé cuánto tiempo se habían estado viendo. Podría haber sido la primera noche que pasó con ella o una de tantas. Tal vez él la quería. Tal vez ella también lo quisiese. Tal vez estuviera dispuesta por fin a dejar atrás el pasado. Si es así, supongo que yo le puse fin a todo ello.

Me había vestido y subí a usar el baño. Había dos camas gemelas en la habitación de mi madre, pero después de semanas compartiendo su habitación de la infancia ya había tenido toda la unión que era capaz de soportar y me trasladé al sofá del sótano.

La puerta del baño estaba cerrada. Me imaginé que mi madre lo estaba usando, así que fui a su dormitorio a coger algo que leer mientras esperaba a que saliera. En mi infancia, mi madre solía pasar mucho tiempo en el retrete exterior, así que calculé que pasaría allí un rato. Solía pensar que tenía que ver con que estaba enferma muy a menudo, pero, en retrospectiva, creo que se debía a que el retrete era el único lugar en la cresta de nuestra montaña donde tenía la garantía de poderse quedar sola.

Me detuve en la puerta cuando vi a un hombre acostado de lado en la cama de mi madre. La colcha estaba echada hacia atrás para exponer su desnudez y tenía la cabeza sobre el codo. Yo sabía lo que habían estado haciendo. La mayoría de quienes tenían catorce años lo sabrían. Cuando vives con tu madre y tu padre en una cabaña minúscula y sueles pasar el rato con ellos en una cabaña sauna sin ropa y tienes un montón de fotos del *National Geographic* de personas primitivas desnudas que puedes hojear, habría que ser bastante estúpida para no figurarse con el tiempo lo que significaban los ruidos de los muelles de las camas.

El hombre dejó de sonreír cuando vio que era yo y no mi madre. Se sentó rápidamente y se cubrió el regazo con la colcha. Puse un dedo en mis labios, saqué mi cuchillo y me senté en la cama de enfrente con el cuchillo apuntando a sus partes sensibles. El hombre se levantó de un salto y se puso las manos en la cabeza con tanta rapidez que casi me eché a reír. Agité mi cuchillo apuntando a la pila de ropa que había en el suelo. Él rebuscó entre el montón, se puso su camisa, los calzoncillos, sus calcetines y pantalones, recogió sus botas y salió de puntillas sin que ninguno de los dos dijera una palabra. Todo eso ocurrió en menos de un minuto. Mi madre empezó a llorar cuando vio que se había ido. Por lo que sé, nunca volvió.

Después de aquello, empecé a hacer planes para escaparme. Desde que dejé el pantano, me había estado quedando en el bosque toda la noche siempre que me apetecía, pero esta vez era diferente. Más calculado. Permanente. Llené un saco de arpillera con todo lo que necesitaba para pasar el verano en la cabaña, tal vez más tiempo, y me escabullí hasta llegar al Tahquamenon y robé una canoa. Me imaginé que saldría a pescar y cazar un poco, tal vez a buscar a mi padre, y, en general, a disfrutar de la soledad para variar. El ayudante del *sheriff* me alcanzó al día siguiente en un bote patrulla. Debería haberme dado cuenta de que una canoa desaparecida y una niña del entorno salvaje ausente conducirían directamente a nuestra cabaña.

Esa fue la primera de las muchas veces que hui. Y, en cierto modo, se podría decir que nunca he parado desde entonces.

El destello de un relámpago, el crujido de un trueno y la llovizna se convierten en lluvia. Dejo caer mi teléfono en el bolsillo y recorro el camino hacia la camioneta. Rambo está inusualmente silencioso. Normalmente ya estaría ladrando para decirme que quiere entrar... aunque le ordenase que se recostara en la parte de atrás y se quedara en silencio. Rambo está todo lo bien entrenado que puede estarlo un perro plott, pero cada raza tiene sus límites.

Salgo del camino y me refugio detrás del pino de Jack más grande que soy capaz de encontrar, lo cual no dice mucho. El árbol tiene veintincо centímetros de diámetro, como máximo. Me quedo absolutamente inmóvil. El cazador que vista ropa de camuflaje y se ponga de espaldas a un árbol para alterar su silueta es casi invisible mientras permanezca quieto. No llevo camuflaje, pero cuando se trata de fusionarme y fundirme con el bosque como si fuéramos uno, he tenido más práctica que la mayoría. También tengo un excelente oído, mucho mejor que cualquiera con quien haya cazado, con la posible excepción de mi padre, lo que me sorprendió hasta que me di cuenta de que esto también era consecuencia de la manera en que me crie. Sin radio ni televisión ni tráfico ni otros mil ruidos a los que las personas se someten cada día, aprendí a discernir el más leve de los sonidos. Un ratón que forrajea entre las agujas de pino. Una sola hoja que cae en el bosque. El batir de alas casi inaudible de una lechuza blanca.

Espero. No se oyen gemidos procedentes de la parte trasera de la camioneta ni zarpazos contra el metal. Silbo una nota larga seguida de tres cortas. La primera baja, las tres siguientes ligeramente más altas. El silbato con el que he entrenado a mi perro para que responda no engañará a un carbonero, pero si mi padre está a una distancia en que pueda oírlo, el hecho de que han pasado trece años desde que oyó por última vez el silbido de un carbonero debería jugar a mi favor.

Nada. Saco la Magnum de la parte de atrás de mis vaqueros y me arrastro entre la maleza. Parece que la camioneta ha perdido altura. Me acerco más. Alguien ha rajado los dos neumáticos del lado del conductor.

Me levanto, me armo de valor, reviso y examino la parte de atrás. El lecho de la camioneta está vacío. Rambo no está.

Dejo escapar la respiración. Alguien ha cortado la correa de Rambo, sin duda, con el mismo cuchillo que mi padre sacó de la cabaña para rajarme los neumáticos. Maldigo mi falta de previsión. Debería haber sabido que mi padre no me conduciría hasta esta cabaña simplemente porque quería volver a verme. Esto es una prueba. Quiere jugar a nuestro viejo juego de rastreo una última vez para demostrarme de una vez por todas que él es mejor cazando y rastreando que yo. «Te enseñé todo lo que sabes. Ahora veamos lo bien que lo aprendiste».

Se ha llevado a Rambo para que no tenga más remedio que seguirlo. De nuevo, él ya ha hecho esto antes. Cuando yo tenía unos nueve o diez años y había llegado a ser muy buena en los rastreos, a mi padre se le ocurrió una manera de añadirle dificultad a la prueba aumentando lo que estaba en juego. Si lo encontraba antes de que terminara el tiempo asignado, por lo general, antes de la puesta de sol, aunque no siempre, tenía que dispararle. Si no lo hacía, mi padre me quitaba algo que fuera importante para mí: mi colección de espigas de espadaña, mi camisa de repuesto, el tercer juego de arco y flechas que había hecho con fragmentos de sauce y que realmente funcionaba. Las tres últimas veces que jugamos —y, sin que fuera una coincidencia, las tres últimas veces que gané—, jugamos por mis mitones de piel de cervatillo, mi cuchillo y mi perro.

Voy a comprobar el otro lado de la furgoneta. Los dos neumáticos del lado del copiloto también están desinflados. Dos grupos de huellas se alejan de la camioneta, cruzan la carretera y se adentran en los árboles, hombre y perro. Las huellas son tan fáciles de ver que bien pudieran haberse pintado con colores fluorescentes e incluir flechas que indiquen la dirección. Si una persona mirara desde arriba y dibujara una línea desde el lugar en el que están las huellas y en el que yo me encuentro para extrapolarlas al lugar al que se dirigen el hombre y el perro, la línea terminaría en mi casa.

Lo que significa que no estamos jugando por mi perro. Estamos jugando por mi familia.

18

LA CABAÑA

A veces era como si Helga actuara por pura maldad; pues, a menudo, cuando su madre se quedaba junto al umbral o salía al patio, ella se sentaba al borde del pozo, agitaba los brazos y las piernas en el aire y de repente caía en picado.

Allí podía, por su naturaleza de rana, zambullirse y bucear en el agua del profundo pozo, hasta que por fin salía de un salto como un gato y volvía a la entrada de su casa chorreando, haciendo que las hojas verdes que estaban esparcidas por el suelo entraran en un remolino y fueran arrastradas por los arroyos que fluían de ella.

Hans Christian Andersen
La hija del Rey del Pantano

Durante algunas semanas después de que mi padre me llevara a ver las cataratas, no podía dejar de pensar en aquella familia. La forma en que los niños corrían por las escaleras arriba y abajo; cómo sus padres se echaban el brazo por encima del hombro y sonreían mientras el chico y la chica se lanzaban bolas de nieve y batallaban y se reían. No sabía con certeza si eran niño y niña porque llevaban bufandas, sombreros y abrigos, así que en mi mente me imaginé uno de cada sexo. Llamé al chico Cousteau porque llevaba un sombrero rojo como el de Jacques-Yves Cousteau en las fotos del *National Geographic*, y a su hermana le puse el nombre de Calypso por el barco de Cousteau. Antes de que descubriera el artículo sobre Cousteau, Erik el Rojo y su hijo Leif Eriksson eran mis exploradores favoritos. Pero únicamente navegaban sobre el agua, mientras que Cousteau exploraba lo que había debajo. Siempre que trataba de contarle cosas a mi padre sobre los descubrimientos de Cousteau, mi padre decía que los dioses castigarían a Cousteau un día porque se atrevía a ir a una parte de la tierra que no estuvo nunca destinada al hombre. No podía entender por qué les importaba esto a los dioses. Me habría gustado saber lo que había en el fondo de nuestro pantano.

Cousteau, Calypso y yo hacíamos todo juntos. Los creé mayores que los niños que vi en la plataforma para que fueran una mejor compañía y así pudieran ayudarme con mis tareas. A veces inventaba historias: «Cousteau, Calypso y Helena nadan en la charca de los castores»; «Cousteau y Calypso van a pescar al hielo con Helena»; «Cousteau y Calypso ayudan a Helena a atrapar una tortuga». No podía escribir las historias porque no teníamos lápices ni papel, así que me repetía en la cabeza una y otra vez las mejores para no olvidarlas. Sabía que los verdaderos Cousteau y Calypso vivían con su madre y su padre en una casa con una cocina como las del *Geographic*. Podría haber inventado historias que ocurrían allí: «Cousteau, Calypso y Helena comen palomitas Jiffy Pop mientras ven la televisión en su nuevo televisor en color RCA», pero era más fácil traerlos a mi mundo que imaginarme a mí misma en el suyo.

Mi madre dijo que Cousteau y Calypso eran mis amigos imaginarios. Se preguntaba por qué no jugaba con la muñeca que me había hecho de la misma manera que jugaba con ellos.

Pero ya era demasiado tarde para eso, incluso aunque hubiera querido, lo que no era el caso. La muñeca todavía colgaba de las esposas en el cobertizo para la leña, pero ya no quedaba mucho de ella. Los ratones le habían sacado la mayor parte del relleno y el pelele estaba repleto de agujeros de flecha.

Mi padre nunca dijo una palabra sobre aquella familia, ni de camino a casa cuando regresamos de las cataratas ni durante las semanas siguientes. Al principio su silencio me molestaba. Yo tenía muchas preguntas. ¿De dónde procedía la familia? ¿Cómo llegaron a las cataratas? ¿Fueron en coche o caminando? Si fueron a pie, debían de vivir cerca porque los niños eran demasiado pequeños para recorrer una larga distancia caminando y no llevaban raquetas. ¿Cómo se llamaban los niños –no como los había llamado yo, sino sus nombres reales–? ¿Cuántos años tenían? ¿Qué les gustaba comer? ¿Iban al colegio? ¿Tenían televisor? ¿Y nos vieron a mi padre y a mí mirando desde el otro lado de las cataratas? ¿Se estarían preguntando ahora las mismas cosas sobre mí?

Me habría gustado averiguar al menos algunas de las respuestas a estas preguntas. Ahora que el pantano estaba helado, pensé en llenar la mochila con suficientes provisiones para dos o tres días y dirigirme a la hilera de árboles para ver si podía encontrar su casa. O si no podía encontrar a esa familia, tal vez encontrara a otra que fuese igual de interesante. Siempre había sabido que el mundo estaba lleno de personas. Ahora sabía que algunas de ellas no estaban tan lejos.

Una cosa era cierta: no podía quedarme en el pantano para siempre. No era solo porque nos estuviéramos quedando sin cosas. Mi padre era mucho mayor que mi madre. Un día él moriría. Mi madre y yo podíamos arreglárnoslas por nosotras mismas mientras tuviéramos balas para el rifle, pero un día, mi madre también moriría y, entonces, ¿qué haría yo? No quería vivir sola en el pantano. Quería tener un compañero. Había un chico en el artículo sobre los yanomami que me parecía bien para mí.

203

Llevaba un mono muerto sobre los hombros como capa y nada más. Sabía que vivía en otra parte del mundo y que probablemente nunca nos conoceríamos. Pero tenía que haber otros chicos como él que vivieran más cerca y con quienes me pudiera emparejar. Pensé que si lograra encontrar uno, podría llevármelo al pantano conmigo y crear mi propia familia. Un niño y una niña estarían bien.

Hasta que vi a aquella familia, no estaba segura de cómo funcionaría todo aquello. Pero ahora tenía ideas.

Mi padre salió tres veces durante aquellas semanas para matar a nuestro ciervo de primavera, y las tres veces volvió con las manos vacías. Mi padre decía que la razón por la que no era capaz de matar a un ciervo era que la tierra estaba maldita. Dijo que los dioses nos estaban castigando. No dijo por qué.

La cuarta vez me llevó con él. Mi padre pensaba que si yo disparaba, levantaría la maldición. No sabía si esto era cierto, pero si significaba que tenía que disparar por fin a otro ciervo, estaba feliz de colaborar en ello. Desde que maté a mi primer ciervo, cada año le preguntaba a mi padre si podía volver a cazar ciervos, y cada año mi padre decía que no. No entendía por qué se había tomado la molestia de enseñarme a disparar si no me dejaba compartir la tarea de llevar el venado a nuestra mesa.

Cousteau y Calypso se quedaron en casa. A mi padre no le gustaba cuando decía sus nombres o jugaba con ellos. A veces lo hacía a propósito para molestarle, pero no esta vez. Mi padre estaba tan enfadado todo el tiempo debido a la maldición que estaba pensando en enviarlos fuera («Cousteau y Calypso visitan a los yanomami en la selva sin Helena»). Rambo estaba atado en el cobertizo para la leña. Rambo estaba bien para sacar a un oso de su guarida o para obligar a un mapache a que se subiera a un árbol, decía mi padre, pero no cuando se trataba de cazar ciervos porque los ciervos eran demasiado asustadizos. No podía ver dónde estaba el problema. Incluso si Rambo asustaba a los ciervos, podía perseguirlos con facilidad, ya que era capaz de correr por encima de la corteza de la nieve mientras que las finas patas del ciervo se hundirían. Luego, lo único que tendríamos que hacer era caminar hasta allí y dispararle. A veces me preguntaba si la única razón por la que mi padre imponía tantas reglas y restricciones era porque se lo podía permitir.

Yo iba a la cabeza porque llevaba el rifle. Me gustaba que esto significara que mi padre tenía que seguirme donde yo quisiera ir. Pensé en el sobrenombre que me había dado, *Bangii-Agawaateyaa*, y sonreí. Ya no era su Sombrita.

Me dirigí a la cresta donde disparé a mi primer ciervo porque ese lugar me trajo suerte. Y aún tenía la esperanza de matar a una gama que estuviera embarazada de gemelos.

Cuando llegamos a la madriguera de los castores abandonada donde mi padre solía colocar sus trampas, le dije a mi padre que se agachara, luego me quité los mitones y me agazapé junto a él. Me mojé el dedo para probar el viento y conté hasta cien para que cualquier ciervo que nos hubiera escuchado tuviera tiempo de tranquilizarse. Levanté la cabeza lentamente.

Al otro lado de la madriguera de los castores, a medio camino entre el pantano de cedros donde se suponía que estarían los ciervos y nosotros, estando a cielo abierto, tan audaz e intrépido como pueda uno imaginarse, había un lobo. Era un macho, dos veces más grande que un coyote y tres veces más grande que mi perro, con una cabeza enorme y una frente amplia, el pecho fuerte y un espeso pelaje oscuro. Nunca había visto un lobo excepto por la piel que había en nuestra caseta, pero no había duda de que este era lo que era. Ahora entendía por qué mi padre no había sido capaz de matar a un ciervo. La tierra no estaba maldita: simplemente era el hogar de un nuevo cazador.

Mi padre me tiró de la manga y señaló el rifle. «Dispara»,

vocalizó. Se golpeó en el pecho para enseñarme dónde debía apuntar para no arruinar la piel. Levanté el rifle con todo el cuidado del que fui capaz y miré por el visor. El lobo miró hacia atrás con calma e inteligencia, como si supiera que estábamos allí y no le importara. Deslicé el dedo por el gatillo. El lobo no se movió. Pensé en las historias de mi padre. Cómo *Gitche Manitou* envió al lobo para que le hiciera compañía al Hombre Original mientras caminaba por la tierra dando nombre a las plantas y a los animales. Cómo, cuando terminaron, *Gitche Manitou* decretó que *Mai'iigan* y Man viajaran por caminos separados, aunque, para entonces, habían pasado tanto tiempo juntos que eran como hermanos. Cómo, para el *Anishinaabe*, matar a un lobo era lo mismo que matar a una persona.

Mi padre me apretó el brazo. Podía sentir su emoción, su ira, su impaciencia. «Dispara», me habría indicado con un siseo si hubiera podido. Se me encogió el estómago. Pensé en las montañas de pieles que había en la caseta. En cómo, debido a las trampas de mi padre, los castores que solían vivir en la madriguera tras la que estábamos agazapados habían desaparecido. En cómo el lobo era tan confiado que disparar a *Mai'iigan* no sería diferente de dispararle a mi perro.

Bajé el rifle. Me levanté y aplaudí y grité. El lobo miró hacia atrás durante un instante más prolongado. Luego, con dos grandes y hermosos saltos, salió corriendo.

Cuando decidí no disparar al lobo supe que terminaría en el pozo. No sabía que mi padre me arrebataría el rifle y me golpearía tan fuerte en la cara con la culata que aterrizaría de culo en la nieve. Tampoco esperaba que me llevase de vuelta a la cabaña con el arma apuntando en mi espalda como si fuera su prisionera. Ojalá pudiera decir que no me importaba. Con todo, no era capaz de ver qué otra cosa podría haber hecho. No me gustaba ir en contra de mi padre. Sabía cuánto quería esa piel de lobo. Pero también el lobo la quería.

Pensé en aquellas cosas mientras estaba en cuclillas en la oscuridad. No podía sentarme porque mi padre había llenado el fondo del pozo con cuernos de venado y costillas, vidrio roto y platos destrozados, cualquier cosa que pudiera hacerme daño o cortarme si intentaba sentarme. Cuando era pequeña, podía hacerme un ovillo y recostarme en la hojarasca del fondo. A veces me quedaba dormida. Creo que por eso empezó mi padre a llenar el pozo de escombros. No se suponía que el tiempo de contemplación fuera cómodo.

El pozo era profundo y estrecho. La única manera en que podía estirar los brazos era si los ponía sobre la cabeza. Lo hacía cada vez que mis manos comenzaban a dormirse. Habría tenido que crecer otro metro ochenta para alcanzar la tapa.

No sabía qué hora era ni cuánto tiempo llevaba en el pozo porque la tapa no dejaba entrar la luz. Mi padre dijo que la gente que construyó la cabaña hizo la tapa de esta manera para que los niños no se cayeran. Lo único que sabía era que mi padre me dejaría en el pozo todo el tiempo que él quisiera y me dejaría salir cuando estuviera listo. A veces pensaba en lo que pasaría si no lo hacía. Si la Unión Soviética lanzaba una bomba sobre Estados Unidos, como el *Geographic* decía que quería hacer Nikita Khrushchev, y la bomba mataba a mi padre y a mi madre, ¿qué ocurría conmigo? Intentaba no pensar demasiado en esas cosas. Cuando lo hacía, me costaba trabajo respirar.

Estaba muy cansada. Tenía las manos y los pies entumecidos y me castañeteaban los dientes, aunque había dejado de temblar, así que eso era bueno. Mi padre me dejó quedarme con la ropa puesta en esta ocasión, y eso fue de ayuda. Tenía los dientes delanteros sueltos y me dolía un lado de la cara, pero lo que realmente me preocupaba era la pierna. Me la había cortado con algo afilado cuando mi padre me arrojó al pozo. Me limpié la sangre en el faldón y me até el pañuelo alrededor de la pierna en la parte superior como si fuera un torniquete, pero no podía saber si estaba funcionando. Intentaba no pensar en la vez que compartí el pozo con una rata.

—¿Estás bien?

Abrí los ojos. Calypso estaba sentada en el asiento delantero de la canoa de mi padre. La canoa se balanceaba suavemente en la corriente. El día era soleado y cálido. Las cabezas de espadaña se inclinaban y se agitaban con la brisa. En lo alto, un halcón se abalanzó y se zambulló. A lo lejos cantaba un mirlo de alas rojas. La canoa se abría paso entre los caños. Cousteau iba sentado en la parte trasera.

—Ven con nosotros —dijo Calypso—. Vamos a explorar.

Ella sonrió y me extendió la mano.

Cuando me puse de pie sentí las piernas temblorosas, como si no pudieran sostener mi peso. Le cogí la mano y me subí con cuidado a la canoa. La canoa de mi padre era de dos plazas, así que me senté en el suelo en medio de los dos. La canoa era de metal. El fondo estaba frío.

En la orilla del río, Cousteau empujó la canoa con su pala y salió. La corriente era muy fuerte. Lo único que Cousteau y Calypso tenían que hacer era llevar el timón. Mientras flotábamos río abajo, pensé en el día que nos conocimos. Me alegré de que Cousteau, Calypso y yo fuéramos amigos.

—¿Tenéis algo de comer? —Yo tenía mucha hambre.

—Por supuesto. —Calypso se giró y me sonrió.

Sus dientes eran blancos y rectos. Tenía los ojos azules como mi madre. Su pelo era grueso y oscuro, y lo llevaba trenzado como yo. Metió la mano en la mochila que tenía entre los pies y me dio una manzana. Era tan grande como mis puños juntos, una Wolf River, como las llamaba mi padre, uno de los tres tipos de manzanas que crecían cerca de nuestra cabaña. Le di un bocado y el jugo resbaló por mi barbilla.

Me comí la manzana, semillas incluidas. Calypso sonrió y me dio otra. Esta vez me comí la manzana hasta el corazón. Tiré el corazón al río para que los peces lo mordisquearan y dejé que la corriente me lavara los dedos para que no estuvieran pegajosos. El agua estaba muy fría. También las gotas que me salpicaron en la cabeza cuando Cousteau cambió el remo. A nuestro paso vimos caléndulas acuáticas, lirios de bandera azul, castillejas, lirio de los valles, hierba de San Juan, lirios de bandera amarilla, espiga de agua y balsamina. Nunca había visto tanto color. Flores que normalmente no florecían juntas estaban haciéndolo ahora al mismo tiempo, como si el pantano estuviera montándome un espectáculo.

La corriente se hizo más fuerte. Cuando llegamos al letrero de madera que colgaba del cable que se extiende a lo largo del río, pude leerlo todo: *PELIGRO. RÁPIDOS. BOTES DE REMO NO PASEN DE ESTE PUNTO*. Agaché la cabeza cuando pasamos por debajo.

El rugido podía oírse más. Sabía que íbamos a las cataratas. Vi la canoa inclinada hacia adelante cuando llegamos al borde, hundiéndose entre la espuma y el vapor para desaparecer en el remolino en el fondo. Sabía que me iba a ahogar. No tenía miedo.

—Tu padre no te quiere —dijo Cousteau de pronto, detrás de mí. Podía oírlo claramente, aunque la última vez que estuve tan cerca de las cataratas, mi padre y yo tuvimos que gritar—. Solo se quiere a sí mismo.

—Es cierto —dijo Calypso—. Nuestro padre nos quiere. Nunca nos pondría en un pozo.

Pensé en el día que nos conocimos. Cómo jugaba con ellos su padre. La forma en que sonreía cuando cogió a la pequeña Calypso y la llevó a hombros, riendo todo el camino por las escaleras. Sabía que decía la verdad.

Me pasé la manga de la chaqueta por los ojos. No sabía por qué tenía los ojos mojados. Yo nunca lloraba.

—Está bien. —Calypso se inclinó hacia adelante y me cogió las manos—. No tengas miedo. Te queremos.

—Estoy tan cansada.

—Lo sabemos —dijo Cousteau—. No pasa nada. Acuéstate. Cierra los ojos. Cuidaremos de ti.

Yo sabía que también esto era cierto. Y así lo hice.

Mi madre me contó que me pasé tres días en el pozo. Yo nunca habría pensado que una persona podría durar tanto tiempo sin comida y sin agua, pero aparentemente se puede. Dijo que cuando mi padre finalmente apartó la tapa y bajó la escalera, yo estaba demasiado débil para subir por ella, así que él tuvo que echarme sobre sus hombros como a un ciervo muerto y sacarme de allí. Dijo que quiso echar la tapa a un lado y bajarme comida y agua muchas veces, pero mi padre la obligó a sentarse en una silla en la cocina y le apuntó con el rifle todo el tiempo que estuve en el pozo, así que no pudo.

Mi madre me dijo que después de que mi padre me llevara a la cabaña, me dejó caer en el suelo junto a la cocina de leña, como si fuera un saco de harina, y se marchó. Ella pensó que yo estaba muerta. Sacó el colchón de su cama y lo arrastró hasta la cocina; me enrolló en él y me cubrió con mantas; se quitó toda la ropa, se metió bajo las sábanas y me rodeó entre sus brazos hasta que volví a calentarme. Si hizo todo esto, no lo recuerdo. Lo único que recuerdo es despertarme temblando en el colchón, aunque sentía como si tuviera la cara, las manos y los pies en llamas. Desenrollé el colchón, me puse la ropa y fui tambaleándome hasta el retrete exterior. Cuando intenté hacer pis, casi no salió nada.

Al día siguiente mi padre me preguntó si había aprendido mi lección. Le dije que sí. No creo que la lección que aprendí fuera la que él quería enseñarme.

19

Las huellas en el camino exponen un mensaje que es imposible de esquivar: «Voy a tu casa. Atrápame... párame... sálva-
los... si puedes».

Abro la camioneta. Me lleno los bolsillos con todas las balas
que me caben y saco el Ruger de la baca sobre la ventanilla.
Compruebo la Magnum, me ajusto el cuchillo en el cinturón.
Mi padre tiene dos pistolas y el cuchillo que se llevó de la cabaña
del anciano. Yo tengo mi pistola, mi rifle y el Bowie que he llevado desde que era niña. Estamos empatados.

No puedo estar segura de que mi padre sepa que tengo familia, como tampoco puedo demostrar que esté al tanto de que
estoy viviendo en la propiedad donde él creció. Pero debo asumir
que sí. Puedo pensar en un buen número de maneras por las que
podría haberse enterado. Los prisioneros no tienen acceso a Internet, pero mi padre tiene un abogado. Los abogados tienen
acceso a los registros de impuestos, de la propiedad, de matrimonio, de nacimiento y de defunción. Mi padre podría haberle pedido a su abogado información sobre las personas que estaban
viviendo en la propiedad de sus padres sin que el abogado se
diera cuenta de que mi padre lo estaba manipulando. Tal vez el

abogado vigilase mi casa con algún pretexto inofensivo a petición de mi padre. Si el abogado me vio y se le ocurrió mencionar mis tatuajes cuando volvió a informarle, mi padre habría sabido de inmediato que era yo. Me pregunto, y no por primera vez, si tendría que haberme quitado los tatuajes por completo, por muy largo y caro que fuera el proceso. Ahora también veo que debería haberme cambiado tanto el nombre como el apellido. ¿Pero cómo podía saber que nueve años más adelante estas cosas pondrían en peligro a mi familia? Yo no estaba huyendo de la ley, ni del crimen organizado, ni me escondía como parte de un programa de protección de testigos. Solo era una persona de dieciocho años que quería empezar de nuevo.

Hay otra manera de cómo puede saber mi padre dónde vivo, mucho más siniestra y retorcida que la primera. Es posible que yo viva en la propiedad de sus padres porque mi padre me puso allí. Tal vez en un principio sus padres lo pusieran *a él* en el testamento, pero él dejó que la herencia pasara a mí para poder localizarme. Supongo que es posible que le esté otorgando demasiado reconocimiento a mi padre. Pero si mi padre planeó su huida de tal manera que yo me viera obligada a buscarlo según sus condiciones, entonces no me cuesta admitir que lo subestimé. No volveré a hacerlo.

Reviso mi teléfono. Todavía no hay señal. Le envío a Stephen un mensaje advirtiéndole para que se vaya de allí, rezando para que el mensaje se envíe, y giro al oeste. Salgo del camino que mi padre espera que siga. No hay duda de que podría rastrear a mi padre si quisiera. Una persona que se mueve por el bosque siempre deja pruebas, por muy experto que sea en ocultar su rastro. Las ramas se rompen. La tierra se mueve. La hierba se queda aplastada cuando se pisa. El musgo queda aplastado bajo los pies. La grava queda estrujada en el suelo. Las botas recogen el material del suelo, que luego se transfiere a otras superficies: granos de arena en un tronco caído, trozos de musgo sobre una roca por lo demás desnuda. Y encima mi padre va con mi perro. A menos que lleve a Rambo en brazos o sobre los hombros, mi canino de tres patas va a dejar un rastro que es imposible perder de vista.

Pero incluso si la lluvia no estuviera eliminando rápidamente todas las pruebas del rastro de mi padre, no voy a seguirlo. Si lo único que hago es seguirlo donde me lleve, ya he perdido. Tengo que adelantarlo. Mi padre no sabe que mis chicas no están en casa, pero sé que mi marido sí. Estamos a menos de ocho kilómetros de mi casa. He cazado en esta zona a menudo y la conozco bien. Entre este camino y mi casa hay dos pequeños arroyos, una charca de castores y una barranca empinada con un torrente de un tamaño considerable al fondo que mi padre tendrá que cruzar. La parte alta del terreno lo ocupan en su mayor parte álamos temblones y pinos de Virginia sin mucha copa y de segundo crecimiento, lo que significa que tendrá que seguir por la parte baja del terreno todo lo que pueda. Al ritmo que cae la lluvia, los arroyos se convertirán rápidamente en torrentes. Si mi padre va a pasar por el arroyo al fondo de la barranca antes de que se convierta en un río furioso, va a tener que moverse rápido.

Mi padre conoce todo esto tan bien como yo desde que vagaba por estos bosques siendo niño. Lo que no sabe –lo que no puede saber a menos que haya visto de alguna forma una imagen reciente de la zona por satélite, que lo dudo– es que entre este lugar y mi casa hay una sección de bosque que talaron hace tres o cuatro años. Tampoco conoce el camino irregular que los madereros dejaron a su paso y que lleva casi todo el tiempo al humedal que hay detrás de mi casa.

Ese es su primer error.

Me pongo en marcha con paso ligero. Mi padre tiene como máximo quince minutos de ventaja. Si voy de media a ocho kilómetros por hora frente a sus tres, puedo adelantarlo y distanciarme de él. Me lo imagino adentrándose entre los matorrales, subiendo y bajando colinas y vadeando entre los arroyos mientras yo apenas echo una gota de sudor; trabajando tanto para ocultar su rastro y yo ni siquiera lo estoy siguiendo. No tiene ni idea de que, de nuevo, estoy a punto de sacar lo mejor de él. No se puede imaginar otro resultado que no sea el que ha planeado porque en su universo, en el que él es el sol y el resto de nosotros orbita a su alrededor, las cosas solo pueden suceder en la forma que él decreta.

Pero ya no soy la niña que lo adoraba y a la que solía manipular y controlar. Que lo piense es su segundo error.

Lo encontraré, y lo detendré. Lo metí en prisión una vez; puedo volverlo a hacer.

Saco el teléfono del bolsillo de mi chaqueta sin romper el paso y miro la hora. Treinta minutos. Parece mucho más. Calculo que estoy a medio camino de mi casa. Podría ser más, pero es probable que sea menos. Es difícil determinar dónde me encuentro exactamente porque los árboles que habría utilizado por lo general como puntos de referencia ya no están. Los pinos de Jack de la cresta a mi derecha no son nada especial, desde luego, nada que pueda usar para medir mi progreso, tan solo la maleza que los madereros ni se molestan en cortar.

A mi izquierda, la tierra es tan estéril que, en comparación, los árboles a mi derecha parecen exuberantes. No hay nada más feo que un bosque que ha sufrido una tala indiscriminada. Acre tras acre, montañas de matorrales dispersos, profundos surcos de la maquinaria forestal y tocones. Los turistas se imaginan que la Península Superior es todo un entorno salvaje, hermoso y prístino, pero lo que no saben es que a menudo, tan solo a pocas docenas de metros de las carreteras principales, grandes franjas de bosque han quedado reducidas a pulpa.

Todo el estado solía estar cubierto con magníficos grupos de pino rojo y blanco hasta finales del siglo XX, cuando los magnates de la madera de construcción reivindicaron los bosques clímax como propios y transportaron por el lago Michigan los troncos para construir Chicago. Los árboles que los madereros cortan hoy son todos de segundo crecimiento: abedul, álamo temblón, roble, pino de Jack. Una vez que desaparecen, el suelo se queda tan maltratado que no crece nada, salvo musgo y arándanos.

Cuando mi padre y yo cortábamos leña, solo era de los árboles más grandes y únicamente la que necesitábamos. Esto, de hecho, era útil para el bosque, porque aportaba espacio para que crecieran los árboles más pequeños. «Solo cuando el último árbol haya muerto y el último río haya sido envenenado y el último pescado haya sido capturado, se dará cuenta el hombre blanco de que no puede comer dinero», era uno de los dichos favoritos de mi padre. «No heredamos la tierra de nuestros antepasados; se la pedimos prestada a nuestros hijos» era otro. Solía pensar que él mismo se los había inventado. Ahora sé que son proverbios famosos de los nativos americanos. Independientemente, los nativos americanos comprendieron el concepto de silvicultura sostenible mucho antes de que hubiera una palabra para ello.

Sigo corriendo. No hay manera de saber con seguridad si seguir la ruta más larga pero potencialmente más rápida me permitirá adelantar a mi padre. Sé que será por poco. Correr no es tan fácil como esperaba. El camino de tala es un camino únicamente en teoría: áspero, desigual y con una inclinación tan escarpada en ciertos lugares que parece como si estuviera corriendo junto a un acantilado. Bancos de arena, rocas y raíces de árboles que sobresalen, pozas tan grandes como estanques de patos. Mi respiración es desigual y tengo los pulmones ardiendo. Mi cabello y la chaqueta están empapados por la lluvia y tengo las botas y los pantalones mojados hasta las rodillas de las salpicaduras de los charcos. El rifle que llevo colgado al hombro me magulla la espalda a cada paso. Los músculos de las pantorrillas me piden a gritos que pare. Necesito desesperadamente recuperar el aliento, descansar, hacer pis. Lo único que me mantiene en marcha es saber lo que le pasará a Stephen si no sigo.

Y es cuando, a mi derecha, ladra un perro. Un grito agudo y distintivo que cualquier dueño de un perro plott reconocería de inmediato. Me agacho y pongo las manos sobre las rodillas hasta que mi respiración se ralentiza. Sonrío.

20

LA CABAÑA

La mujer del vikingo miraba con gran pena a aquella niña salvaje y de mala actitud; y cuando llegó la noche, y la hermosa forma y actitud de su hija cambiaron, la esposa del vikingo le habló a Helga con elocuentes palabras acerca de la pena y el dolor profundo que había en su corazón. La fea rana, con su forma monstruosa, se detuvo frente a ella y levantó sus lúgubres ojos pardos para mirar su rostro, escuchando sus palabras y pareciendo entenderlas con la inteligencia de un ser humano.

—Vendrá un tiempo amargo para ti —dijo la esposa del vikingo— y será terrible para mí también. Había sido mejor para ti si te hubiesen dejado en el camino, con el frío viento de la noche para arrullarte.

Y la esposa del vikingo derramó unas amargas lágrimas, y se fue con enojo y dolor.

Hans Christian Andersen
La hija del Rey del Pantano

217

Los días y las noches que pasé en el pozo me enseñaron tres cosas: que mi padre no me quería; que mi padre hacía lo que le daba la gana sin tener en cuenta mi seguridad o sentimientos; que mi madre no me era tan indiferente como pensaba. Para mí, estas eran grandes ideas. Lo suficientemente grandes como para que cada una necesitara bastante pensamiento escrupuloso. Después de tres días, Cousteau, Calypso y yo aún estábamos intentando resolverlo todo.

Mientras tanto, aprendí que lo bueno de casi morir de hipotermia, que es como lo llamaba el artículo del *Geographic* que trataba de la fallida expedición de escoceses al Polo Sur en 1912, es lo siguiente: siempre y cuando no se deje que los dedos de las manos o de los pies lleguen a congelarse, en cuanto se recupera el calor, vuelven a estar bien. La parte del calentamiento no fue muy divertida: mucho más dolorosa que romperte el pulgar con un martillo o el retroceso de un rifle o hacerte un tatuaje grande, y, sinceramente, ojalá no tenga que volver a pasar por algo así nunca. Por otra parte, ahora sabía que era mucho más dura de lo que pensaba, y eso tenía que contar para algo.

No sabía si mi padre me sacó del pozo porque sabía que yo había llegado al límite de lo que era capaz de soportar o si quería matarme y se equivocó con los tiempos. Esto fue lo que dijeron Cousteau y Calypso. Puede que tuvieran razón.

Lo único que sé es que, desde el momento en que abrí los ojos, todo el mundo estaba enfadado. Cousteau y Calypso estaban enfadados con mi padre por lo que me había hecho. Mi madre estaba enfadada con él por la misma razón. También estaba enfadada conmigo por hacer que mi padre estuviera tan enojado como para querer matarme. Mi padre estaba enfadado conmigo porque me negué a disparar al lobo, y estaba enfadado con mi madre por ayudarme después de que él me sacara del pozo. No recordaba a mi madre gateando bajo las sábanas para calentarme, pero tenía un nuevo cardenal en la cara que demostraba que así había sido. Y así siguió la cosa. Había tanta ira por toda la cabaña que parecía que no había aire para respirar. Mi padre se quedó en el pantano solo la mayor parte del tiempo, y eso fue útil. No tenía ni idea de si estaba aún tratando de matar a nuestro ciervo de primavera o si estaba intentando cazar al lobo. No me importaba mucho. Lo único que sabía era que cada noche regresaba más enfadado que cuando se había ido. Nos decía que solo con mirarnos a mi madre y a mí se ponía enfermo, y por eso se mantenía alejado. No le dije que Cousteau y Calypso sentían lo mismo por él.

Además, nos habíamos quedado sin sal. Cuando mi madre descubrió que no nos quedaba ni una pizca de sal, arrojó la caja de sal vacía contra la pared y gritó que esa era la gota que colmaba el vaso, y que por qué mi padre no había hecho algo al respecto antes, ¿y cómo se suponía que iba ella a cocinar sin sal? Pensé que mi padre la iba a abofetear por gritarle y darle una contestación, pero lo único que hizo fue decirle que los ojibwa nunca tuvieron sal hasta que llegaron los blancos, y simplemente tendría que acostumbrarse a prescindir de ella. Yo la iba a echar de menos. No todos los alimentos silvestres que comíamos tenían buen sabor, ni siquiera después de hervirlos en varios cambios de agua. Sin duda, al sabor de la raíz de bardana tardaba uno tiempo en acostumbrarse. Y nunca me gustó la verdura silvestre con mostaza. La sal ayudaba.

A la mañana siguiente, sin embargo, todo estaba tranquilo. Mi madre preparó el cereal de avena caliente que desayunábamos sin decir una palabra sobre la sal. No me gustaba especialmente su sabor, y me di cuenta por la manera en que mi padre empujaba la cuchara alrededor del tazón, y porque había dejado la mitad cuando se levantó de la mesa, de que a él tampoco. Mi madre se la comió como si no hubiera nada raro. Supuse que era porque tendría una reserva de sal secreta escondida en algún lugar de la cabaña que se estaba guardando. Después de que mi padre se atara las raquetas, se echara el rifle al hombro y saliera a pasar el día en el pantano, pasé el resto de la mañana y la mayor parte de la tarde buscándola. Investigué en el trastero, la sala de estar y la cocina. No creía que mi madre escondiera su reserva en el dormitorio que compartía con mi padre, y sabía que no la ocultaría en mi habitación. Aunque habría sido un buen truco si lo hubiera hecho, algo que yo habría hecho si fuera ella y ella fuera yo, pero mi madre no era tan lista.

El único lugar que me quedaba por buscar era el armario bajo las escaleras. Ojalá hubiera buscado en el armario antes de que empezara a nevar y la cabaña se oscureciera. Cuando era pequeña, solía encerrarme en el armario e imaginarme que era un submarino o una guarida de osos o la tumba de un vikingo, pero ahora no me gustaban los lugares pequeños y oscuros.

Con todo, quería esa sal. Así que la siguiente vez que mi madre fue al retrete exterior, abrí las cortinas de la cocina hasta donde llegaban y apoyé una de nuestras sillas contra la puerta del armario para que no se cerrara. Me habría gustado usar la lámpara de aceite para buscar en el armario, pero no se nos permitía encender la lámpara cuando mi padre no estaba en casa.

El armario era muy pequeño. No sé lo que solía poner en él la gente que construyó nuestra cabaña pero, desde que tengo memoria de ello, el armario había estado vacío. Cuando era pequeña cabía y me sobraba espacio, pero ahora había crecido tanto que tenía que sentarme con la espalda contra la pared y las rodillas dobladas hasta la barbilla. Cerré los ojos para sentir la oscuridad con mayor naturalidad y rápidamente acaricié las paredes y la parte de atrás de las escaleras. Se me pegaron telarañas a los dedos. El polvo me hizo estornudar. Yo estaba buscando un tablero suelto o un nudo o un clavo que sobresaliese y que pudiera utilizar como gancho, cualquier lugar donde se pudiera ocultar una caja o una bolsa de sal.

En el espacio entre la plataforma de la escalera y la pared

exterior, mis dedos tocaron papel. Las personas que construyeron nuestra cabaña clavaron periódicos en las paredes exteriores como aislamiento para proteger la casa del frío, pero esto no parecía periódico, y, de todas formas, ya hacía mucho tiempo que habíamos usado todo el periódico que había para encender el fuego. Lo saqué a tirones, lo llevé a la mesa y me senté junto a la ventana. El papel estaba enrollado en un tubo y bien atado con un pedazo de cuerda. Desaté el nudo y el papel cayó abierto en mis manos.

Era una revista. No era un *National Geographic*. La cubierta no era amarilla y el papel era demasiado delgado. Estaba muy oscuro para percibir detalles, así que abrí la puerta de la cocina de leña, metí una astilla de cedro entre las brasas hasta que prendió fuego y encendí con ella la lámpara, luego le di un pellizco al extremo y la puse en nuestro fregadero seco para no quemar la cabaña accidentalmente. Entonces reduje la llama de la lámpara de aceite.

En la parte superior de la página, contra un fondo rosa e impresa en grandes letras amarillas estaba la palabra *'TEEN*, adolescente. Supuse que era el nombre de la revista. Había una chica en la portada. Parecía tener la misma edad que yo. Tenía el pelo largo y rubio, aunque el suyo era rizado y lo llevaba suelto en lugar de recto y en trenzas como el mío. La chica tenía un suéter naranja, púrpura, azul y amarillo con un dibujo en zigzag como los tatuajes de mis piernas. *SACA NOTA CON* LOOKS *DE SOBRESALIENTE*, decía a un lado de su foto, y *CAMBIOS RADICALES Y MAGNÉTICOS: CONSEJOS SEDUCTORES* en el otro. Dentro de la revista había más fotos de la misma chica. Un pie de foto decía que su nombre era Shannen Doherty y que era la estrella de un programa de televisión llamado *Sensación de vivir*.

Me dirigí al índice: *Tierra SOS. Cómo puedes ayudar*; *Dietas de moda: ¿seguras o aterradoras?*; *Cuadernillo corta y guarda: pla-*

nificador de moda extra; *Los nuevos tíos más calientes de la TV*; *Mr. Perfecto: ¿quizás imperfecto para ti?*; *Adolescentes con SIDA: historias desgarradoras*. No tenía ni idea de qué significaban los títulos ni de qué trataban los artículos. Pasé algunas páginas. Looks *sexis para el insti* se leía en el pie de foto de un grupo de chicos junto a un autobús amarillo. Parecían felices. Sin anuncios de electrodomésticos; en su lugar, los anuncios eran para cosas llamadas «barra de labios» y «delineador de ojos» y «colorete», que, por lo que podía ver, era lo que las chicas usaban para dar color rojo a los labios, rosa a las mejillas y azul a los párpados. No estaba segura de por qué querrían hacerlo.

Me recosté, di unos golpecitos en la mesa con los dedos, me mordí el nudillo del pulgar, intenté pensar. No tenía ni idea de dónde procedía esta revista, cómo llegó hasta aquí, cuánto tiempo había estado escondida en el armario. Por qué tendría alguien interés en hacer una revista solo sobre chicas y chicos.

Acerqué la lámpara y la hojeé por segunda vez. Todo se describía como «sexy», «chulo» y «guay». Los chicos bailaban, tocaban música, celebraban fiestas. Las fotos eran brillantes y coloridas. Los coches no se parecían en nada a los del *Geographic*. Eran lisos, brillantes y bajos, cercanos al suelo como las comadrejas, en lugar de grandes, redondos y gordos como los castores. También tenían nombres. Me gustó especialmente un coche amarillo que la revista llamaba Mustang porque tenía el mismo nombre que un caballo. Supuse que se debía a que el coche podía ir muy rápido.

Afuera, en el porche, mi madre se sacudió la nieve de las botas. Iba a quitar la revista de la mesa, luego me detuve. No importaba si mi madre me veía mirándola. Yo no estaba haciendo nada malo.

—¿Qué estás haciendo? —gritó mientras cerraba la puerta y se sacudía la nieve del cabello—. Sabes que no debes encender la lámpara antes de que Jacob llegue a casa.

Colgó su abrigo en el gancho junto a la puerta y cruzó la

habitación corriendo para apagar la lámpara, y luego se detuvo cuando vio la revista.

—¿De dónde has sacado eso? ¿Qué estás haciendo con eso? Es mío. Dámelo.

Intentó coger la revista. Le di en la mano para apartarla, me puse de pie y apoyé la mano en mi cuchillo. Que esta revista fuera de mi madre era algo absurdo. Mi madre no tenía posesiones.

Dio un paso atrás y levantó las manos.

—Por favor, Helena. Dámela. Si me la das, te dejaré mirarla cuando quieras.

Como si ella pudiera pararme. Agité mi cuchillo apuntando a su silla.

—Siéntate.

Mi madre se sentó. Yo me senté frente a ella. Dejé mi cuchillo en la mesa y coloqué la revista entre nosotras.

—¿Qué es esto? ¿De dónde ha salido?

—¿Puedo tocarla?

Asentí. Tiró de la revista y empezó lentamente a pasar las páginas. Se detuvo ante la foto de un chico de cabello y ojos oscuros.

—Neil Patrick Harris. —Suspiró—. Estaba *tan* colada por él cuando tenía tu edad. No te puedes hacer una idea. Todavía pienso que es guapo. *Un médico precoz* era mi programa de televisión favorito. También me encantaba *Padres forzosos* y *Salvados por la campana*.

No me gustó que mi madre supiera cosas que yo no sabía. No tenía ni idea de qué estaba hablando, quiénes eran esas personas, por qué mi madre actuaba como si las conociera. Por qué parecía preocuparse por chicos y chicas de esta revista tanto como yo me preocupaba por Cousteau y Calypso.

—Por favor, no se lo digas a Jacob —dijo—. Ya sabes lo que hará si se entera.

Sabía exactamente lo que mi padre haría con esta revista si se enteraba, especialmente si creía que la revista era importante para ella. Había una razón por la que guardaba mi *Geographic* favorito debajo de la cama. Lo prometí, no porque quisiera proteger a mi madre de mi padre, sino porque todavía no había terminado de ver la revista.

Mi madre la hojeó por segunda vez, luego giró la revista y la empujó hacia mí.

—Mira. ¿Ves este jersey rosa? Yo tenía un jersey como este. Lo usaba tanto que mi madre solía decirme que dormiría con él si ella me dejara. Y este. —Volvió a la portada—. Mi madre me iba a comprar un jersey como este cuando fuimos a comprar la ropa del colegio.

Me resultaba difícil imaginarme a mi madre como una de las chicas de esta revista, que usara esa ropa, fuera de compras, al colegio.

—¿De dónde la sacaste? —volví a preguntarle, porque mi madre todavía no me había respondido a la pregunta.

—Es… una larga historia.

Apretó los labios como cuando mi padre le hacía una pregunta que no quería contestar, como por qué había dejado que el fuego se apagara, o por qué su camisa favorita aún estaba sucia a pesar de que ella decía que la había lavado, o por qué no le había arreglado los agujeros de sus calcetines o traído más agua o más leña, o cuándo iba a aprender a hacer unas galletas decentes.

—Entonces es mejor que empieces.

Le sostuve la mirada como hacía mi padre, haciéndole saber que no iba a aceptar el silencio por respuesta. Esto iba a ser interesante. Mi madre nunca contaba historias.

Ella apartó la vista y se mordió el labio. Por fin suspiró.

—Yo tenía dieciséis años cuando tu padre me dijo que yo iba a tener un bebé —comenzó—. Tu padre quería que yo hiciera los pañales y la ropa de bebé que necesitarías a partir de las cortinas y mantas que teníamos en la cabaña. Pero yo no sabía coser.

Se sonrió como si para ella no saber coser fuera gracioso. O como si se estuviera inventando esta historia.

—Me las arreglé para cortar una manta en pañales con uno de sus cuchillos, pero no había manera de que te pudiera hacer ropa sin tijeras ni agujas de coser ni hilo. Y aún necesitábamos alfileres para que los pañales se te quedaran en su sitio. Tu padre se marchó echando humo cuando se lo dije… ya sabes cómo se pone. Estuvo desaparecido durante mucho tiempo. Cuando regresó, dijo que íbamos a ir de compras. Era la primera vez que iba a salir del pantano desde que… desde que me trajo aquí, así que estaba muy emocionada. Fuimos a una gran tienda que se llama Kmart y conseguimos todo lo que necesitarías. Mientras estábamos en la cola para salir, vi esta revista. Sabía que tu padre nunca me permitiría tenerla, así que cuando él no estaba mirando, la enrollé y me la escondí debajo de la camisa. Cuando volvimos a la cabaña, la escondí en el armario mientras él descargaba las cosas que habíamos comprado. Ha estado allí desde entonces.

Mi madre sacudió la cabeza como si no pudiese creerse que hubiera sido tan valiente. Si no fuera por la revista que había entre nosotras en la mesa tampoco yo la habría creído. Me la imaginé yendo al armario cuando mi padre y yo habíamos salido, sacando la revista desde su escondite, llevándosela a la mesa de la cocina o fuera, al porche trasero, si el día estaba soleado, leyendo las historias y mirando las fotos cuando se suponía que estaba cocinando y limpiando. Resultaba difícil creer que hubiera estado haciendo esto desde antes de que yo naciera y mi padre nunca la hubiese pillado. Que esta revista tuviera la misma edad que yo.

Una idea comenzó a tomar forma. Miré la fecha en la portada de la revista. Si mi madre cogió esta revista cuando estaba embarazada de mí y yo tenía casi doce años, entonces esta revista también tenía casi doce. Eso significaba que la chica de la portada no era una niña en absoluto, era una mujer adulta como mi madre. Y lo mismo sucedía con el resto de los niños.

Admito que estaba decepcionada. Me gustaba más cuando aquellos chicos y chicas eran iguales a mí. Comprendía el concepto de fechas y años, por supuesto, y por qué los acontecimientos importantes llevaban un número unido a ellos para que la gente pudiera saber qué vino primero y qué después. Pero yo nunca había pensado en el año en que nací, ni en qué año era ahora. Mi madre mantenía el control de las semanas y los meses en un calendario que dibujó con carbón en la pared de nuestra cocina, pero a mí siempre me había interesado más el tiempo que haría en un día dado y las estaciones.

Me daba cuenta ahora de que los números de mis años también eran importantes. Cuando le resté al año en que estábamos las fechas de los *Geographic* sentí como si mi padre me hubiera dado un puñetazo en el estómago. *Los* Geographic *tenían cincuenta años*. Eran mucho más antiguos que la revista *'Teen*. Más viejos que mi madre. Más viejos aún que mi padre. Mis hermanos y hermanas yanomami no eran niños; eran hombres y mujeres viejos. El chico con la doble fila de puntos tatuados en sus mejillas, cuya foto le enseñé a mi padre para que pudiera hacerme lo mismo a mí, no era en absoluto un niño, era un viejo como mi padre; Cousteau —el verdadero Jacques-Yves Cousteau— era un hombre adulto en las fotos del *Geographic*, lo que significaba que debía de ser muy viejo. Puede que incluso hubiera muerto.

Miré a mi madre sentada al otro lado de la mesa, sonriendo como si estuviera feliz de que yo hubiera encontrado su revista porque ahora podíamos leerla juntas, y lo único que podía pensar era: «Mentirosa». Había confiado en el *Geographic*. Había confiado en mi madre. Ella sabía que los *Geographic* tenían cincuenta años, pero me dejó creer que todo lo que decían que estaba sucediendo en el presente era actual y cierto. La televisión en color, el velcro o una vacuna para curar la poliomielitis no eran invenciones recientes. Los soviéticos no acababan de poner en órbita a la perra Laika enviándola en el Sputnik 2, como primera criatura viviente que orbitaba sobre la Tierra. Los sorprendentes descubrimientos de Cousteau tenían cincuenta años. ¿Por qué me haría esto? ¿Por qué me había mentido? ¿Qué otras cosas no me estaba contando?

Cogí la revista de la mesa, la enrollé y me la metí en el bolsillo de atrás. Después de esto, ella no volvería a recuperarla.

Fuera había un ruido. Sonaba como la motosierra de mi padre, solo que casi había oscurecido y mi padre no cortaba leña por la noche. Corrí hacia la ventana. Una pequeña luz amarilla se aproximaba a nosotros desde la hilera de árboles. Parecía una estrella amarilla, salvo porque se movía y estaba cerca del suelo.

Mi madre se acercó a la ventana y se puso a mi lado. El ruido se hizo más fuerte. Ahuecó las manos contra el cristal para poder ver.

—Es una motonieve —dijo cuando se dio por fin la vuelta, con la voz llena de asombro—. Viene alguien.

21

Rambo no vuelve a ladrar, aunque con una vez fue suficiente. Mi apuesta dio sus frutos. No solo he atrapado a mi padre, sino que el ladrido de Rambo demuestra que no está tan lejos. Imagínate la sección de una carretera de unos cuatrocientos metros entre el lugar donde empezaba el rastro de mi padre y el camino forestal por el que yo voy corriendo como la base de un triángulo isósceles. Mi casa es el vértice y los caminos que estamos recorriendo mi padre y yo son los lados. Cuanto más nos acerquemos a mi casa, más rápido convergerán nuestros caminos.

Podría señalar su ubicación con mayor precisión si Rambo ladrara por segunda vez, pero, francamente, me sorprende incluso que haya sido capaz de ladrar. Supongo que los pantalones que mi padre le robó al hombre al que asesinó no venían con cinturón. Cuando vivíamos en la cabaña, mi padre solía sujetarle la nariz a mi perro formando un bozal con su cinturón cuando estábamos cazando y no quería que ladrara, o cuando Rambo estaba atado en el cobertizo para la leña y mi padre se cansaba de escucharlo porque Rambo quería que lo soltara. A veces mi padre le ponía el bozal a Rambo sin ninguna razón aparente y lo dejaba así mucho más tiempo de lo que yo pensaba que debería. He leído que uno de los signos que revela que una persona podría convertirse en un terrorista o un asesino en serie cuando se haga mayor es si era cruel con los animales cuando era niño. No estoy segura de lo que significa si sigue siendo cruel ya en la edad adulta.

Me protegí los ojos de la lluvia y escudriñé la cima de la cresta, medio a la espera de que la cabeza de mi padre asomara por la cumbre en cualquier segundo. Me salgo de la carretera y me adentro en la arboleda. Las agujas mojadas de los pinos amortiguan mis pasos. Me sacudo la lluvia del pelo y me cuelgo el Ruger al hombro, sosteniendo el rifle con el cañón apuntando hacia abajo para poder levantarlo a la primera señal de problemas. La cresta es empinada. Subo lo más rápido y silenciosamente que puedo. Normalmente utilizaría los arbustos como agarraderas, pero los pinos de Jack son frágiles y no puedo arriesgarme a que se rompa una rama y haga ruido.

Me acerco a la cima, me echo sobre el estómago y me arrastro con pies y codos durante el resto del camino, del modo en que me enseñó mi padre. Preparo el bípode del Ruger y miro por el visor.

Nada.

Me desplazo lentamente en dirección norte y sur, luego compruebo que no haya movimiento al otro lado del barranco. Es el movimiento lo que delata a una persona. Si estás huyendo de alguien bosque a través, lo mejor que puedes hacer es echarte al suelo lo más rápido posible y quedarte absolutamente quieto. Examino cada escondite imaginable una segunda vez por si mi padre le hubiera hecho ladrar a Rambo a propósito para sacarme de donde yo me encontrara, luego recojo el Ruger, inicio mi camino cresta abajo y pongo rumbo a la siguiente.

Repito el proceso dos veces más antes de llegar a la cima de la cuarta cresta, y siento ganas de aplaudir. Al pie de la pendiente, a unos quince metros por debajo de mí y a unos cincuenta metros al sur, caminando deliberadamente por el medio de un arroyuelo cuyas aguas normalmente no superarían el tobillo, pero que ahora le llegan casi a las rodillas, está mi padre.

Mi padre.

Lo he encontrado. Lo he adelantado. Lo he superado en todos los sentidos.

Instalo el Ruger una última vez y contemplo a mi padre por el visor. Por supuesto, parece más viejo de lo que recuerdo. Parece más delgado. La ropa del muerto que lleva puesta le queda floja para su constitución. Tiene el pelo y la barba grises, y la piel arrugada y cetrina. En la foto que la policía está distribuyendo, mi padre parece tan descarnado y salvaje como Charles Manson. Supuse que eligieron la foto más intimidante que pudieron encontrar, para que no quedase duda de que mi padre es peligroso. En persona, tiene aún peor aspecto: las mejillas tan huecas como las de un cadáver, los ojos tan profundamente hundidos en sus órbitas que parece el *wendigo* de sus viejas historias de la cabaña sauna. Ahora que lo veo por primera vez como adulta, me doy cuenta justamente de lo desquiciado que parece. Supongo que, para mi madre, siempre fue así.

Mi padre tiene a mi perro atado en corto, y lleva el extremo cortado de la correa enrollado varias veces en la mano izquierda. Una Glock en la derecha. Me imagino que el arma del otro guardia está debajo de la chaqueta en la parte de atrás de sus vaqueros. Rambo corre a su lado con facilidad por el banco del arroyo. Me maravillo, y no es la primera vez, ante cómo se mueve sin esfuerzo mi perro, con solo tres patas. La veterinaria que lo recompuso después del incidente del oso me dijo que muchos cazadores habrían sacrificado a un perro tan gravemente herido. Me lo tomé como si me dijera que, si no podía permitirme la cirugía para solucionarlo, ella lo entendía. La mayoría de quienes viven en la Península Superior ya lo pasan suficientemente mal para cuidar de sus familias como para tener que pagarle una operación cara a un animal, por mucho que quieran. Pude ver su felicidad cuando le dije que preferiría renunciar a la caza de osos que renunciar a mi perro.

Le sigo la pista a mi padre por el visor mientras él, sin saberlo, avanza hacia mí. Solía fantasear con matarlo cuando era niña, no porque quisiera, sino porque fue él quien implantó esas ideas cuando cambió las reglas de nuestro juego de rastreo. Una vez que lo encontraba, solía contemplarlo durante mucho tiempo, pensando en cómo sería si le disparara a él en lugar de al árbol. Cómo me sentiría si matara a mi padre. Qué diría mi madre cuando se enterara de que ahora yo era el cabeza de familia.

Mientras lo veo acercarse cada vez más, vuelvo a pensar en matarlo… esta vez, de verdad. Desde esta distancia y ángulo, podría derribarlo fácilmente. Hacer que una bala le atravesase el corazón o la cabeza, y el juego habría terminado sin que él se diera cuenta siquiera de que yo había ganado. Podría dispararle en el estómago. Hacer que sangrara lenta y dolorosamente como pago por lo que le hizo a mi madre. Podría dispararle en el hombro o en la rodilla. Hacerle el suficiente daño como para impedir que fuera a cualquier parte si no era en una camilla. Irme a casa, llamar a la policía en cuanto tuviera señal y decirles dónde recogerlo.

Tantas opciones.

En la cabaña, mi padre y yo solíamos jugar a un juego de adivinanzas en el que él escondía en una mano un pequeño objeto que sabía que me gustaría –un pedazo de cuarzo blanco liso o un huevo de petirrojo sin romper– y yo tenía que elegir en cuál estaba el tesoro. Si acertaba, podía quedármelo. Si no, mi padre arrojaba el tesoro a nuestro pozo de la basura. Recuerdo todo lo que me esforzaba por encontrarle algún tipo de razonamiento. Si mi padre tenía el tesoro en la mano derecha la última vez que jugamos, ¿quería decir que esta vez estaría en su izquierda? ¿O volvería a ponerlo en la mano derecha para engañarme? ¿Tal vez lo hiciera varias veces? No me di cuenta de que la razón y la lógica no tenían nada que ver con el resultado. No importaba qué mano eligiese, las probabilidades de adivinarlo seguían siendo las mismas.

Esto es diferente. Esta vez no *hay* un motivo equivocado. Quito el seguro. Deslizo el dedo en el gatillo, contengo la respiración y cuento hasta diez.

Y disparo.

Estaba aterrorizada la primera vez que le disparé a mi padre. Me quedé pasmada de que me dejara hacerlo. Intento imaginarme poniéndole a Iris un arma en las manos y diciéndole que me apunte y que apriete el gatillo y… ah, sí, asegúrate de que fallas… simplemente no soy capaz de imaginármelo. Dudo igualmente que alguna vez se me pasara por la cabeza hacer algo así con Mari, por muy buena que resulte ser. Es algo imprudente que roza lo suicida. Y, sin embargo, eso es exactamente lo que hizo mi padre.

Ocurrió el verano que yo tenía diez años. No jugábamos a nuestro juego de rastreo en invierno porque, una vez que había nieve en el suelo, seguir el rastro de mi padre habría sido demasiado fácil, y, por la misma razón, no jugábamos a finales de otoño o a principios de primavera, tras la caída de las hojas o antes de que los árboles hubieran echado brotes. Mi padre decía que solo cuando el follaje era exuberante y denso suponía un verdadero desafío rastrear a una persona por el bosque. Esa es también la época del año en que los insectos están peor. Es de admirar el autocontrol que tuvo que desplegar para sentarse en el pantano durante horas mientras esperaba a que lo encontrara, con los enjambres y picaduras de insectos y mi padre resistiendo el impulso de matarlos o incluso de moverse nerviosamente.

Mi padre explicó las nuevas reglas del juego durante el desayuno. Después de encontrarlo, tenía dos opciones. Podía disparar al árbol tras el que se escondiera, bien a un lado, bien sobre su cabeza, o podía disparar a la tierra cerca de sus pies.

Si no lo encontraba –o peor aún, si estaba demasiado asustada para disparar cuando lo encontrara–, tendría que renunciar a algo que fuera importante para mí. Comenzaríamos con el ejemplar del *National Geographic* con las fotos de los vikingos que había escondido debajo de mi cama. No sé cómo sabía mi padre que estaba allí.

Mi padre me llevó en su canoa a la cresta de una montaña donde nunca había estado. Me vendó los ojos para que fuera más difícil discernir qué distancia habíamos recorrido y cuánto tiempo había pasado, y también para que no pudiera ver en qué dirección iba cuando llegamos allí. Estaba muy nerviosa. No quería dispararle a mi padre. Pero también quería conservar mi número del *Geographic*. Pensé mucho en mis dos opciones. Disparar a la tierra sería más fácil y seguro que disparar a un árbol, porque la bala se enterraría en la arena y sería menos probable que rebotara y me hiriese a mí o a mi padre. Además, si fallaba el tiro en la tierra y le daba accidentalmente a mi padre, disparándole en la pierna o en el pie, sería mucho menos traumático que dispararle en el pecho o la cabeza.

Pero disparar a la tierra era un disparo de cobardes, y yo no era una cobarde.

—Quédate aquí —dijo mi padre mientras la canoa se movía suavemente en la orilla—. Cuenta hasta mil y luego puedes quitarte la venda de los ojos.

La canoa se balanceó cuando él salió. Oí cómo salpicaba mientras vadeaba hacia la orilla, un crujido mientras se abría paso entre la vegetación –con toda probabilidad, arruruz y espadaña– y, luego, nada. Lo único que podía oír era el viento que se movía entre los pinos, pues mi nariz ya me había informado de que crecían en la cresta de esta montaña, y el sonido como de papel de las hojas de álamo que chocaban entre sí con la brisa. El agua estaba en calma, y sentía el calor del sol en la cabeza. La luz parecía algo más caliente en mi lado derecho que en el izquierdo, lo que significaba que la canoa estaba orientada al norte. No estaba segura de qué manera podría ayudar este dato, pero era bueno saberlo. Sobre mis rodillas descansaba la pesada Remington. Bajo la venda, yo estaba empezando a sudar.

De repente me di cuenta de que había estado tan ocupada reuniendo pistas sobre mi entorno que se me había olvidado contar. Decidí comenzar con quinientos para compensar el tiempo perdido. La pregunta era: ¿esperaba mi padre que yo contara hasta mil como había ordenado, o esperaba que me quitara la venda antes de terminar de contar y comenzara a buscarlo antes? Era difícil saberlo. La mayor parte del tiempo yo hacía exactamente lo que mi padre me decía que hiciera porque siempre había algún tipo de castigo al final si no lo hacía. Pero esto era diferente. El verdadero objetivo de seguir a mi padre era aprender a superarlo. El ardid y el engaño formaban parte del juego.

Me quité la venda, me la até en la frente para evitar que el sudor me entrara en los ojos y salí de la canoa. El rastro de mi padre era fácil de seguir. Pude ver claramente que había vadeado entre una zona de juncos, no de arruruz y espadaña como yo había supuesto, y que había subido a la orilla. El alboroto en las agujas de pino en el claro que había cruzado antes de desaparecer entre los helechos en el otro lado también era fácilmente visible. Asumí que el hecho de que pudiera seguir el rastro de mi padre con tanta facilidad significaba que me había hecho muy buena en el rastreo. Si miro hacia atrás, estoy segura de que ese día dejó un rastro fácil porque quería que el juego llegara a su fin y, para eso, necesitaba estar seguro de que yo lo encontraría.

Casi perdí el rastro en la cima de la cresta cuando las huellas terminaron en una roca lisa y desnuda. Entonces vi un pequeño montón de arena donde no debería haber estado. Reanudé el sendero al otro lado y lo seguí hasta el borde de un pequeño acantilado. Los helechos doblados y rocas sueltas mostraban por dónde había bajado mi padre. Seguí el rastro por el visor de la Remington y encontré a mi padre sentado sobre sus talones en el lado más alejado de un haya a treinta metros de distancia. El árbol era grueso pero no lo suficiente: podía ver que sobresalían sus hombros.

Sonreí. Aquel día los dioses me sonrieron realmente. No solo había encontrado a mi padre, sino que las condiciones para disparar eran casi perfectas. Estaba en terreno elevado. No había viento. Tenía el sol a mi espalda, y aunque eso significara que mi padre podría ver mi silueta recortada contra el sol si salía de detrás del árbol, se volvía y miraba hacia arriba, también significaba que podría verlo con claridad cuando disparara y sería menos probable que fallase.

Me escondí tras un gran pino rojo y mantuve la Remington cerca mientras pensaba en mi siguiente movimiento. La Remington era casi tan alta como yo. Me dejé caer boca abajo y empujé el arma delante de mí hasta lograr una mejor posición para disparar desde un arbusto. Me apoyé la Remington contra el hombro y eché un vistazo por la mira telescópica. Mi padre no se había movido.

Deslicé el dedo por el gatillo. Se me apretó el estómago. Me imaginé el crujido del rifle, a mi padre sorprendido asomando la cabeza. Lo vi saliendo de detrás del árbol y subiendo la colina para darme unas palmaditas en la cabeza y felicitarme por el disparo. O quizá mirase hacia abajo con consternación mientras se le ponía el hombro rojo y remontaba la colina como un rinoceronte herido. Me temblaban las manos. No entendía por qué tenía que dispararle. Por qué mi padre había cambiado las reglas de nuestro juego. Por qué había transformado algo que era divertido en algo peligroso y aterrador. Deseé que las cosas pudieran permanecer siempre igual.

Y, con ese pensamiento, lo entendí. Las cosas tenían que cambiar porque *yo* estaba cambiando. Estaba creciendo. Esta fue mi iniciación, mi oportunidad de demostrar que sería un digno miembro de nuestra tribu. Para un hombre yanomami, el coraje se valoraba por encima de todo. Esta era la razón por la que siempre estaban luchando contra otras tribus y robándose las mujeres y por qué luchaban hasta la muerte, aunque tuvieran el cuerpo cosido a flechas, en lugar de abandonar y ser tachados de cobardes. Según el *Geographic*, casi la mitad de los yanomami había matado a un hombre.

Apoyé la Remington con más seguridad contra el hombre. Ya no me temblaban las manos. Es imposible describir la mezcla de terror y regocijo que sentí al apretar el gatillo. Me imagino que es similar a lo que siente una persona cuando salta de un avión o se tira por un precipicio, o a cómo se siente una cirujana cuando hace su primera incisión en el corazón. Ya no era una niña pequeña que amaba y admiraba a su padre y algún día esperaba llegar a ser como él. Yo era su igual.

Después de aquello, me costaba esperar hasta que tenía la oportunidad de dispararle de nuevo.

El crujido del rifle y el chasquido de la rama sobre la cabeza de mi padre son casi simultáneos. La rama cae en el arroyo justo delante de él. Exactamente donde quería que cayera. El mismo movimiento que puso fin a nuestro último juego de caza y rastreo.

Mi padre se queda de piedra. Mira hacia el lugar desde el que procede el tiro con la boca abierta, como si no pudiera creerse que volviera a vencerle, y mucho menos de la misma manera. Sacude la cabeza y pone sus brazos a un lado en señal de rendición. Tiene la correa de Rambo liada en la mano izquierda. La Glock cuelga a su derecha.

Mantengo el dedo en el gatillo. Que un hombre parezca vencido no significa que esté dispuesto a rendirse. Especialmente cuando ese hombre es tan retorcido y manipulador como mi padre.

—Jacob. —El nombre suena extraño en mi lengua.

—*Bangii-Agawaateyaa*.

Me estremezco, y no por la lluvia. *Bangii-Agawaateyaa*. Sombrita. El nombre que me dio cuando era niña. El nombre que no he oído decir desde entonces. No puedo expresar cómo hacen que me sienta estas palabras que salen de la boca de mi padre después de todos estos años. Toda la ira, el odio y el resentimiento que he estado alimentando durante más de una década se evaporan, hielo en una cocina de leña. Siento cómo una parte de mí, que ni siquiera sabía que estaba rota, está ahora completa. La cabeza se me inunda de recuerdos: mi padre enseñándome a rastrear, a cazar, a caminar con raquetas, a nadar. A afilar mi cuchillo y a desollar a un conejo y a abotonarme la camisa y a atarme los zapatos. A nombrar las aves, los insectos, las plantas, los animales. Compartiendo los secretos sin fin del pantano: un racimo de huevos de rana que flotan en el agua en calma de la charca bajo una rama colgante, una madriguera de zorro profunda en la arena en la ladera de una colina.

Todo lo que sé sobre el pantano y que merece la pena saber me lo enseñó este hombre.

Agarro el Ruger con más fuerza.

—Arroja tus armas.

Mi padre mira hacia atrás durante mucho tiempo antes de lanzar la Glock a los arbustos. Saca un Bowie del interior de su bota derecha y tira el cuchillo tras la pistola.

—Lentamente —le digo mientras se lleva la mano a la espalda para sacar la segunda arma corta.

Si yo fuera él y él fuera yo, este sería el momento en que daría el paso. Soltaría mi arma, se la colocaría en la cabeza a Rambo y usaría la debilidad de mi adversaria por su perro para desarmarla.

Mi padre saca lentamente la segunda Glock de su espalda, como le he dicho. Su brazo retrocede, como si fuera a lanzarla, pero en vez de soltarla cuando su brazo llega a su vértice, se deja caer sobre una rodilla y dispara.

No a Rambo.

A mí.

La bala se estrella en mi hombro. Durante un brevísimo instante lo único que siento es conmoción. *Me ha disparado*. Deliberadamente, y sin pensar en otras consecuencias que no sean derribarme.

Yo no le vencí. No salvé a mi familia. No gané, porque mi padre cambió las reglas de nuestro juego una vez más.

Entonces me explota el hombro. Como si alguien me hubiera metido dentro un cartucho de dinamita y lo hubiera encendido. Como si me hubiera golpeado con un bate de béisbol y hubiera corrido con un alfiler al rojo vivo. Como si me hubiera atropellado un autobús. Pongo la mano sobre la herida, caigo al suelo y me contorsiono mientras el dolor me inunda en oleadas. La sangre sale a borbotones entre mis dedos. «Coge el Ruger», le dice mi cerebro a mis manos. «Dispárale como él te ha disparado a ti». Mis manos no responden.

Mi padre sube a la cresta y se para a mi lado mirando hacia abajo. La Glock me apunta al pecho.

Soy tan increíblemente estúpida. Pensé que estaba siendo estratégica cuando le disparé a la rama en lugar de a él. Qué trágicas serán las consecuencias de mi decisión. La verdad es que no «quería» matar a mi padre. Lo quiero, aunque él no me quiera a mí. Utilizó contra mí mi amor por él.

Contengo la respiración mientras espero a que mi padre acabe conmigo. Él mira hacia abajo durante mucho tiempo, luego se coloca la Glock en la parte de atrás de sus vaqueros y manda el Ruger al otro lado de la cresta de una patada. Me da la vuelta y me quita mi Magnum. No sé cómo sabía que la llevaba, pero lo sabía. Se saca unas esposas del bolsillo trasero —sin duda, las mismas esposas que llevaba cuando escapó de la cárcel—, tira de mis brazos para delante a pesar de mi hombro herido y me cierra las esposas de golpe en las muñecas. Se me estremece todo el cuerpo debido al esfuerzo por no gritar.

Da un paso atrás, con una respiración pesada.

—Y *así* —dice, mirando hacia abajo con una sonrisa triunfante— es como se vence a alguien en la caza y el rastreo.

22

LA CABAÑA

A principios de otoño, el vikingo regresó a casa cargado de botines y traía prisioneros consigo. Entre ellos había un joven sacerdote cristiano, uno de los que despreciaban a los dioses del norte. En las profundas bodegas de piedra del castillo estaba encerrado el joven sacerdote cristiano, y tenía los pies y manos atados con tiras de corteza.

La mujer del vikingo lo vio tan hermoso como Baldur y su angustia le inspiró piedad; pero Helga dijo que deberían sujetarle los talones con cuerdas y amarrarlo a las colas de animales salvajes.

—Yo dejaría a los perros sueltos tras él —dijo—, por el páramo y por el brezal. ¡Viva! Sería un espectáculo para los dioses, y mejor aún para seguir en su curso.

Pero el vikingo no permitió que el sacerdote cristiano sufriera una muerte así, sobre todo, porque era el despreciado y despreciador de los altos dioses. El vikingo había decidido ofrecerlo como sacrificio en la piedra de sangre del bosque. Por primera vez, se sacrificaría aquí a un hombre.

Helga rogó que se le permitiera rociar con la sangre del sacerdote a la gente allí reunida. Afiló su brillante cuchillo, y cuando uno

de los grandes perros salvajes que corrían por el castillo del vikingo
en gran número se lanzó sobre ella, ella le clavó el cuchillo en el
costado; dijo que meramente para comprobar si estaba afilado.

Hans Christian Andersen
La hija del Rey del Pantano

—Viene alguien —volvió a decir mi madre mientras permanecíamos junto a la ventana de la cocina, como si no pudiera creerse sus propias palabras a menos que las dijera dos veces.

Yo también estaba sorprendida. Mi padre siempre tenía mucho cuidado para no llamar la atención sobre nuestra cabaña: cortaba la leña en el extremo inferior de nuestra cresta para que el sonido de su motosierra no se propagara; disparaba con su rifle solo cuando era preciso para conseguir el venado que necesitábamos; nunca dejaba el pantano para reabastecer nuestros suministros a pesar de que nos estábamos quedando sin cosas que habría sido agradable tener; se escondió de aquella familia para que no los guiáramos accidentalmente a nuestra cabaña; nos hacía ejercicios de práctica para que mi madre y yo supiéramos qué hacer en caso de que alguien apareciese por nuestra cresta. Resultaba difícil creer que, después de todo aquello, alguien hubiera podido llegar.

Apoyé la nariz contra el cristal y vi la luz de la motonieve subir y bajar, moviéndose hacia nosotras. Estaba demasiado oscuro para precisar los detalles, pero yo sabía cómo era una motonieve. O más bien, sabía el aspecto que tenía una motonieve hace cincuenta años. Yo aún estaba luchando para comprender la magnitud del engaño de mi madre.

Mi madre sacudió la cabeza lentamente, como si estuviera despertando de un largo sueño. Tiró de las cortinas y me agarró de la mano.

—Rápido. Tenemos que escondernos.

«¿Escondernos dónde?», quería decirle. Sabía que eso era lo que mi padre quería. También sabía lo que nos haría si no seguíamos sus instrucciones. Pero ya era demasiado tarde para correr hacia el pantano y revolcarnos en el barro para camuflarnos, aunque el pantano no estuviera congelado. Quien fuera que condujese la motonieve ya había visto nuestra cabaña. Venía directamente hacia nosotras. Teníamos fuego en nuestra cocina de leña, el humo salía de nuestra chimenea, había leña en nuestra leñera, huellas en la nieve. Dentro, nuestros abrigos colgaban junto a la puerta, nuestros platos estaban puestos en la mesa, el estofado de conejo burbujeaba en nuestra cocina de leña. ¿Y Rambo?

Rambo.

Cogí mi abrigo y salí corriendo hacia el cobertizo para la leña. Rambo estaba gimiendo y tirando de la cadena con tanta fuerza que temía que se ahogase. Le desabroché el collar y lo dejé suelto; luego me agazapé entre una hilera de leña y la pared del cobertizo para observar a través de los listones. El tono del motor cambió cuando la motonieve comenzó a subir la cresta de nuestra montaña. Algunos momentos después, pasó junto a mi línea de visión en una nube de nieve y gases del tubo de escape. Corrí al otro lado del cobertizo para la leña, me subí a la pila de troncos y me agazapé con el cuchillo preparado, como me había enseñado mi padre. La motonieve se detuvo justo debajo de mí. El ruido era tan fuerte que aún resonaba en mis oídos mucho después de que el conductor apagara el motor.

—Hola, chico.

El conductor silbó y dio unos golpecitos con la pierna mientras Rambo le ladraba y lo rodeaba. No podía verle la cara porque llevaba un casco como los que usaban los buceadores de aguas profundas o, más bien, el tipo de casco que *solía* llevar un buceador de aguas profundas, pero por su voz podía saber que era un hombre.

—Ven aquí, chico. Venga. Bien. No te voy a hacer daño.

Rambo dejó de ladrar, corrió meneando la cola y apoyó su

barbilla en la rodilla del hombre. El hombre se quitó un guante y rascó a Rambo detrás de la oreja. Me pregunté cómo sabía que esa era la zona en la que a mi perro le gustaba que le rascasen.

—Buen chico. Qué perro tan bueno. Sí, sí que lo eres. Sí, lo eres.

Nunca había oído a nadie hablarle tanto a un perro.

El hombre empujó a Rambo a un lado y se bajó de la motonieve. Llevaba unos pantalones negros gruesos y una chaqueta negra con una franja en las mangas en un tono de verde que nunca había visto. La motonieve tenía una raya del mismo color en un lado, con las palabras *ARCTIC CAT* escritas en letras blancas. Se quitó el casco y lo dejó en el asiento. El hombre tenía el pelo amarillo como mi madre y una gran barba espesa como un vikingo. Era más alto que mi padre y más joven. Cuando caminaba, su ropa emitía el sonido de un susurro como el de las hojas secas. No podía encontrarle un buen uso para la caza, pero parecía cálida.

El hombre subió los escalones de nuestro porche y golpeó con los nudillos en la puerta.

—¡Hola! ¿Alguien en casa? —Esperó; luego volvió a golpear la puerta. No estaba segura de qué esperaba—. ¿Hola?

La puerta de la cabaña se abrió y salió mi madre. No podía ver su expresión porque estaba a contraluz. Pude ver que le temblaban las manos.

—Siento molestarla —dijo el hombre—, ¿pero puedo usar su teléfono? Me he quedado separado de mi grupo y les he perdido el rastro.

—Nuestro teléfono —dijo mi madre suavemente.

—Si no le importa. La batería de mi móvil ha muerto.

—Tiene un teléfono móvil.

Mi madre se rio. Yo no tenía ni idea de por qué.

—Eh… sí. Eso es. Así que si pudiera usar el suyo para que mis colegas sepan que estoy bien, sería genial. Soy John, por cierto. John Laukkanen.

El hombre sonrió y extendió la mano.

Mi madre emitió un sonido de asfixia, luego le agarró la mano como una persona que se ahogaba y se aferra a una cuerda de salvamento. Mantuvo la mano agarrada mucho después de que las dos personas dejaran de subirlas y bajarlas.

—Sé quién eres. —Ella echó un vistazo alrededor del patio, y luego metió rápidamente al hombre dentro.

Me quedé mirando la cabaña durante mucho tiempo después de que la puerta se cerrara. Más mentiras. Más trucos. Más engaño. Mi madre conocía a este hombre. Había venido a verla mientras mi padre estaba fuera. No sabía qué estaban haciendo el hombre y mi madre dentro de nuestra cabaña, pero sabía que estaba mal. Envainé mi cuchillo y bajé de la pila de leña. La motonieve se agazapaba en nuestro patio como un gran oso negro. Quería darle un manotazo en la grupa y salir corriendo. Llamar a mi padre para que viniera con su rifle y le disparase. Fui de puntillas por el porche de atrás y me asomé a través de un hueco entre las cortinas. Mi madre y el hombre estaban de pie en medio de la cocina. Mi madre hablaba y agitaba las manos. No podía oír lo que decía. Parecía asustada y emocionada. No dejaba de mirar a la puerta, como si tuviera miedo de que mi padre entrara en cualquier momento. Deseé que ocurriera.

El hombre simplemente parecía asustado. Mi madre seguía hablando y haciendo gestos hasta que, por fin, asintió. Lentamente, como si no quisiera hacer lo que mi madre le pedía que hiciera, pero tuviera que hacerlo, como me ocurrió a mí cuando mi padre me dijo que tenía que ayudar a mi madre a hacer jalea. Mi madre se echó a reír, se irguió, se abrazó al cuello del hombre y le besó en la cara. Al hombre se le ruborizaron las mejillas. Mi madre apoyó la cabeza en el hombro. Le temblaban los hombros. Yo no sabía si estaba riendo o llorando. Después de un momento

245

el hombre rodeó a mi madre con sus brazos, le dio unas palmaditas en la espalda y la mantuvo abrazada.

Me hundí en la nieve sobre mis talones. Me ardían las mejillas. Sabía lo que significaba un beso. Un beso significaba que querías a la persona a la que estabas besando. Por eso mi madre nunca besó a mi padre. No podía creer que mi madre hubiera besado a este hombre, a este extraño, después de haberlo metido en nuestra cabaña mientras mi padre estaba fuera. Pero sabía lo que haría mi padre con ellos si estuviera aquí. Saqué mi cuchillo. Recorrí silenciosamente el porche y abrí la puerta de golpe.

—¡Helena! —gritó mi madre. El hombre y mi madre se separaron con la entrada del aire frío que barrió la cabaña. Ella se ruborizó—. Pensé que eras… No importa. Date prisa. Cierra la puerta.

Yo dejé la puerta abierta.

—Tienes que irte —le dije al hombre con toda la dureza que pude—. Ahora.

Agité el cuchillo para que supiera que iba en serio. Lo usaría si tenía que hacerlo.

El hombre retrocedió y levantó las manos.

—Uuuu. Tranquila. Baja el cuchillo. Está bien. No voy a hacerte daño.

Me hablaba como lo había hecho con mi perro.

Puse una cara tan seria como la de mi padre y di un paso adelante.

—Tienes que irte. *Ahora*. Antes de que vuelva mi padre.

A mi madre se le quedó la cara blanca cuando mencioné a mi padre, como cabría esperar. No sabía en qué pensaba cuando trajo a este hombre a nuestra cabaña; cómo pensaba que podría terminar esto.

Se sentó en una silla.

—Helena, por favor. No lo entiendes. Este hombre es nuestro amigo.

—¿«Nuestro amigo»? ¿*Nuestro* amigo? Te vi besarlo. *Te vi.*

—Viste… Ay, no, Helena. No, no… solo estaba dándole las gracias a John, porque nos va a llevar. Baja el cuchillo. Tenemos que darnos prisa.

Miré a mi madre: estaba emocionada, llena de esperanza, feliz, como si este fuera el mejor día de su vida porque este hombre apareciese en la cresta de nuestra montaña. Lo único que podía pensar es que se había vuelto loca. Sabía que no le gustaba vivir en el pantano, ¿pero de verdad creía que podía marcharse ahora, en medio del frío y la oscuridad? ¿Montarse en la motonieve detrás de este extraño y dejar que la llevara sin el permiso de mi padre? No podía entender cómo pensó por un segundo que yo estaría de acuerdo con este plan.

—Por favor, Helena. Sé que estás asustada… —yo no lo estaba en absoluto—, y que todo esto es muy confuso —no sentía ningún tipo de confusión—, pero tienes que confiar en mí.

¿Confiar en ella? La revista que tenía en el bolsillo de atrás ardía como una brasa. Después de aquello, nunca más volvería a confiar en mi madre.

—Helena, por favor. Te lo explicaré todo, te lo prometo. Pero tenemos que darnos…

Se detuvo cuando los pasos de mi padre cruzaron el porche con paso fuerte.

—¿Qué está pasando aquí? —dijo con un rugido al entrar en la sala. Comprendió la situación en un instante y apuntó con su rifle al hombre y a mi madre como si no pudiera decidir a cuál de ellos debería disparar primero.

El hombre levantó las manos.

—Por favor. Yo no quiero ningún problema…

—¡Cállate! Siéntate.

El hombre cayó sobre una de nuestras sillas de la cocina como si lo hubieran empujado.

—Mire, un momento. No hay necesidad de utilizar el arma.

Solo quería usar su teléfono. Me perdí. Su…, emm, esposa me dejó entrar y…

—He dicho que *se calle*.

Mi padre dio un giro sobre sus talones y le clavó la culata en el abdomen. El hombre jadeó, se cayó de la silla y rodó por el suelo, gimiendo y agarrándose el estómago.

—¡No! —gritó mi madre, y se tapó la cara.

Mi padre me entregó el rifle.

—Si se mueve, dispárale.

Se quedó junto a mi madre y bajó el puño. El hombre se puso de rodillas, se arrastró hacia mi padre y le agarró el tobillo. Yo sabía que debía disparar. No quería apretar el gatillo.

—¡Déjala! —gritó el hombre—. Sé quién eres. *Sé lo que hiciste.*

Mi padre se quedó congelado y se dio la vuelta. Había un artículo en uno de los *Geographic* que describía el rostro de una persona que estaba «negro de cólera». Mi padre estaba así ahora. Lo suficientemente enfadado para matarnos a todos.

Rugió como un oso negro herido, avanzó hacia el hombre y le dio una patada en el riñón. El hombre gritó y cayó boca abajo en el suelo. Mi padre le agarró la muñeca izquierda, le plantó el pie en el codo y luego le torció el brazo hacia atrás cada vez más hasta que le rompió el hueso. El grito del hombre inundó la cabaña, mezclado con el de mi madre, con el mío.

Mi padre agarró al hombre por el brazo roto y lo echó a sus pies. El hombre volvió a gritar.

—¡Por favor! ¡No! ¡Ay, Dios… no! ¡Pare! ¡Por favor! —chilló mientras mi padre lo llevaba por el patio hasta el cobertizo para la leña.

Mi madre sollozaba. A mí me temblaban las manos. Miré hacia abajo y me di cuenta de que aún tenía el rifle. El rifle apuntaba a mi madre. Mi madre me miraba como si pensase que iba a dispararle. No le dije que tenía el seguro puesto.

Mi padre volvió a la cabaña. Tenía la chaqueta ensangrentada y los nudillos rojos. Me quitó el rifle de mis manos temblorosas y lo guardó en la despensa. Esperé en la cocina con mi madre. No estaba segura de qué quería que hiciera.

Cuando regresó, su expresión era tranquila, como si no hubiera pasado nada, como si fuera un día normal y no acabase de romperle el brazo a la primera persona que había aparecido en la cresta de nuestra montaña. Esto solo podía significar dos cosas: o su ira se había consumido o simplemente estaba empezando.

—Vete a tu cuarto, Helena.

Corrí por las escaleras. A mi espalda oí el sonido de un puño golpeando carne. Mi madre chilló. Cerré la puerta.

Mucho después de que la cabaña estuviera en silencio, me tumbé en la cama con los brazos detrás de la cabeza y miré al techo. Mis recuerdos se apoderaron de mis sueños.

Mi padre y yo estábamos nadando en la charca de los castores. Me estaba enseñando a flotar boca arriba. El sol era cálido y el agua estaba fría. Me tumbé sobre el agua, con los brazos extendidos a ambos lados. Mi padre se puso a mi lado. El agua le llegaba a la cintura. Mi padre me sostenía con sus manos bajo el agua, aunque apenas podía sentirlas.

—Piernas arriba —dijo cuando se me empezaron a bajar los pies—. Estómago fuera. Arquea la espalda.

Empujé el estómago hacia fuera y arqueé los hombros hacia atrás todo lo que pude. Mi rostro se sumergió bajo el agua. Escupí, empecé a hundirme. Mi padre me sujetó, me levantó. Lo intenté de nuevo. Más tarde, cuando ya había aprendido a flotar, era tan fácil que resultaba difícil recordar una época en la que no supiera hacerlo.

Mi padre me estaba ayudando a cebar mi anzuelo. El gancho estaba muy afilado. La primera vez que cogí un anzuelo de la caja de trastos de mi padre, se me metió en el pulgar. Me dolió, pero no tanto como cuando mi padre me lo sacó. Después de aquello tuve cuidado de sostener el gancho solo por la curva de la parte superior. Nuestra lata de cebos estaba llena de gusanos. Sacábamos los gusanos de la tierra húmeda que había en la parte baja de la cresta de nuestra montaña. Rebusqué entre el barro en la lata y saqué uno. El gusano estaba resbaladizo y húmedo. Mi padre me enseñó cómo deslizar el gancho en mitad del gusano, pasar el gusano por el gancho y volver a unir su cola y la cabeza.

—No duele —dijo cuando le pregunté cómo se sentía el gusano al respecto—. Los gusanos no pueden sentir nada.

Si eso era cierto, le pregunté, ¿por qué entonces se retorcía y se contoneaba el gusano? Mi padre sonrió. Dijo que era bueno que estuviera aprendiendo a pensar por mí misma y me dio unas palmaditas en la cabeza.

Mi padre y yo estábamos sentados en la cabaña sauna. Mi padre me estaba volviendo a contar la historia de aquel momento en que cayó en la guarida del oso. Esta vez me di cuenta de que siempre que mi padre contaba la historia, cambiaba detalles para hacer que la historia fuera más emocionante. El agujero era más profundo, mi padre caía a mayor profundidad, le resultaba más difícil salir trepando, el oso se había empezado a despertar cuando mi padre aterrizó en su espalda, el cuello del cachorro estaba roto. Pude ver que, aunque es importante decir siempre la verdad, cuando se está contando una historia, es aceptable cambiar los hechos para hacer que la historia sea más interesante. Esperaba que, cuando creciera, fuera tan buena narradora como él.

Me levanté, crucé la habitación hasta la ventana y miré hacia el patio iluminado por la luna. Rambo se movía por la caseta. La motonieve estaba debajo de mí. El hombre estaba en silencio en el cobertizo para la leña.

Yo había querido a mi padre cuando era pequeña. Aún lo quería. Cousteau y Calypso decían que mi padre era un hombre malo. Sé que se preocupaban por mí, pero no podía creerme que lo que decían fuera verdad.

Por la mañana mi padre preparó el desayuno mientras mi madre estaba en la cama. El cereal de avena que preparó estaba soso y sin sabor. Resultaba difícil creer que ayer lo que más me preocupara era no tener sal. Lo único en lo que podía pensar ahora era en la traición de mi madre. No solo en la mentira que me contó sobre los *Geographic*, sino en cómo traicionó a mi padre. Sabía que le había pegado por llevar a aquel hombre a nuestra cabaña y por eso estaba aún en la cama. No me gustaba cuando mi padre le pegaba a mi madre, pero había momentos como este en que se lo merecía. Mi padre dijo que, dado que mi madre estaba sola en nuestra cabaña con otro hombre, significaba que mi madre había cometido algo llamado adulterio, y que cuando una mujer ojibwa comete adulterio, su marido tenía derecho a mutilarla o incluso matarla, según considerara oportuno. Mi madre no era una nativa americana, pero como era la mujer de mi padre, tenía que vivir de acuerdo con sus reglas. Sabía que ella se merecía el castigo pero, aun así, me alegré de no haberle dicho a mi padre que la vi besar al hombre.

Froté nuestros tazones de cereales y la cazuela con agua fría y un puñado de arena y le llevé una taza de achicoria caliente al hombre en el cobertizo, como mi padre me había mandado. La mañana era soleada y brillante. La motonieve parecía más grande a la luz del día, resplandeciente, negra y tan brillante como una nevada reciente, con un parabrisas del color del humo de la madera y aquella extraordinaria raya verde. No se parecía en nada a las fotos en el *Geographic*. Dejé la taza en el escalón del porche y cogí el casco. Era más pesado de lo que esperaba, y tenía una sección de vidrio curvado oscuro en la parte delantera con forma de escudo. Dentro el relleno era grueso y suave. Me puse el casco, me senté en el asiento con las piernas a ambos lados como hacía el hombre y fingí que estaba conduciendo. Solía desear haber tenido una motonieve. Si la hubiéramos tenido, podríamos haber comprobado la hilera de agujeros para pescar en el hielo en la mitad de tiempo que nos llevaba caminar con raquetas de un agujero a otro. Una vez le pregunté a mi padre si podíamos cambiar algunas de sus pieles por una. Eso desembocó en un largo sermón acerca de cómo las costumbres indias eran mejores que las invenciones de los blancos, y que más rápido no siempre significaba mejor. Pero pensé que si en su día nuestro pueblo hubiera tenido motonieves, las habría usado.

Me bajé de la motonieve, cogí la taza y crucé el patio hasta el cobertizo para la leña. La achicoria ya no humeaba. El hombre estaba esposado al poste de la esquina. Tenía el pelo ensangrentado y la cara hinchada. Su chaqueta y sus pantalones habían desaparecido. Llevaba ropa interior térmica blanca, como la que llevábamos mi padre y yo en invierno, y nada más. Había estirado los pies hasta las astillas de madera y el serrín para mantenerlos calientes, aunque podía ver que le sobresalían los dedos de los pies. Tenía los brazos esposados por encima de la cabeza. Tenía los ojos cerrados y la barba descansaba sobre su pecho. Ahora ya no parecía un vikingo.

Me detuve en la puerta. No estaba segura de por qué. Estos eran mi cobertizo, mi cabaña, mi cresta. Tenía todo el derecho a estar aquí. Él era quien estaba de más. Creo que tenía miedo de entrar porque no quería quedarme a solas con este hombre y posiblemente cometer adulterio. Mi padre fue el que me dijo que le trajera al hombre una taza de achicoria, pero el adulterio era un concepto nuevo. No estaba segura de cómo funcionaba.

—¿Tienes sed? —Una pregunta obvia, pero no sabía qué más decir.

El hombre abrió un ojo. Tenía el otro hinchado. Mi padre me decía a menudo que si alguna vez me encontraba en una situación en la que tenía que retener a alguien, por mucho que tuviera que pegarle, siempre debía asegurarme de que tenía un ojo bien para que pudiera verme venir y anticipar lo que iba a hacer y así no perder mi ventaja psicológica. Cuando el hombre me vio de pie en la puerta, se alejó tanto como se lo permitían las esposas, así que pude comprobar que lo que mi padre decía era verdad.

—Te he traído algo de beber.

Me arrodillé en el serrín y le acerqué la taza a los labios, luego saqué la galleta que había escondido en el bolsillo de mi chaqueta y la rompí en pedazos y se la di de comer. La sensación de sus bigotes en mis dedos y su aliento contra mi piel me hicieron temblar. Nunca había estado tan cerca de un hombre que no fuera mi padre. Pensé de nuevo en el adulterio y le quité las migas que le caían sobre el pecho.

El hombre tenía mejor aspecto cuando terminó, aunque no demasiado. Le sangraba un corte sobre el ojo, y tenía el lado izquierdo de la cara hinchado y amoratado desde donde mi padre le había golpeado. El brazo roto extendido sobre la cabeza iba a ser un problema. Había visto morir a animales por menos.

—¿Está bien tu madre? —preguntó.

—Está bien.

No le dije que mi madre también tenía roto el brazo izquierdo.

—Una pareja a juego —dijo mi padre aquella mañana, cuando me contó que la noche anterior le había retorcido el brazo a mi madre hasta la espalda, de la misma manera que le hizo a aquel hombre.

—Tu padre está loco.

El hombre levantó la barbilla para señalar el cobertizo, las esposas, la ausencia de ropa.

No me gustó que dijera eso. Este hombre no conocía a mi padre. No tenía derecho a decir cosas malas sobre él.

—No deberías haber venido —dije fríamente—. Deberías habernos dejado en paz. —De repente, tuve que saberlo—. ¿Cómo nos encontraste?

La pregunta no salió de la forma en que quería formularla. Sonó como si yo pensase que nos habíamos perdido.

—Estaba recorriendo una pista con un par de colegas y tomé el giro equivocado. Habíamos estado bebiendo —dijo, como si eso fuera una explicación—. *Whisky*. Cerveza. Qué importa. Conduje mucho tiempo buscando una señal que me indicara la pista. Entonces vi el humo de vuestra cabaña. No sabía que esta cabaña... que tu madre...

—¿Qué pasa con mi madre?

No me importaba lo malherido que estuviera este hombre. Si decía que había venido aquí porque estaba enamorado de mi madre, le golpearía en el brazo roto.

—No sabía que tu madre había estado aquí todo este tiempo. Que después de todos estos años, alguien finalmente la había encontrado, y que tu padre... —Se detuvo y me miró de forma extraña—. Dios mío. No lo sabes.

—¿Saber qué?

—Que tu madre... tu padre...

—¿Qué pasa conmigo? —preguntó mi padre.

El hombre retrocedió encogiéndose mientras la sombra de mi padre inundaba la entrada. Cerró su ojo bueno y empezó a gemir.

—Vete dentro, Helena —dijo mi padre—. Tu madre te necesita.

Cogí la taza vacía, me puse en pie de un salto y salí corriendo por delante de mi padre hasta la cabaña. Enjuagué la taza y la puse en nuestro fregadero seco, luego permanecí en la ventana de la cocina durante un largo rato, observando por los listones del cobertizo cómo mi padre le daba puñetazos y le pateaba mientras el hombre gritaba y chillaba. Me pregunté qué era lo que iba a contarme aquel hombre.

23

Siento punzadas de dolor en el hombro. No tengo ni idea de lo malherida que estoy. Es posible que la bala solo me rozara y que con un par de puntos me ponga bien. Pero es igual de posible que la herida sea mucho peor de lo que creo. Si la bala alcanza una arteria, me voy a desangrar. Si ha alcanzado uno de los nervios principales, podría perder el uso de mi brazo. Por ahora, todo lo que sé es que me duele. Mucho.

Si este fuera el típico disparo accidental, iría en la parte trasera de una ambulancia de camino al hospital mientras los médicos trabajan para estabilizarme, en lugar de estar sentada en el suelo contra un árbol. Las puertas se abrirían de par en par cuando llegáramos, los enfermeros se apresurarían y me meterían dentro a toda prisa. Los médicos me tratarían la herida, me darían algo para parar el dolor.

Pero este disparo no fue un accidente.

Después de que mi padre me disparara y me esposara, me arrastró por los hombros hasta un gran pino rojo, me enderezó y me apoyó contra él. Ni siquiera quiero tratar de describir lo que sentí.

Rambo no está. Creo que grité «¡A casa!» cuando mi padre

estaba remontando la colina para desarmarme, pero es difícil saber si, en realidad, grité la orden o solo la pensé. Esos primeros segundos después de que mi padre me disparara están borrosos en mi memoria.

Parpadeo. Intento que mis pensamientos se alejen del dolor. Trato de mantenerme centrada. Qué estúpida fui al pensar que mi padre se rendiría. Debería haberlo matado cuando tuve la oportunidad. La próxima vez lo haré.

Mi padre está sentado en el suelo con la espalda contra un tronco. Tiene mi Magnum en la mano. Mi cuchillo cuelga de mi cinturón, que está en su cintura. Mi móvil está muerto, por no hablar de la batería. Cuando mi padre encontró el iPhone que Stephen me regaló por nuestro último aniversario, lo tiró al aire y le disparó.

Mi padre está relajado, completamente tranquilo… ¿y por qué no debería estarlo? Tiene todas las ventajas, y yo no tengo ninguna.

—No quería hacerte daño —dice—. Me obligaste a ello.

Típico de un narcisista. Pase lo que pase, siempre es culpa de los demás.

—No deberías haberte ido —continúa cuando no contesto—. Lo arruinaste todo.

Querría precisar que yo no tenía la culpa por cómo se derrumbaron nuestras vidas. Si mi padre fuera capaz de razonar mínimamente, le diría que la vida que había imaginado fue siempre inalcanzable, que su ilusión de poder crear una vida en el pantano según sus deseos y preferencias terminó en el momento en que fui concebida. Yo era la grieta de su armadura, su talón de Aquiles. Mi padre me crio y me modeló como una versión de sí mismo, pero, al hacerlo, sembró las semillas de su propia muerte. Mi padre podía controlar a mi madre. Nunca podría controlarme a mí.

—Está muerta —digo—. Madre.

No sé por qué le digo esto. Ni siquiera puedo decir con certeza cómo murió mi madre. Lo único que sé es lo que leí en los periódicos: que murió inesperadamente en su casa. Parecía un lugar apropiado en el que fallecer. Cuando vivía en casa de mis abuelos, esas cuatro paredes rosas de su dormitorio, empapeladas con mariposas, arcoíris y unicornios, no hacían sino ahogarme. Siempre que el ruido y la agitación del mundo más allá del pantano eran demasiado para mí, tenía que salir fuera. Siempre que pudiera mirar hacia arriba y ver los árboles en movimiento, me sentía bien. Mi madre era lo contrario. Si echo la vista atrás, creo que la razón por la que ella pasaba tanto tiempo en su habitación después de dejar el pantano es porque era el último lugar en que se había sentido segura.

Mi padre resopla.

—Tu madre fue una decepción. A menudo deseaba haber cogido a la otra.

—¿«A la otra»? ¿La otra chica con la que estaba jugando ese día?

Me atormenta oírle hablar tan fríamente sobre el rapto de mi madre. Pienso en el día en que la secuestró, cómo picó ella con su historia sobre el perro, lo aterrorizada que debió de estar cuando se dio cuenta de que mi padre quería hacerle daño. Tuvo que haber habido un momento en que ella le estuviera ayudando a buscar su inexistente perro y se diera cuenta de que él no le estaba diciendo la verdad. «Debería irme a casa ahora», le habría dicho ella. Probablemente más de una vez. «Mis padres me estarán buscando». Tanteando la situación, como si le estuviera pidiendo permiso, porque en aquel entonces a las niñas pequeñas no se les enseñaba a ser asertivas como hoy en día. Tal vez mi padre le prometiera un helado si le ayudaba a buscar un poco más. Tal vez la tentara con un paseo en su canoa. Mi padre puede ser convincente cuando le interesa.

Lo que quiera que mi madre pensara o sintiese, en el momento en que subió a su canoa, ya no había vuelta atrás. Durante los primeros kilómetros al este de Newberry, el río Tahquamenon ataja entre árboles de madera noble y su curso es relativamente estrecho. Tal vez mi madre pensara en saltar por un lado y nadar hasta la orilla una vez que se dio cuenta de que estaba en peligro. Tal vez contuviese la respiración cada vez que llegaban a un recodo, pensando que pasarían junto a un pescador o una familia y que podría gritar pidiendo ayuda. Pero tan pronto como el río se abrió al pantano, tuvo que haber sabido que todo había terminado. Para mí el pantano es hermoso, pero, a mi madre, los interminables pastos ondulantes debieron de parecerle tan desamparados como la luna. ¿Se dio cuenta entonces de que no *había* perro? ¿Que mi padre la había engañado? ¿Que ya nunca volvería a ver a su amiga, su casa, su habitación, su ropa, sus juguetes, sus libros y películas, o a sus padres? ¿Lloró? ¿Gritó? ¿Luchó? ¿O pasó a ese estado de fuga que fue su refugio durante los siguientes catorce años? Mi madre nunca compartió conmigo los detalles de aquel día, así que solo puedo especular.

—Tú planificaste esto desde el principio —digo como por una iluminación—. Atacaste a los guardias en el tramo de la Seney porque sabías que yo iría a buscarte si escapabas cerca de mi hogar. Me has tomado como rehén porque quieres que te lleve a Canadá y te deje allí.

Por supuesto, está el asunto de los cuatro neumáticos desinflados de mi camioneta, pero estoy segura de que mi padre ha planeado alguna manera para solucionarlo.

Él sonríe. Es la misma sonrisa que solía tener cuando me enseñaba a rastrear. No cuando lo hacía bien. Cuando me había equivocado.

—Casi. No me vas a dejar en la frontera, *Bangii-Agawaate-yaa*. Tú vienes conmigo. Vamos a ser una familia. Tú. Yo. Tus niñas.

El tiempo avanza a paso de tortuga mientras todo esto toma forma. Mi padre tiene que saber que nunca iré por mis chicas por voluntad propia para huir con él, aunque fuera físicamente capaz de formar palabras y frases con las que decírselo. Antes me muero, y con mucho gusto. No puedo creerme que quisiera volver a verlo. Que alguna vez quisiese a este hombre. Un hombre que asesina con la facilidad con la que respira. Que piensa que porque quiere algo, debe tenerlo. Mi madre. Nuestra cabaña. *Mis niñas.*

—Sí, tus chicas —dice, como si pudiera ver directamente lo que pasa por mi cabeza—. Claro, ¿no te creerías que nos íbamos a marchar sin ellas?

¿«Nos»? Pero si no hay un nosotros. Esto únicamente tiene que ver con él. Siempre ha sido así. Pienso en cómo mi madre y yo hicimos todo de acuerdo a las preferencias de mi padre sin darnos cuenta de que eso era lo que estábamos haciendo: comiendo lo que él quería y cuando él quería, poniéndonos la ropa que nos decía, levantándonos y acostándonos a las horas que él ordenaba. Nunca someteré a Mari y a Iris a ese tipo de control. ¿Y qué pasa con Stephen? ¿Dónde piensa mi padre que encaja mi marido en todo esto? Stephen iría a los confines de la tierra para localizar a sus hijas. Cualquier padre normal lo haría. No hay manera alguna de que esto termine bien.

Luego está el hecho de que mi padre sabe que tengo dos hijas. Ha estado en la cárcel durante trece años, y no hemos tenido contacto durante ese tiempo. No soy una de esas madres que hacen crónicas de la vida de sus hijos en la red, e incluso si lo hiciera, los presos no pueden acceder a Internet. Soy bastante discreta, no hago nada que me pueda exponer a la luz pública por razones que ya serán obvias para cualquiera que conozca mi historia. Me gano la vida vendiendo mermelada y jalea casera, por el amor de Dios. Y, sin embargo, de alguna manera, mi padre sabe de mi familia.

¿Lo sabe?

—¿Qué te hace pensar que tengo hijas?

Mi padre alcanza la chaqueta del muerto y saca un ejemplar manoseado de la revista *Traverse*. Reconozco la portada. Se me hunde el corazón. Me lanza la revista a los pies. La revista cae abierta por la fotografía en la que aparecemos Stephen, las chicas y yo, de pie frente al viejo arce con esas marcas de rayos junto a nuestra entrada. El árbol es particular, especialmente si está junto a la entrada de la granja donde has crecido. El artículo no nombra a mis chicas, no tiene que hacerlo. La foto le ofreció a mi padre toda la información que necesitaba.

Stephen estaba tan orgulloso cuando salió el artículo. Preparó la entrevista hace un par de años, después de que la economía se fuera a pique, los precios del combustible subieran, cayera el turismo y las ventas de mermelada fueran lentas. Ver mi nombre y mi foto en una revista era casi lo último que yo quería, pero no se me ocurrió ninguna razón que darle a Stephen sin tener que contarle la verdad. Me dijo que la publicidad aumentaría mis ventas en la red y tenía razón al respecto… después de que se publicara el artículo, empecé a recibir pedidos de antiguos habitantes de Michigan que ahora vivían en lugares tan lejanos como Florida y California.

Sinceramente, pensé que había ocultado mi rastro lo suficientemente bien y que el artículo no sería un problema. Tal vez suene ingenuo, pero es más fácil reinventarse en la Península Superior de lo que cualquiera pueda imaginarse. Aunque las ciudades estén a solo cincuenta u ochenta kilómetros de distancia, cada una es como un mundo aparte. La gente es reservada, no solo porque quienes viven en la Península Superior son naturalmente independientes y autosuficientes, sino porque tienen que ser así. Cuando tienes que conducir ochenta kilómetros para ir a un Kmart o ver una película, aprendes a contentarte con lo que te rodea.

Todo el mundo lo sabía todo sobre el Rey del Pantano y su

hija. Pero cuando me mudé de Newberry a Grand Marais, ya no me parecía en nada a la niña salvaje de doce años que aparecía en las fotografías de los periódicos. Había crecido, me había cortado el cabello, me lo había teñido de rubio, me había cambiado el apellido. Incluso llevaba maquillaje en público para ocultar mis tatuajes. Por lo que sabía la gente, yo era la mujer que compró el viejo hogar de los Holbrook, y eso estaba bien para mí.

Si hubiera sabido que un día un ejemplar de la revista llegaría a la biblioteca de la prisión y a la celda de mi padre, nunca habría aceptado participar en el artículo. En la foto, las caras de mis chicas están manchadas. ¿Cuántas veces pasó mi padre los dedos sobre sus rostros mientras planificaba sus tramas y sus sueños? El pensamiento de que estuviera jugando a ser el abuelo de mis hijas… jugando con ellas, haciéndoles cosquillas, contándoles historias… Simplemente no puedo concebirlo.

—Dime, ¿te ayudan tus hijas a hacer jalea y mermelada? —Se me acerca inclinándose y presiona la Magnum contra mi pecho. En el aliento de mi padre puedo oler el tocino que el anciano se estaba preparando para el desayuno—. ¿Pensaste que podrías ocultármelo? ¿Cambiarte el apellido? ¿Negar que soy tu padre? Estás viviendo en mi *tierra*, Helena. ¿Realmente creías que no te encontraría?

—No les hagas daño. Haré lo que quieras, siempre y cuando no metas a mi familia.

—No estás en condiciones de exigir nada, Sombrita.

No hay calidez cuando dice mi nombre familiar, ni brillo en sus ojos. Tal vez el encanto que recuerdo de mis años de infancia se ha extinguido debido a sus años de prisión. Tal vez nunca lo tuvo. Los recuerdos pueden ser engañosos, especialmente los de la infancia. Iris contará una historia con absoluta convicción sobre algo que piensa que sucedió, aunque sé que no es cierto. Tal vez el hombre que recuerdo nunca existió. Tal vez las cosas que creo que sucedieron nunca pasaron.

—No te saldrás con la tuya —no puedo dejar de decir.

Él se ríe. No es un sonido agradable.

—Puedes salirte con la tuya en lo que quieras. Precisamente tú deberías saberlo.

Regreso a mis recuerdos del último día que pasé en el pantano. Me temo que es cierto.

Él agita la Magnum en dirección a mi casa y se levanta.

—Hora de irse.

Me pongo en pie empleando el árbol para lograr equilibrio. Empiezo a caminar. Padre e hija, juntos otra vez.

24

LA CABAÑA

Pero había un momento del día que ponía a Helga a prueba. Era el crepúsculo; cuando llegaba aquella hora, se quedaba callada y pensativa, y permitía que la aconsejaran y la guiaran; también entonces un sentimiento secreto parecía atraerla hacia su madre.

La mujer del vikingo la tomó en su regazo, y olvidó su forma fea mientras miraba sus lúgubres ojos.

—Podría desear que siempre fueras mi tonta niña rana, porque eres demasiado terrible cuando adquieres tu aspecto hermoso. Ni una sola vez han pronunciado mis labios una sola palabra a mi señor y marido sobre lo que tengo que sufrir por ti; mi corazón está lleno de dolor por ti.

Entonces aquella desdichada forma tembló; fue como si estas palabras hubieran tocado un vínculo invisible entre el cuerpo y el alma, porque tenía grandes lágrimas en los ojos.

Hans Christian Andersen
La hija del Rey del Pantano

Estuve pensando en el hombre que estaba en el cobertizo para la leña durante el resto de aquel día. Me preguntaba qué iba a decirme sobre mi padre y mi madre que yo no sabía. Debía de ser importante, porque mi padre le golpeó por casi decírmelo. Quise escabullirme al cobertizo muchas veces para preguntarle, pero mi padre se quedó cerca de la cabaña, transportando agua, cortando leña y afilando su motosierra, así que no pude.

Me pasé todo el día dentro. Fue, sin duda, el día más largo, tedioso, menos emocionante y más aburrido de mi vida. Peor que el día que mi padre me obligó a ayudar a mi madre a hacer jalea. No quería cuidar a mi madre, aunque me sentía mal por su brazo roto. Quería recorrer la hilera de trampas, revisar nuestros agujeros de pesca en el hielo, pegarme a mi padre como una lapa cuando fue a matar a nuestro ciervo de primavera, aunque estuviera enfadada por romperle el brazo a mi madre... todo menos quedarme dentro. Sentía que me estaban castigando, y yo no había hecho nada malo.

Aun así, hice todo lo que mi padre y mi madre me dijeron, y lo hice con alegría y sin quejarme, con la esperanza de que, con esto, todos fuéramos felices de nuevo y las cosas volvieran a la normalidad. Lavé los platos, barrí el suelo, troceé un pedazo de carne de venado congelado con el machete y lo puse en la cocina para que hirviese como mi madre me había explicado. Le llevé una taza de té de aquilea cada vez que me la pidió, y un tazón de sopa de conejo sobrante para el almuerzo. La ayudé a sentarse para beber y comer, y fui a buscarle una olla de la cocina para que hiciera pis y la vacié en el retrete cuando terminaba. Mi padre dijo que el té de aquilea la ayudaría a detener el sangrado, aunque no parecía que funcionase. El cabestrillo que le hizo para el brazo roto con uno de nuestros trapos de cocina estaba manchado y duro. También las sábanas. Las habría lavado si hubiera podido.

Sinceramente, no me di cuenta de cuánto trabajo hacía hasta que tuve que hacerlo todo yo misma. Estaba de pie sobre un taburete, inclinada sobre la cocina de leña tratando de decidir si el venado que estaba cocinando para la cena estaría listo para comer («hunde un tenedor en la carne e imagina que el tenedor es una extensión de tus dientes», me dijo mi madre cuando le pregunté cómo se suponía que debía saber cuándo estaba hecha la carne), cuando mi padre abrió la puerta trasera y asomó la cabeza.

—Ven —me dijo.

Trasladé la olla a la parte posterior de la cocina y me puse mi ropa de invierno muy contenta. Casi era de noche. El día había sido soleado y brillante, pero ahora llegaban nubes, la temperatura estaba bajando y el viento se estaba levantando como si fuera a nevar. Respiré profundamente el aire helado. Me sentí como un prisionero al que habían liberado de la cárcel, o un animal del zoológico al que habían soltado en la naturaleza después de una vida en cautiverio. Mientras seguía a mi padre al otro lado del patio, era lo único que podía hacer para evitar dar saltos.

Mi padre llevaba su cuchillo favorito en la mano, un KA-BAR de dieciocho centímetros con una hoja de acero al carbono y un mango envuelto en cuero, como los que utilizaron los marines estadounidenses durante la Segunda Guerra Mundial, aunque él consiguió el suyo cuando estaba en el Ejército. El KA-BAR es un excelente cuchillo de combate, útil para abrir latas, excavar trincheras y cortar madera, alambre o cable, así como para luchar mano a mano, aunque yo prefería mi Bowie.

Entonces vi que íbamos al cobertizo para la leña. Me hormiguearon las cicatrices del antebrazo. No sabía lo que mi padre planeaba hacerle a aquel hombre, pero podía imaginármelo.

Cuando entramos, el hombre se alejó todo lo que se lo permitían las esposas. Mi padre se puso en cuclillas frente a él y se pasó el cuchillo de mano a mano, dejando que el hombre pudiera verlo durante un tiempo considerable, como si supiera lo que iba a hacerle pero no pudiera decidirse por dónde empezar. Se quedó mirando fijamente la cara del hombre durante un largo rato, luego dejó que su mirada recorriera lentamente el pecho del hombre hasta sus ingles. Parecía que el hombre iba a vomitar. Incluso yo me sentí indispuesta.

De repente mi padre le agarró la camiseta e introdujo su cuchillo por la tela. Se la cortó desde el cuello hasta la cintura y luego tocó con la punta del cuchillo el pecho del hombre. El pobre gritó de miedo. Mi padre presionó más fuerte. El cuchillo perforó la piel. El hombre chilló. Cuando mi padre comenzó a trazarle letras en el pecho, el hombre gritó.

Mi padre trabajó en los tatuajes del hombre durante mucho tiempo. Así es cómo los llamó mi padre, aunque a mí las palabras que le rajó en el pecho no me parecían tatuajes.

Mi padre se detuvo cuando el hombre se desmayó. Se levantó, salió y se limpió las manos y el cuchillo en la nieve. Mientras volvíamos a la cabaña, sentí mareo y una sensación de debilidad en las rodillas.

Cuando le conté a mi madre lo de los tatuajes del hombre, ella se quitó la camisa y me enseñó las palabras que mi padre le había escrito a ella: *Zorra. Puta.* No sabía lo que significaban las palabras, pero ella me dijo que eran malas.

A la mañana siguiente mi padre se fue al pantano para matar a nuestro ciervo de primavera sin torturar primero al hombre que estaba en el cobertizo para la leña.

Dijo que necesitábamos carne más que nunca ahora que teníamos una boca más que alimentar. Pero mi padre no le estaba dando nada de comer. Además, teníamos suficientes verduras en el silo para que durasen hasta que los patos y los gansos regresaran, además de las latas y otros suministros de alimentos que teníamos en la despensa.

Pensé que mi padre solo estaba fingiendo que se iba a cazar, que realmente estaba escondido en algún lugar cercano para vigilarme y ver si hacía lo que me dijo que hiciera cuando él estaba ausente. Yo estaba a cargo del hombre mientras él estuviese fuera. Se suponía que debía darle una taza de achicoria caliente por la mañana y otra por la noche, y nada más. No veía cómo iba a sobrevivir bebiendo solo achicoria. Mi padre dijo que ese era el objetivo.

Mi padre llamó al hombre el Cazador, aunque yo sabía que se llamaba John. Mi madre me dijo que el apellido del Cazador se escribía como se pronunciaba, *Lauk-ka-nen*, con el mismo acento en todas las sílabas. Tuve que decirlo dos veces antes de que me saliera bien. Ella me dijo que los apellidos finlandeses podrían parecer difíciles de pronunciar por todas las consonantes y vocales dobles, pero en realidad no lo eran. A diferencia del inglés, en el que algunas letras son mudas, como la «b» en *dumb* o la «w» en *sword*, el finlandés se escribe casi exactamente como se pronuncia.

Mi madre dijo que el Cazador y ella crecieron en la misma ciudad, en un lugar llamado Newberry, y que ella fue al colegio con su hermano menor antes de que mi padre se la llevara al pantano. Dijo que estaba colada por el hermano más joven del Cazador, aunque ella nunca se lo dijo. Pensé en el chico de la revista *'Teen* con tres nombres, Neil Patrick Harris, al que mi madre también quería colar. Parecía algo raro que hacerle a una persona.

Mi madre me dijo que su apellido era Harju, que también era finlandés y que yo desconocía. Me dijo que sus abuelos se mudaron de Finlandia a Michigan poco después de casarse para trabajar en las minas de cobre. Sabía por los mapas del *Geographic* que Finlandia se incluía a veces como parte de Escandinavia junto con Dinamarca, Suecia y Noruega, y que los escandinavos descendían de los vikingos. Eso significaba que mi madre era vikinga, y que yo también, lo que me hizo muy feliz.

No podía recordar la última vez que mi madre había hablado tanto. Ahora sabía su apellido, aunque de repente me di cuenta de que no sabía el mío. Tal vez yo no tuviera uno, en cuyo caso decidí que me gustaría que me llamaran «Helena la Valiente». Sabía el nombre de la ciudad donde creció mi madre; sabía que mi madre era vikinga, y que yo también lo era. Me habría gustado saber más, pero mi madre dijo que estaba cansada de hablar y cerró los ojos.

Me puse la chaqueta y salí al cobertizo para la leña. Esperaba que el Cazador me contara más sobre la ciudad donde él y mi madre crecieron. Me preguntaba si otros vikingos vivían allí. También me preguntaba qué era lo que yo no sabía sobre mi madre y mi padre.

El cobertizo para la leña olía muy mal. Los cortes en el pecho del Cazador estaban inflamados y rojos. Su pecho estaba manchado de marrón, como si mi padre le hubiera rellenado los tatuajes con excremento en lugar de hollín.

—Ayúdame —susurró el Cazador.

Al principio pensé que estaba susurrando porque temía que mi padre lo oyera. Entonces vi el cardenal oscuro que tenía en la garganta. Comprendí ahora por qué anoche el Cazador había dejado de gritar repentinamente.

—Por favor. Tengo que salir de aquí. Consigue la llave de las esposas. Ayúdame.

Sacudí la cabeza. No me gustaba lo que mi padre le estaba haciendo al Cazador, pero también sabía lo que él me haría a mí si ayudaba al Cazador a escapar.

—No puedo. Mi padre tiene la llave. La lleva todo el tiempo en el llavero.

—Entonces corta la anilla de la viga. Corta la viga con la

motosierra de tu padre. Tiene que haber algo que puedas hacer. *Por favor*. Tienes que ayudarme. Tengo una familia.

Volví a sacudir la cabeza. El Cazador no tenía ni idea de lo que estaba pidiéndome. No podía cortar la anilla aunque quisiera. La anilla de hierro y el poste al que estaba sujeta eran muy fuertes. Mi padre dijo que las personas que construyeron la cabaña pusieron la anilla y el poste de esta manera para poder encadenar a los toros dentro del cobertizo para la leña y que, por entonces, el cobertizo para la leña estaba lleno de paja en lugar de madera. Cuando le pregunté si eso significaba que nuestro cobertizo estaba destinado a los toros y no a un pajar, él rio. Y aunque había visto a mi padre usar la motosierra muchas veces, yo nunca la había usado.

—Helena, tu padre es un hombre malo. Debería estar en la cárcel por lo que hizo.

—¿Qué hizo?

El Cazador miró hacia la puerta y tembló, pues temía que mi padre lo oyera, lo cual era ridículo porque había grandes grietas entre los listones, y si mi padre estuviera fuera escondido y escuchando, lo habríamos visto. Me miró durante un largo rato.

—Cuando tu madre era niña —comenzó por fin—, más o menos de tu misma edad, tu padre la raptó. Se la quitó a su familia y la trajo aquí, aunque ella no quería venir. La secuestró. ¿Entiendes lo que significa secuestro?

Asentí. Los yanomami a menudo secuestraban a mujeres y niñas de otras tribus para que fueran sus esposas.

—La gente la buscó por todas partes. Todavía la están buscando. Tu madre quiere volver con su familia. Y tu padre debería estar en la cárcel por lo que hizo. Por favor. Tienes que ayudarme a escapar. Si lo haces, te prometo que te llevaré a ti y a tu madre en la motonieve cuando me vaya.

No sabía qué decir. No me gustó que el Cazador dijera que mi padre debía estar en la cárcel, como Alcatraz, la Bastilla, la

Isla del Diablo o la Torre de Londres. Tampoco entendía por qué parecía pensar que el secuestro estaba mal. ¿De qué otra manera se suponía que un hombre podría conseguir esposa?

—Pregúntale a tu madre si no me crees —me dijo cuando me levanté y volví a la cabaña—. Ella te dirá que te estoy diciendo la verdad.

Le preparé a mi madre una taza de té de aquilea y se la llevé a su habitación. Mientras se la bebía, le conté todo lo que el Cazador había dicho. Cuando terminé, estuvo callada durante tanto tiempo que pensé que se había quedado dormida. Por fin asintió.

—Es verdad. Tu padre me secuestró cuando yo era joven. Estaba jugando con mi amiga en la casa vacía junto a las vías del tren del jefe de estación cuando tu padre nos encontró. Dijo que había perdido a su perro y nos preguntó si habíamos visto a un pequeño cockapoo marrón correteando por allí. Cuando le dijimos que no, nos preguntó si lo ayudaríamos a buscarlo. Solo que era un truco. Tu padre me llevó al río. Me metió en su canoa, me llevó a la cabaña y me encadenó en el cobertizo para la leña. Cuando lloraba, me golpeaba. Cuando le supliqué que me dejara irme, dejó de darme de comer. Cuanto más luchaba, peor era, así que, al cabo de un tiempo, hice lo que me dijo. No sabía qué más hacer.

Cogió una esquina de la manta y se enjugó los ojos.

—Tu padre es un hombre malo, Helena. Trató de ahogarme. Te metió en el pozo. Nos rompió el brazo a John y a mí. Me *secuestró*.

—Pero los yanomami toman a mujeres de otras tribus como esposas. No entiendo por qué está mal el secuestro.

—¿Te gustaría que alguien viniera a nuestra cabaña y te llevara sin preguntar si quieres ir con ellos? ¿Y si eso significara que ya nunca podrías volver a cazar, a pescar o a vagar por el pantano? Si alguien te hiciera eso, ¿qué harías?

—Los mataría —dije sin vacilar. Y lo entendí.

Cuando mi padre volvió del pantano aquella tarde, me aseguré de estar ocupada en la cocina para no tener que verlo golpear y torturar al Cazador. Pero aún podía oírlo gritar y chillar.

—Me va a matar —dijo el Cazador mucho más tarde, cuando le llevé su achicoria por la noche. Tenía la cara tan magullada e hinchada que apenas podía hablar—. Coge la motonieve. Mañana, en cuanto tu padre se vaya. Llévate a tu madre. Envía a alguien por mí.

—No puedo. Mi padre tiene la llave de la motonieve.

—Hay una llave extra en un compartimento en la parte trasera. En una caja de metal, pegada a la parte superior. La motonieve no es difícil de conducir. Te enseñaré. Por favor. Consigue ayuda. Antes de que sea demasiado tarde.

—De acuerdo —le dije, no porque el Cazador quisiera que lo hiciese, o porque yo creyese que mi padre era un hombre malo que debía estar en la cárcel como decían mi madre y el Cazador, sino porque el Cazador iba a morir si yo no lo hacía.

Me senté con las piernas cruzadas en el serrín y escuché con atención mientras me contaba todo lo que necesitaba saber. Tardamos mucho tiempo. El Cazador sufría muchos dolores. Creo que mi padre le rompió la mandíbula.

Durante los dos días siguientes se repitió un patrón. Preparé el desayuno para mí y para mi padre. Pasé el resto del día llevando agua y manteniendo el fuego encendido y cocinando y limpiando mientras mi padre salía al pantano. Fingía que todo era como debía ser. Que mi madre y el Cazador no se estaban muriendo, que mi padre no era un hombre malo. Traté de concentrarme en las cosas buenas que recordaba de mi infancia, como cuando mi padre me daba los tablones y los clavos que necesitaba para construir mi gallinero para patos, a pesar de que él debía de saber que los patos silvestres no se pueden mantener en cautiverio como los pollos; cuando me llamaba Helga la Intrépida como le pedí después de haber leído el artículo sobre los vikingos; cuando me llevaba a hombros de pequeña mientras recorríamos el pantano.

A la tercera mañana, Cousteau y Calypso convocaron un *powwow*. Mi madre estaba en su habitación. El Cazador estaba en el cobertizo. Rambo estaba en la caseta. Mi padre estaba en el pantano. Los tres estábamos sentados al estilo indio en la sala de estar, en mi alfombra de piel de oso.

—Tienes que irte —dijo Cousteau.

—Ahora —añadió Calypso—. Antes de que tu padre vuelva.

No estaba tan segura. Si me iba sin el permiso de mi padre, nunca podría volver.

—¿Y qué pasa con mi madre? —Pensé en su brazo roto y en cómo tenía que ayudarla a sentarse para comer y beber—. Ella no puede montarse en la motonieve. No podrá aguantar.

—Tu madre puede sentarse delante de ti —dijo Calypso—. Puedes rodearla y sostenerla mientras conduces.

—¿Y el Cazador?

Cousteau y Calypso sacudieron la cabeza.

—Está demasiado débil para sentarse detrás de ti —dijo Cousteau.

—Tiene el brazo roto —agregó Calypso.

—No quiero dejarlo aquí. Sabéis lo que le hará mi padre si vuelve y el Cazador está aquí cuando mi madre y yo nos hayamos ido.

—El Cazador quiere que te vayas —dijo Calypso—. Él mismo te lo dijo. Si no quisiera que te fueras, no te habría dicho cómo conducir la motonieve.

—¿Y Rambo?

—Rambo puede ir corriendo detrás. Pero tienes que irte. Ahora. Hoy. Antes de que vuelva tu padre.

Me mordí el labio. No entendía por qué era tan difícil tomar una decisión. Sabía que mi madre y el Cazador no podían vivir mucho más tiempo. Había visto morir a suficientes animales para conocer las señales. Si mi madre y yo no salíamos del pantano ese día, lo más probable es que ella ya nunca pudiera.

Cousteau y Calypso dijeron que conocían una historia que me ayudaría a decidir. Me dijeron que, cuando yo era muy pequeña, mi madre me contó esta historia. La historia se llamaba «cuento de hadas». Significaba que, aunque la historia no fuera real, contenía una lección, como las leyendas indias de mi padre. Dijeron que a mi madre le encantaban los cuentos de hadas cuando era niña. Tenía un libro de cuentos escrito por un hombre llamado Hans Christian Andersen y otro de dos hombres que se llamaban a sí mismos los hermanos Grimm. Me dijeron que mi madre me contó estos cuentos de hadas cuando yo era un bebé. Su favorito se llamaba *La hija del Rey del Pantano* porque le recordaba a sí misma.

La historia trataba de una hermosa princesa egipcia y un terrible ogro llamado el Rey del Pantano, y de su hija, que se llamaba Helga, y que era yo. Cuando Helga era bebé, una cigüeña la encontró durmiendo en un cojín de lirios y se la llevó lejos, al castillo del vikingo, porque la esposa del vikingo no tenía hijos y siempre había deseado un bebé. La mujer del vikingo adoraba a la pequeña Helga aunque, durante el día, era una niña salvaje y difícil. Helga adoraba a su padre adoptivo y amaba la vida vikinga. Podía disparar flechas y montar a caballo y era tan hábil con su cuchillo como cualquier hombre.

—Como yo.

—Como tú.

Durante el día, Helga era hermosa como su madre, pero tenía una naturaleza perversa y salvaje como su verdadero padre. Pero, por la noche, era dulce y agradable como su madre, aunque su cuerpo adoptaba la forma de una horrible rana.

—No creo que las ranas sean horribles —dije.

—Eso no es lo importante —dijo Cousteau—. Solo escucha.

Me contaron cómo la hija del Rey del Pantano luchaba contra su doble naturaleza; cómo a veces quería hacer lo correcto, y otras veces no.

—¿Pero cómo sabe ella cuál es su verdadera naturaleza? —pregunté—. ¿Cómo sabe si tiene un corazón bueno o malo?

—Su corazón es bueno —dijo Calypso con convicción—. Lo demuestra cuando rescata al sacerdote que capturó su padre.

—¿Cómo lo hace?

—Solo escucha. —Calypso cerró los ojos.

Eso significaba que iba a contar una larga historia. Mi padre hacía lo mismo. Decía que cerrar los ojos le ayudaba a recordar las palabras porque entonces podía ver la historia en su mente.

—Un día el vikingo llegó a casa después de un largo viaje con un prisionero, un sacerdote cristiano —comenzó Calypso—. Metió al sacerdote en la mazmorra para ofrecerlo como sacrificio a los dioses vikingos al día siguiente en el bosque. Esa noche, la rana arrugada se sentó sola en una esquina. Un profundo silencio reinaba a su alrededor. Por momentos se oía un suspiro medio ahogado desde su alma más íntima: el alma de Helga. Parecía que estaba sufriendo, como si estuviera surgiendo una nueva vida en su corazón.

»Dio un paso adelante y escuchó, luego dio otro paso adelante y agarró con sus torpes manos la pesada barra que descansaba sobre la puerta. Suavemente, y con mucho trabajo, quitó el cerrojo de hierro de la puerta cerrada del sótano y se coló para ver al prisionero. Estaba durmiendo. Lo tocó con su mano fría y húmeda, y, al despertar y ver la horrible forma, se estremeció como si estuviera en presencia de una aparición perversa. Ella sacó su cuchillo, cortó los lazos que le confinaban pies y manos, y le hizo señas para que la siguiera.

La historia me sonaba familiar. Me dijeron que yo conocía esta historia. De ser así, la había olvidado.

—¿De verdad no te acuerdas? —preguntó Calypso.

Sacudí la cabeza. No entendía por qué ellos se acordaban de la historia de mi madre y yo no.

—La rana arrugada lo condujo hasta los establos por una larga galería que ocultaban unas cortinas colgantes y luego señaló a un caballo. Él se montó, y ella saltó también delante de él, sosteniendo firmemente al animal por la crin. Salieron cabalgando del bosque espeso, cruzaron el brezal y volvieron a entrar en un bosque donde no había senderos. El prisionero se olvidó de su espantosa forma, a sabiendas de que la misericordia de Dios operaba entre los espíritus de la oscuridad. Rezó y entonó canciones sagradas, que la hicieron temblar. Ella se levantó y quiso detenerse y saltar del caballo, pero el sacerdote cristiano la envolvió entre sus brazos con todas sus fuerzas y luego cantó una canción piadosa, como si esto pudiera rebajar el malvado encantamiento que había transformado la apariencia de ella en la de una rana.

Calypso tenía razón. Yo *había* oído esta historia antes. Recuerdos que no sabía que albergaba se arremolinaron como las ondas de las charcas en los bordes de mi conciencia y adquirieron nitidez. Mi madre cantándome cuando yo era bebé, susurrándome, acunándome en sus brazos. Besándome. Abrazándome. Contándome historias.

—Déjame que te cuente la siguiente parte —dijo Cousteau—. La siguiente parte es mi favorita.

Calypso asintió.

Me gustaba que Cousteau y Calypso nunca estuvieran en desacuerdo.

—El caballo galopó más salvajemente que antes —comenzó Cousteau, agitando los brazos con gran entusiasmo para indicar cómo había corrido el caballo. Sus ojos resplandecían y danzaban.

Cousteau tenía los ojos marrones como los míos, aunque su cabello era amarillo como el de mi madre, mientras que el cabello de Calypso era castaño y tenía los ojos azules.

—El cielo se tiñó de rojo, el primer rayo de sol atravesó las nubes y a la clara luz del sol la rana se transformó. Era Helga de nuevo, joven y bella, pero con un malvado espíritu demoníaco. El sacerdote sostenía ahora entre sus brazos a una bella joven, y se horrorizó ante esta visión.

»Detuvo el caballo y saltó de la grupa. Se imaginó que había una nueva forma de brujería en marcha. Pero Helga también saltó del caballo y se quedó de pie en el suelo. Las cortas prendas de la niña solo le alcanzaban a las rodillas. Se sacó un afilado cuchillo del cinturón y corrió como un rayo junto al asombrado sacerdote.

»"¡Déjame que me acerque hasta ti!", gritó ella. "Déjame acercarme, para introducir este cuchillo en tu cuerpo. Eres pálido como la ceniza, esclavo imberbe".

»Ella intentó reducirlo. Lucharon el uno contra el otro en intensos combates, pero era como si al cristiano se le hubiera otorgado un poder invisible en la lucha.

»La abrazó con firmeza, y fue como si el anciano roble bajo el que estaban lo ayudara, porque las raíces que estaban sueltas en el suelo se enredaron en los pies de la doncella y los sujetaron con firmeza. Entonces, él le habló con dulces palabras de los actos de amor que había llevado a cabo durante la noche, cuando ella se había acercado a él en forma de fea rana para aflojar sus ataduras y llevarlo a la vida y la luz; y él le dijo que ella estaba atada a unos grilletes más férreos que los suyos, y que también ella podría recuperar la vida y la luz por los medios de él. Ella bajó los brazos y lo observó con sus pálidas mejillas y miradas de asombro.

Yo también estaba sorprendida. Esta historia no se parecía en nada a las que mi padre contaba.

—Helga y el sacerdote salieron del espeso bosque, cruzaron el brezal y volvieron a entrar en un bosque sin senderos —continuó Cousteau—. Allí, cuando caía la noche, se encontraron con unos ladrones.

»"¿Dónde has robado a esta hermosa doncella?", exclamaron los ladrones, cogiendo al caballo por las bridas y arrastrando a los dos jinetes por la espalda. El sacerdote no tenía nada con lo que defenderse salvo el cuchillo que le había quitado a Helga, y con este golpeó a derecha e izquierda. Uno de los ladrones levantó su hacha contra él, pero el joven sacerdote saltó a un lado y evitó el golpe, que cayó con gran fuerza sobre el cuello del caballo, de modo que la sangre empezó a brotar y el animal se hundió en el suelo. Entonces Helga pareció despertar repentinamente de su largo y profundo ensimismamiento; se arrojó apresuradamente sobre el animal moribundo. El sacerdote se puso delante de ella para defenderla y darle protección, pero uno de los ladrones hizo girar su hacha de hierro contra la cabeza del cristiano con tanta fuerza que la hizo pedazos. La sangre y los sesos se esparcieron por el lugar y él cayó muerto en el suelo. Entonces los ladrones se apoderaron de la bella Helga, agarrando sus blancos brazos y su delgada cintura, pero en ese momento el sol se puso, y al desaparecer su último rayo, ella adquirió la forma de una rana. Una boca blanca verdosa se extendió en mitad de su cara; sus brazos se volvieron delgados y viscosos mientras que unas anchas manos, con los dedos palmeados, se desplegaron como abanicos. Los ladrones, aterrorizados, dejaron que se fuese, y ella se quedó entre ellos, como un horrible monstruo.

—Las ranas no son… —Calypso le puso un dedo en sus labios.

—La luna llena ya estaba en el cielo —continuó Cousteau— y brillaba en todo su radiante esplendor sobre la tierra, cuando en el matorral, en forma de rana, apareció la pobre Helga. Se quedó inmóvil ante el cadáver del sacerdote cristiano y el cuerpo muerto del caballo. Los miró con ojos que parecían sollozar, y de la cabeza de la rana afloró un sonido como si croara, como cuando un niño rompe a llorar.

—Así que, ya ves, su naturaleza malvada es fuerte —dijo Calypso—, pero su buena naturaleza es más fuerte. Esto es lo que te enseña la historia. ¿Dejarás que gane tu buena naturaleza? ¿Llevarás a tu madre?

Asentí. Tenía las piernas rígidas de estar sentada. Nos levantamos, nos estiramos y nos fuimos a la cocina a recoger el abrigo de mi madre del gancho junto a la puerta, junto con sus botas, sombrero y mitones.

—¿Nos vamos? —preguntó mi madre mientras poníamos su ropa de invierno en su cama.

—Sí —le dije.

Calypso puso su brazo detrás de los hombros de mi madre y la ayudó a incorporarse. Cousteau movió sus piernas a un lado de la cama. Me arrodillé en el suelo y le puse las botas, luego le metí el brazo bueno por la manga del abrigo y se lo cerré por encima del cabestrillo.

—¿Puedes ponerte de pie?

—Voy a intentarlo. —Apoyó la mano derecha sobre la cama y empujó. No sucedió nada. Pasé su brazo por mi cuello, le puse mi otro brazo alrededor de su cintura y la enderecé. Ella se tambaleó, pero se quedó de pie.

—Tenemos que darnos prisa —dije.

Mi padre no estaría de vuelta durante varias horas si no mataba a un ciervo hoy. Pero regresaría mucho antes si lo hacía.

Ayudé a mi madre a llegar a la cocina. Estaba tan débil que no sabía cómo íbamos a llevarla en la motonieve, aunque no se lo dije.

—Lo siento, Helena —dijo entre jadeos. Tenía el rostro blanco—. Tengo que sentarme. Solo un minuto.

Quería decirle que podía descansar cuando se subiera a la motonieve, que mi padre podría estar de camino a casa incluso ahora, que cada minuto que nos demorásemos podría marcar la diferencia, pero no quería asustarla. Saqué una silla.

—Quédate aquí. Vuelvo enseguida.

Como si fuera a ir a cualquier parte sin nosotros.

Cousteau, Calypso y yo estábamos en el porche y miramos hacia el patio. No había rastro de mi padre.

—¿Lo entiendes? —preguntó Cousteau mientras bajábamos los escalones del porche y cruzábamos el patio en dirección al cobertizo—. ¿Sabes lo que tienes que hacer? El sacerdote se sacrificó para que Helga pudiera salvarse.

—Tienes que salvarte a ti y a tu madre —dijo Calypso—. Eso es lo que el Cazador te diría si pudiera.

Nos detuvimos en la puerta. El cobertizo para la leña olía tan mal como el aliento de un *wendigo*. A orina y heces; a muerte y decadencia. El brazo roto del Cazador estaba hinchado y negro. Su camiseta estaba rasgada y su pecho estaba tan cubierto de sangre y pus que ya no podía leer las palabras que mi padre había escrito. La cabeza le colgaba a un lado. Tenía los ojos cerrados y su respiración era superficial y cansada.

Entré. Quería agradecerle al Cazador lo que había hecho por mi madre y por mí. Por traernos la motonieve para poder salir del pantano; por darme la oportunidad de devolver a mi madre a sus padres; por decirme la verdad sobre mi madre y mi padre.

Dije su nombre. No el nombre que mi padre le había dado, sino su verdadero nombre.

Él no respondió.

Miré hacia la puerta. Cousteau y Calypso asintieron. Calypso estaba llorando.

Volví a pensar en todas las cosas que mi padre le haría al Cazador cuando regresara y descubriese que mi madre y yo nos habíamos ido. Saqué mi cuchillo de su funda.

Recordé echarme a un lado.

25

La lluvia ha parado. Estoy tratando de averiguar si le puedo sacar partido a este hecho. Me doy cuenta de que suena desesperado. Es porque lo estoy. Mi padre ha matado a cuatro hombres en veinticuatro horas. A menos que se me ocurra una manera de detenerlo, mi marido va a ser el quinto.

Estamos a menos de un kilómetro y medio de mi casa. Justo enfrente está la charca de los castores. Más allá, el humedal, el prado con los pastos que bordean nuestra propiedad y la valla metálica que rodea nuestro patio trasero, que se suponía que mantenía a mi familia segura y a los depredadores alejados.

Yo voy a la cabeza. Mi padre me conduce apuntándome con mi Magnum por la espalda. Lleva las armas que les quitó a los guardias de prisión muertos metidas en la cintura de los vaqueros. Camino todo lo despacio que puedo. Pero no lo suficientemente lento. He repasado mis opciones una docena de veces, y no me ha llevado demasiado tiempo, porque no hay muchas posibilidades. No puedo usar una dirección incorrecta y conducir a mi padre lejos de mi casa, porque mi padre sabe exactamente dónde ir. No puedo dominarle y quitarle una de las tres armas, porque estoy esposada y tengo un tiro en el hombro.

Solo hay una opción que podría funcionar. El sendero de los ciervos que estamos siguiendo abraza el borde de un profundo acantilado. Al fondo está el arroyo que drena la charca de los castores.

En cuanto lleguemos a un lugar que esté relativamente despejado de árboles, me voy a tirar. Tiene que ser un lugar con una pendiente escarpada por la que me precipite todo el camino, de modo que cuando mi padre me vea tirada e inmóvil al fondo del arroyo, concluya que estoy demasiado herida para subir o muerta, y se vaya sin mí.

Lanzarse de cabeza a un acantilado y rodar por una colina con un hombro herido va a doler. Mucho. Pero si voy a engañar a mi padre, la caída tiene que parecer real. Algo grande y dramático. Algo que implique un auténtico riesgo. Algo que realmente podría matarme. Mi padre nunca sospechará que hay truco porque no puede imaginarse que alguien esté dispuesto a sacrificarse por su familia.

El plan de que mi padre continúe hacia mi casa mientras me hago la muerta al fondo de un acantilado podría sonar contradictorio, pero es la única manera que se me ocurre para separarme de él.

El sendero de los ciervos que estamos siguiendo recorre el camino largo que rodea el humedal que hay detrás de mi casa. En cuanto pierda de vista a mi padre, cruzaré el arroyo y subiré la ladera en el lado opuesto, atajaré por el humedal que hay bajo la charca de los castores, daré un rodeo hasta el camino para adelantar a mi padre, urdiré mi emboscada y haré lo que tengo que hacer. No quiero hacerle daño a mi padre, pero él se lo ha buscado. Cambió las reglas de nuestro juego cuando me disparó. Ahora ya no hay reglas.

Si mi padre no sigue hasta mi casa y, en su lugar, decide seguirme por el acantilado con la intención de sacarme del río, arrastrarme hasta la colina y obligarme a seguir adelante como prisionera, estaré preparada. Le rodearé el cuello con los brazos y le ahogaré con las esposas; lo lanzaré al arroyo conmigo y me ahogaré con él si esa es la única manera de detenerlo.

Pero mi apuesta es que no llegará a eso. Sé cómo piensa mi padre. Su narcisismo funcionará a mi favor ahora. Un narcisista puede alterar su plan para permitir ciertos cambios en determinadas circunstancias, pero no puede cambiar su desenlace. Mi padre quiere quedarse con mis chicas mucho más de lo que me quiere a mí. Al dejar el pantano, elegí a mi madre por encima de él. Al elegirla, le decepcioné. Secuestrar a mis hijas le da otra oportunidad. Puede moldear, modelar y coaccionarlas con versiones nuevas y mejoradas de la hija que lo traicionó. Lo que significa que mi padre irá tras mis chicas conmigo o sin mí.

Eso espero.

Tropiezo una vez para preparar el escenario. Caigo de rodillas y extiendo mis brazos, a pesar de que llevo esposas, como si me diera cuenta de que me he equivocado, porque eso es lo que haría una persona que no piensa con claridad. El dolor que me arrasa el hombro cuando golpeo el suelo con mis manos me hace jadear. Grito, me hago una pelota, me quedo quieta. Podría haberlo contenido si hubiera tenido que hacerlo: mi padre me entrenó bien para soportar el dolor, pero quiero que piense que he llegado a mi límite y que estoy lista para rendirme.

Me patea en las costillas y me tira de espaldas.

—Levántate.

No me muevo.

—Levántate.

Me agarra por las esposas y tira de mí para ponerme en pie. Grito de nuevo. Esta vez el grito es real. Recuerdo todos sus actos de crueldad en el pasado: cuando me destrozó el pulgar para enseñarme a tener más cuidado, cuando torturó al Cazador sin más razón que el hecho de poder hacerlo, cuando me esposó en el cobertizo siendo niña porque se cansó de que lo siguiera o le hiciese preguntas. De ninguna manera dejaré que este hombre se acerque a mi marido o a mis hijas.

—Ahora camina.

Camino, explorando el sendero que tengo delante para encontrar el mejor lugar en que llevar a cabo mi plan. Cada árbol y cada roca evocan un recuerdo. El lugar pantanoso donde Iris recogió un ramo de flores primaveral de trillium y anémonas. El lugar donde Mari le dio la vuelta a una piedra y encontró una salamandra de vientre rojo. El afloramiento rocoso donde Stephen y yo compartimos una botella de vino en nuestro primer aniversario y vimos la puesta de sol sobre la charca de los castores.

Tropiezo con la raíz de un árbol. Dos veces es suficiente para establecer un patrón. Si lo hago una vez más, mi padre sospechará.

Delante, un claro entre los árboles parece prometedor. La pendiente es más escarpada de lo que me gustaría, treinta metros de profundidad y cerca de sesenta grados de inclinación, pero está cubierta de helechos y no de pino de Virginia. Dudo que pueda encontrar algo mejor.

Me tropiezo con algo inexistente, luego trastabillo hacia el borde como si estuviera intentando evitar caerme y me arrojo. De cabeza, porque ¿qué persona en su sano juicio haría tal cosa?

Mi hombro herido golpea el suelo. Me muerdo el labio. Mantengo los brazos y las piernas sueltos mientras desciendo más y más abajo.

Se tarda más de lo que esperaba en llegar al fondo. Por fin me estrello en un grupo de ramas que la corriente ha unido, con la cara a centímetros del agua, y me quedo quieta. Intento no pensar en lo mucho que me duele mientras escucho los sonidos de mi padre. Me recuerdo a mí misma que estoy haciendo esto por mi familia.

Todo permanece en silencio. Cuando mis adentros me dicen

que he esperado el tiempo suficiente, levanto la cabeza lo bastante para explorar la cima del acantilado.

Mi plan ha funcionado. Mi padre se ha ido.

Me siento. El dolor que me arrasa el hombro me hace jadear. Me dejo caer, cierro los ojos, intento respirar, vuelvo a sentarme con mayor lentitud. Me bajo la cremallera de la chaqueta y la deslizo de mi hombro herido. La buena noticia es que parece que la bala de mi padre solo me rozó la piel. La mala noticia es que he perdido *mucha* sangre.

—¿Estás bien?

Calypso está sentada a la orilla del arroyo junto a su hermano. Tienen exactamente el mismo aspecto que recordaba. Cousteau aún lleva su gorra roja. Los ojos de Calypso son tan azules como un día de verano. Llevan botas y monos de trabajo y camisas de franela porque, ahora que me doy cuenta, en el momento en que los creé ese era el único tipo de ropa que conocía. Recuerdo cómo solía inventarme historias sobre nuestras aventuras.

Cousteau se levanta y me extiende la mano.

—Venga. Tienes que darte prisa. Tu padre se va.

—Puedes hacerlo —dice Calypso—. Te ayudaremos.

Me impulso sobre mis pies y evalúo mi entorno. El arroyo no es ancho, no tiene más de seis metros, pero a juzgar por el ángulo de las laderas a cada lado, el centro es profundo, posiblemente me sobrepase la cabeza. Si no llevara esposas, podría recorrerlo a nado fácilmente, pero tal como estoy, ni siquiera puedo sacar los brazos para mantener el equilibrio. «Helena se ahoga porque no puede nadar con las esposas puestas» no es una historia que me gustaría contar.

—Por aquí.

Cousteau me conduce arroyo abajo hasta un cedro caído que atraviesa el arroyo. Es una buena idea. Me meto en el agua por el lado a contracorriente del árbol, agarrándome al tronco para evitar que el agua me barra. Las ramas rotas y las hojas caídas cubren el fondo. Las ramas son resbaladizas. Me tomo mi tiempo; coloco los pies con cuidado. Como me apoyo contra el tronco, se desplaza por mi peso. Intento no pensar en lo que sucedería si se soltara.

Un fogonazo de la memoria: mi padre y yo íbamos en su canoa. Yo era muy pequeña, tendría quizá dos o tres años. Cuando llegamos a un recodo del río, me incliné a un lado para alcanzar una hoja o una rama o lo que fuera que me había llamado la atención y salí disparada. Abrí la boca para gritar y solo conseguí que me entrara agua. Recuerdo mirar hacia arriba, ver la luz del sol refractada en el agua sobre mi cabeza. Instintivamente, di patadas, manteniendo la boca cerrada, aunque en ningún momento sentí como si mis pulmones fueran a explotar.

Entonces mi padre me agarró por la chaqueta. Me levantó y me metió en la canoa, luego remó rápidamente hacia un banco de arena. Varó la canoa, saltó, arrastró la canoa hacia la orilla, luego me desnudó, se quitó la camisa y me frotó todo el cuerpo para calentarme. Cuando mis dientes dejaron de castañetear, escurrió el agua que había en mi ropa, la puso en la arena, me sostuvo en su regazo y me contó historias hasta que se me secó la ropa.

Esta vez, estoy sola.

Sigo adelante, un paso tras otro con sumo cuidado, hasta que finalmente consigo llegar al otro lado. Cuando subo a la orilla del arroyo y miro hacia arriba, la pendiente que se cierne sobre mi cabeza parece tan desalentadora como el Everest. Comienzo a escalar, avanzando de lado por piedra caliza suelta, enganchando las esposas sobre cualquier tocón o rama cuando necesito descansar, sobreponiéndome al agotamiento y al dolor, forzando a que mi cuerpo funcione independientemente de mi cerebro, buscando ese estado de trance que utilizan los corredores de larga distancia para seguir adelante mucho después de que sus cuerpos les griten para que se detengan.

Mientras tanto, Cousteau y Calypso avanzan correteando como monos.

—Puedes hacerlo. —Me animan cada vez que pienso que no puedo.

Por fin llego a la cima. Subo una pierna y me revuelco sobre la espalda, jadeando. Recupero el aliento y me levanto. Miro a mi alrededor esperando que Cousteau y Calypso me feliciten por mi hercúleo esfuerzo, pero estoy sola.

26

LA CABAÑA

Helga se arrodilló junto al cadáver del sacerdote cristiano y el cuerpo del caballo muerto. Pensó en la mujer del vikingo en el páramo salvaje, en los dulces ojos de su madre adoptiva y en las lágrimas que había derramado sobre la pobre niña rana.

Miró a las fulgurantes estrellas, y pensó en el resplandor que emitía la frente del muerto, mientras huía con él por el bosque y el páramo.

Se dice que las gotas de lluvia pueden agujerear la piedra más dura, y las olas del mar pueden suavizar y redondear los bordes ásperos de las rocas; y así cayó también el rocío de misericordia sobre Helga, suavizando lo que era duro y alisando lo que era áspero en su carácter.

Estos efectos no aparecieron aún; ella misma no era consciente de ellos; como tampoco sabe la semilla en el regazo de la tierra que, cuando el rocío refrescante y los cálidos rayos del sol caen sobre ella, contiene dentro de sí el poder por el que brotará y florecerá.

Hans Christian Andersen
La hija del Rey del Pantano

Salí del cobertizo para la leña y me dirigí a la cabaña. Me temblaban las manos. No quería dejar al Cazador colgando de las esposas. Se suponía que a un cadáver se le lavaba, arreglaba, vestía con ropa fina y se le envolvía en corteza de abedul antes de que se le enterrase en el bosque en una tumba poco profunda. Se suponía que un sacerdote o un curandero debía hablarle al difunto para facilitar su tránsito de este mundo al siguiente, y ofrecer el tabaco a los espíritus. Esperaba que mi padre se preocupara por el Cazador según la costumbre india y que no lanzase su cuerpo a nuestro foso de la basura.

—Combustible —dijo Cousteau—. Tienes que llenar el depósito de la motonieve para no quedarte sin combustible.

—Tiene razón —dijo Calypso—. No sabes cuánto tiempo estuvo conduciendo el Cazador antes de que llegase. El tanque podría estar casi vacío.

Me pareció que yo misma debería haber pensado en esto, pero las cosas estaban sucediendo tan rápido que era difícil saber qué hacer. Me alegré de que Cousteau y Calypso estuvieran allí para ayudarme. Empujé la motonieve hacia nuestro tanque de combustible alimentado por gravedad. Mi padre controlaba la cantidad de combustible que teníamos sumergiendo un palo largo por el agujero de la parte superior del tanque y dibujando una línea cuando lo sacaba para dejar constancia de la cantidad de combustible que le quedaba. No le iba a gustar que me lo llevara sin preguntar.

—¿Crees que este es el tipo correcto? —Ojalá se me hubiera ocurrido preguntárselo al Cazador cuando tuve oportunidad.

—La motonieve suena como una motosierra —dijo Cousteau—. Usa la mezcla de la motosierra.

Para su motosierra, mi padre mezclaba el combustible con medio litro de aceite por cada siete litros y medio, así que vertí el aceite en nuestra gran lata de metal rojo y lo rellené con el combustible de la boquilla; luego eché en la motonieve toda la mezcla que cabía en el tanque.

—Llena la lata otra vez —dijo Calypso—. Cárgala a la espalda, por si acaso. Nunca se sabe.

Corrí a la caseta por un trozo de cuerda, regresé corriendo, até la lata de combustible en su lugar y empujé la motonieve tan cerca de los últimos escalones como pude. Cousteau y Calypso esperaron en el porche mientras yo entraba. Mi madre seguía sentada a la mesa. Su cabeza descansaba sobre su brazo y tenía los ojos cerrados. Tenía el cabello desordenado y húmedo. Al principio, pensé que estaba muerta. Luego levantó la cabeza. Tenía la frente arrugada de dolor y la cara blanca. Hizo un intento para ponerse de pie, se balanceó y volvió a sentarse. Conseguir que se montara en la motonieve iba a ser más difícil de lo que pensaba.

Colgué su brazo sobre mi hombro y le agarré la muñeca, luego deslicé mi brazo izquierdo alrededor de su cintura y la puse en pie. A juzgar por el ángulo del sol, era casi mediodía. En esa época del año, sería noche cerrada cuando termináramos de cenar. Esperaba que seis horas fueran suficientes.

Eché un último vistazo a nuestra cocina: a nuestra mesa, a la estufa de leña antigua, a la ropa interior de mi padre secándose en las cuerdas que había en la parte de arriba, a la alacena donde guardábamos nuestros platos porque mi madre nunca hacía pasteles, a las estanterías donde se alineaban jaleas y mermeladas. Pensé en llenar una mochila con comida para nuestro viaje, pero Cousteau y Calypso menearon la cabeza.

Empezamos a bajar los escalones. Me daba miedo que mi madre se cayese y ya nunca pudiera volver a levantarla, así que Cousteau y Calypso se colocaron a ambos lados para sostenerla si esto pasaba. Tardamos mucho en llevarla a la motonieve. En cuanto se sentó, me apresuré al otro lado y le giré rápidamente la pierna.

—¿Crees que debería atarla? —Mi madre estaba tan mareada que apenas podía sentarse.

—No le hará daño —dijo Calypso.

—Pero date prisa —dijo Cousteau.

Como si yo no estuviera haciéndolo todo tan rápido como podía.

Corrí a la caseta por otro trozo de cuerda, regresé corriendo, rodeé con él la cintura de mi madre y até los extremos a las agarraderas. Me puse el casco del Cazador. Pesaba mucho. El cristal era tan oscuro que apenas podía ver. Me lo quité y se lo puse a mi madre, luego me dirigí a la parte trasera de la motonieve, abrí el compartimento y encontré la llave de repuesto. El Cazador dijo que la motonieve tenía algo llamado arranque eléctrico y que lo único que tenía que hacer era girar la llave. Dijo que si el motor no arrancaba de inmediato, y es posible que eso ocurriera porque la motonieve llevaba varios días y noches sin arrancarse y había hecho mucho frío, debía girar la llave rápidamente para no quemar el motor de arranque y seguir intentándolo de nuevo hasta que el motor se pusiera en funcionamiento. Esperaba que no fuera tan complicado como sonaba.

Me apreté entre mi madre y la lata de combustible y la rodeé para agarrar los puños de la motonieve. Después de dos intentos, el motor tomó vida con un rugido. Me incliné hacia un lado para poder ver más allá de mi madre; solté el freno y pisé el acelerador. La máquina dio un salto hacia delante. Reduje el acelerador y la máquina se desaceleró, tal como me había dicho el Cazador que sucedería. Pulsé el acelerador de nuevo y la motonieve volvió a dar un salto hacia adelante. Conduje lentamente por el patio una vez más para hacerme una idea de la máquina, luego reduje la aceleración y seguí el rastro que el Cazador había dejado cuando fue bajando de la cresta de nuestra montaña.

—¿Estás bien? —grité mientras me dirigía al pantano.

Mi madre no respondió. No sabía si no podía oírme por el casco o porque el ruido del motor era muy fuerte. Había otra posibilidad por la que mi madre podría no contestar, pero no quería pensar en eso.

Apreté el acelerador al máximo. El viento me espoleaba las mejillas, me azotaba el pelo. Sentía la necesidad de gritar ante aquella extraordinaria velocidad. Miré por encima del hombro. Rambo nos seguía corriendo con facilidad. El medidor que el Cazador dijo que me indicaría la velocidad a la que iba marcaba el número doce. No tenía ni idea de que Rambo pudiera correr tan rápido.

Mientras conducía pensé en mis abuelos. Me preguntaba cómo serían. El Cazador dijo que nunca habían dejado de buscar a mi madre y que se emocionarían al verla de nuevo. Me preguntaba si me gustarían. Me preguntaba qué pensarían de mí. Si tenían un coche, cómo sería ir a dar un paseo. Si algún día me gustaría hacer un viaje con ellos en tren, en autobús o en avión. Siempre había querido visitar a los yanomami en Brasil.

Entonces algo pasó volando por mi cabeza. Al mismo tiempo, un agudo chillido resonó en el pantano:

—¡Helena! —gritó mi padre. Su voz era tan furiosa y aguda que podía oírla con nitidez por encima del ruido de la máquina—. ¡Vuelve aquí ahora mismo!

Desaceleré. Si echo la vista atrás, debería haber pisado el acelerador y no haber vuelto la vista atrás, pero no tenía la costumbre de desobedecer a mi padre.

—Sigue —dijo mi madre, repentinamente alerta—. ¡Date prisa! ¡No pares!

Me paré, miré hacia atrás. La silueta de mi padre se dibujaba en la cumbre de la cresta de nuestra montaña, con los pies extendidos como un coloso: el rifle preparado, su largo cabello negro azotándole la cabeza como las serpientes de Medusa. El rifle me apuntaba a mí.

Disparó por segunda vez. Otro disparo de advertencia, porque si mi padre hubiera querido dispararme, lo habría hecho. Entonces me di cuenta de que parar era un error. Pero no podía volver. Si lo hacía, era más que probable que mi padre matase a mi madre y posiblemente a mí. Pero si desobedecía y me alejaba, una bala por la espalda nos mataría a ambas.

Mi padre disparó por tercera vez. Rambo gimió. Salté de la motonieve y corrí hacia donde Rambo se había desplomado y aullaba en la nieve. Le pasé las manos por la cabeza, los costados, el pecho. Vi que mi padre le había disparado a mi precioso perro en la pata.

Se oyó otro disparo. Mi madre chilló y se cayó por el manillar, con un agujero de bala en el hombro.

La Remington tenía cuatro cartuchos más uno en la recámara. A mi padre le quedaba un disparo antes de tener que volverla a cargar.

Me levanté. Las lágrimas me corrían por la cara. Mi padre odiaba verme llorar, pero no me importaba.

Pero en lugar de burlarse de mis lágrimas como esperaba, mi padre sonrió. Aún hoy puedo ver su expresión. Engreída. Fría. Insensible. Tan seguro de que había ganado. Me apuntó con el rifle, luego a Rambo, luego a mí y de nuevo a Rambo, jugando conmigo como lo había hecho con mi madre y con el Cazador, y me di cuenta de que no importaba a quién de nosotros disparase primero. De un modo u otro, mi padre iba a matarnos a todos.

Caí de rodillas. Recogí a Rambo entre mis brazos, enterré mi cara en su piel y esperé a que la bala terminara con mi vida.

Rambo tembló, gruñó, se alejó. Luchando con las tres patas que le quedaban, comenzó a cojear hacia donde estaba mi padre. Silbé para que volviera. Rambo siguió adelante. Mi padre se rio.

Me puse de pie y abrí los brazos.

—¡Tú, cabrón! —grité. No sabía lo que significaba la palabra, pero mi padre la había escrito con su cuchillo en el pecho del cazador, así que sabía que no era nada bueno—. ¡Eres un gilipollas! ¡Hijo de puta! —Pronuncié todas las palabras que podía recordar—. ¿A qué estás esperando? ¡*Dispárame*!

Mi padre volvió a reírse. Continuó apuntando con la Remington a mi perro, que luchaba mientras se acercaba cojeando cada vez más. Rambo le enseñó los dientes y le gruñó. Cojeó más rápido hasta que se dirigió a mi padre casi corriendo, aullando como si estuviera a punto de rajar a un lobo o un oso.

Lo comprendí. Rambo estaba distrayendo a mi padre para que yo pudiera escapar. Él me protegería, o moriría en el intento.

Corrí a la motonieve, di un salto, rodeé a mi madre y abrí el acelerador al máximo. No sabía si mi madre estaba viva, si podríamos escapar, si mi padre nos dispararía a ambas. Pero, como Rambo, tenía que intentarlo.

Mientras íbamos a toda velocidad por el pantano congelado, el viento secaba mis lágrimas. Por detrás llegó otro disparo.

Rambo aulló una vez y se quedó en silencio.

El disparo reverberó en mi cabeza mucho después de que su eco real se extinguiera. Conduje tan rápido como fui capaz, ciega por las lágrimas, con la garganta tan tensa que apenas podía respirar. Lo único que podía ver era a mi perro, que yacía a los pies de mi padre en la nieve. Cousteau, Calypso, el Cazador y mi madre tenían razón. Mi padre era un hombre malo. Él no tenía razón alguna para disparar a mi perro. Ojalá me hubiera disparado a mí. Ojalá hubiera esperado más tiempo después de que él saliera al pantano y antes de arrancar la motonieve; ojalá hubiera conducido más rápido y no me hubiese detenido cuando él me dijo que lo hiciera. Si hubiera hecho alguna de estas cosas, mi perro estaría vivo y mi padre no habría disparado a mi madre.

Mi madre no se había movido ni hablado desde que mi padre le disparó. Sabía que estaba viva porque la rodeaba con mis brazos y su cuerpo estaba caliente, pero no sabía durante cuánto tiempo más. Lo único que podía hacer era conducir y alejarme del pantano, de mi padre.

Hacia qué, no lo sabía.

Estaba siguiendo el rastro que había dejado el Cazador porque eso era lo que me había dicho que hiciera. Lo que realmente quería yo era encontrar a Cousteau y a Calypso. Los verdaderos Cousteau y Calypso, no los que me había inventado después de ver a aquella familia. Sabía que vivían cerca. Estaba segura de que su madre y su padre me ayudarían.

Hacía tiempo que había abandonado el pantano y ahora estaba conduciendo entre los árboles; los mismos árboles que solía querer explorar cuando miraba fijamente al horizonte entre ellos. Estaba muy oscuro. Ojalá el Cazador me hubiera dicho cómo encender las luces delanteras de la motonieve. Tal vez lo hizo y se me había olvidado. Había mucho que recordar: «Mantén pisado el acelerador cuando te deslices por nieve polvo profunda. Si la motonieve se inclina a la derecha, proyecta tu peso a la izquierda. Cuando se incline a la izquierda, proyecta tu peso a la derecha. Cuando subas por una colina, inclínate hacia adelante y deja caer tu peso en la parte trasera del asiento para que la motonieve no vuelque. O puedes montar con una rodilla en el asiento y el otro pie en el riel lateral. Échate hacia atrás cuando vayas cuesta abajo. Alterna tu peso e inclínate en las curvas». Y así sucesivamente.

La motonieve era muy pesada. Conducirla era más difícil de lo que el Cazador me había hecho creer. El Cazador dijo que de donde él venía, incluso los niños conducían motonieves, pero si esto era verdad, entonces los niños finlandeses deberían de ser muy fuertes. Una vez me salí del camino y me quedé atascada. Dos veces casi volcamos.

Estaba muy asustada. No de los bosques ni de la oscuridad. A esas cosas estaba acostumbrada. Era miedo a lo desconocido, a todas las cosas malas que podían suceder. Me daba miedo que la motonieve se quedara sin combustible y mi madre y yo tuviéramos que pasar la noche en el bosque sin comida ni refugio. Me daba miedo estrellarme contra un árbol y destrozar el motor. Me daba miedo que termináramos tan perdidas y desesperadas como el Cazador.

Me daba miedo que mi madre muriera.

Conduje durante mucho tiempo. Por fin el sendero llegó a su fin. Bajé por una colina escarpada y me detuve en medio de un largo y estrecho claro. Miré a la izquierda y a la derecha. Nada. Nadie. Ningún pueblo llamado Newberry, ni abuelos que buscaran a mi madre como me había prometido el Cazador.

Cuatro huellas atravesaban la longitud del claro, dos a un lado y dos al otro. No podía discernir cuáles eran las del Cazador. Me preocupaba lo que pasaría si me equivocaba de camino. Pensé en el juego de adivinanzas al que mi padre y yo solíamos jugar, y que tenía dos opciones. Tal vez no importara qué camino tomaba. Quizá sí.

Miré al cielo. «Por favor. Ayúdame. Estoy perdida. No sé qué hacer».

Cerré los ojos y recé como nunca antes lo había hecho. Cuando abrí los ojos, había una pequeña luz amarilla en la distancia. La luz estaba cercana al suelo y era muy brillante. Una motonieve.

—Gracias —susurré.

Hubo momentos en que me había preguntado si los dioses eran reales, como cuando mi padre me puso en el pozo y se quedaron en silencio, o cuando golpeó a mi madre y al Cazador y los dioses no intervinieron, pero ahora sabía la verdad. Prometí que nunca volvería a dudar.

A medida que la motonieve se acercaba, la luz se convirtió en dos. De repente hubo un terrible bocinazo, como si fuera un ganso, solo que más fuerte... como toda una bandada de gansos furiosos.

Cerré los ojos y me puse las manos en los oídos hasta que, finalmente, el bocinazo se detuvo. Hubo un golpe como si se hubiera abierto y cerrado una puerta, luego voces.

—¡No los vi! —gritó un hombre—. ¡Lo juro! ¡Estaban parados en mitad del camino sin luces!

—¡Podrías haberlos matado! —gritó una mujer.

—¡Te lo estoy diciendo, no los vi! ¿Qué estás haciendo? —me gritó el hombre—. ¿Por qué te has parado?

Abrí los ojos y sonreí. Un hombre y una mujer. El padre y la madre de Cousteau y Calypso. Los encontré.

Cuando la policía siguió el rastro que yo había dejado para rescatar al Cazador, mi padre ya se había ido. El Cazador aún colgaba de las esposas en el cobertizo para la leña. Todo el mundo suponía que mi padre lo había matado, porque ¿por qué no? Nadie pensaría por un segundo que una chica de doce años hubiera podido hacer semejante cosa. No cuando tenían a un secuestrador y violador al que cargarle el asesinato.

Una vez que se asentó la idea de que mi padre había matado al Cazador, no tuve problema en dejarlo estar. Puede que yo no haya sido inteligente de acuerdo con los moldes del mundo exterior, pero razonaba lo suficiente como para saber que confesar el asesinato del Cazador no produciría ningún cambio que no fuera arruinarme la vida. Mi padre era un hombre malo. Iba a estar en la cárcel durante mucho tiempo. Todo el mundo lo decía. Yo tenía toda la vida por delante. Mi padre había perdido la suya.

Dicho esto, puedo garantizar que he pagado por mi crimen. Matar a una persona te cambia. No importa cuántos animales hayas matado de un tiro, apresado con trampas, atrapado, deso-llado, destripado, comido. Matar a una persona es diferente. Una vez que le has quitado la vida a otro ser humano, ya no vuelves a ser la misma. El Cazador estaba vivo, y luego no lo estaba, y son mis manos las que lo hicieron. Pienso en eso cada vez que le cepillo el cabello a Iris, o sujeto a Mari a su sillita en el coche, o remuevo una olla de jalea en el hornillo, o acaricio el pecho de mi marido; contemplo mis manos mientras hago estas cosas normales y cotidianas y pienso: «Estas son las manos que lo hicieron. Estas manos se llevaron la vida de otra persona». Odio a mi padre por ponerme en una circunstancia en la que tuve que tomar esa decisión.

Todavía sigo sin entender cómo mi padre puede matar tan fácilmente y sin remordimientos. Pienso en el Cazador todos los días. Tenía una esposa y tres hijos. Cada vez que miro a mis chi-cas, pienso en lo que sería para ellas tener que crecer sin su padre. Cuando salimos del pantano, quería decirle a la viuda del Caza-dor que sentía lo que le había pasado a su marido; que apreciaba el sacrificio que hizo por mi madre y por mí. Pensé que podría decírselo cuando la viera en el juzgado el día que condenaron a mi padre, pero por entonces ella había presentado una demanda contra mis abuelos para recibir parte del dinero que estaban sa-cando de nuestra historia en los tabloides, así que mis abuelos no me dejaron. Al final ella alcanzó un gran acuerdo, y eso hizo que me sintiera mejor. Aunque, como refunfuñó mi abuelo, todo el dinero del mundo no iba a devolverle a su marido.

O a mi perro. A veces, empiezo a llorar –lo cual, como pro-bablemente ya sepas, es algo que hago rara vez– y es porque pienso en Rambo. Nunca perdonaré a mi padre por haberle disparado. He recordado los acontecimientos que condujeron a aquel día en incontables ocasiones, intentando localizar los luga-res en los que habría hecho algo diferente si hubiera sabido cómo iban a salir las cosas. El más obvio es cuando el Cazador pidió ayuda la mañana después de que mi padre lo esposara en el cobertizo para la leña. Si hubiese hecho lo que él quería que yo hiciese antes de que mi padre le golpeara y torturara hasta que no le quedaban fuerzas para escapar, lo más probable es que hoy estuviera vivo.

Pero la muerte del Cazador no fue culpa mía. Estaba en el lugar equivocado en el momento equivocado, al igual que cualquiera que muera en un accidente de tráfico, o en un tiroteo en masa, o en un atentado suicida. El Cazador fue el que decidió ir en motonieve estando borracho, no yo. Fue él el que se perdió y luego tomó una serie de decisiones que finalmente le llevaron a la cresta de nuestra montaña: girar aquí a la izquierda en vez de a la derecha, rodear este grupo de árboles en lugar de aquel, conducir hasta nuestro patio para pedir ayuda tras divisar el humo que salía de nuestra cabaña. Desde luego, cuando decidió ponerse en ruta después de haber estado bebiendo con sus amigos, no podía figurarse que pagaría esa decisión con su vida. Con todo, fue su decisión.

Lo mismo que cuando mi madre y su amiga decidieron explorar la casa abandonada junto a las vías del tren. Mientras su amiga y ella corrían por las habitaciones vacías, estoy segura de que no tenía ni idea de que, al final de aquel día, pasarían catorce años antes de que volviera a ver a su familia. Naturalmente habrían jugado en otro lugar si lo hubieran sabido. Pero no fue así.

Del mismo modo, dudo que cuando mi padre me llevó a ver las cascadas de Tahquamenon tuviera idea alguna de que estaba poniendo en marcha los acontecimientos que finalmente conducirían a la pérdida de su familia. Al igual que cuando yo decidí dejar el pantano no tenía ni idea de lo mal que nos resultarían las cosas a mi madre y a mí. Sinceramente, pensé que marcharnos sería tan simple como conducir y alejarnos de allí. No esperaba que mi padre disparara a mi madre y a mi perro. Que lo último que vería antes de entrar en mi incierto futuro fuera a Rambo, tendido e inmóvil en la nieve, a los pies de mi padre.

Si hubiera sabido todo esto antes de que sucediera, ¿habría hecho las cosas de manera diferente? Por supuesto. Pero hay que aceptar la responsabilidad de las decisiones, incluso cuando no funcionan de la manera en que se querría.

Suceden cosas malas. Los aviones se estrellan, los trenes descarrilan, la gente muere en inundaciones, terremotos y tornados. Hay conductores de motonieves que se pierden. Perros que reciben un disparo. Y niñas a las que secuestran.

27

Empiezo a correr. El suelo firme se convierte en humedal. El humedal se convierte en pantano. Me protejo los ojos contra la lluvia y escudriño el lado opuesto de la charca. No hay rastro de mi padre. Es imposible saber si he conseguido adelantarlo o si ya está en mi casa.

Giro al oeste en dirección al pantano, hacia un soto de alisos americanos, cerca del final del sendero donde les gusta reunirse a los ciervos. Me muevo con rapidez, saltando de montículo en montículo de hierba, manteniéndome en zonas de turba seca que son lo suficientemente firmes para soportar mi peso. Una persona que no conozca el pantano tanto como yo no sería capaz de ver los peligros que a mí me resultan tan evidentes como las señales de la calle: áreas de limo fino que parecen lo suficientemente sólidas como para caminar por ellas, pero que actúan como arenas movedizas; profundas charcas que se pueden tragar a una persona en un instante. «Grandes burbujas negras surgieron del lodo», dice el cuento de hadas de mi madre, «y, con ellas, todo rastro de la princesa se desvaneció».

Cuando llego al soto de alisos, me echo al suelo y gateo el resto del camino utilizando solo los pies y un codo. El suelo está húmedo, en el lodo se entrecruzan las huellas. Ninguna de ellas reciente. Ninguna de ellas humana. Es posible que mi padre dejara el rastro cuando se volvió cenagoso y acortara a campo traviesa. Es posible que ya esté en mi casa, colándose por la puerta trasera porque la casa nunca está cerrada con llave, arrastrándose por el pasillo, obligando a Stephen a que le entregue las llaves del Cherokee para poder ir por nuestras chicas, disparando a mi marido cuando Stephen se niegue a decirle dónde están.

Me estremezco. Alejo de mí esas imágenes y me recuesto en el lugar más enfangado que soy capaz de encontrar. Me revuelco hasta tener cubierto cada centímetro de mi cuerpo, luego vadeo con el agua hasta las rodillas el resto del camino para no dejar huellas mientras busco el mejor lugar para tender mi emboscada.

Un tronco cubierto de musgo, tirado a lo largo del camino, parece lo bastante grande para esconderse detrás. La forma en que se hunde en su mitad me dice que estará podrido en su mayor parte. Mi padre sabe que no puede pisarlo. Tendrá que esquivarlo. Cuando lo haga, estaré lista.

Rompo una rama de pino puntiaguda y me tumbo a lo largo del otro lado del tronco, con la oreja en el suelo y la lanza improvisada a mi lado. Siento los pasos de mi padre antes de oírlos: débiles vibraciones en el suelo húmedo bajo el sendero. Los temblores son tan leves que cualquier otra persona podría pensar que son solo los latidos de su propio corazón, si es que los llega a sentir. Abrazo el tronco para acercarlo más a mí y reforzar mi sujeción.

Los pasos se detienen. Espero. Si mi padre sospecha que se encamina a una trampa, bien se dará la vuelta, dejándome tirada en el barro, bien se inclinará sobre el tronco y me disparará. Contengo la respiración hasta que los pasos vuelven a empezar. No puedo decir si se están alejando o acercándose a mí.

Entonces una bota se estrella contra mi hombro. Me revuelco para zafarme y me alzo de un salto. Salgo corriendo y empleo toda la fuerza que tengo para clavar mi lanza en el estómago a mi padre.

La lanza se rompe.

Mi padre me arrebata lo que queda de mi inútil arma y la arroja a un lado. Levanta el brazo, y me apunta con mi Magnum. Me sumerjo entre sus piernas. Se tambalea y extiende los brazos buscando el equilibrio. La Magnum cae. La agarro. Mi padre la lanza de una patada al charco junto al sendero y planta su bota en mis manos esposadas. Sin dudarlo, agarro esa bota y levanto su pie del suelo. Mi padre se desploma a mi lado. Rodamos, forcejeamos. Paso mis brazos sobre su cabeza. La cadena de las esposas le presiona la garganta. Me retiro todo lo que puedo. Jadea, saca mi cuchillo de la funda de su cintura, pincha y rebana hacia atrás, a cualquier cosa que pueda alcanzar: mis brazos, mis piernas, mis riñones, mi cara.

Tiro más fuerte. Las Glock en la parte posterior de los vaqueros de mi padre me presionan el estómago. Si pudiera agarrar una, podría acabar con esto en un instante, pero con mis brazos esposados alrededor de su cuello, no puedo. Al mismo tiempo, como lo presiono desde atrás, ahogándolo con las esposas, no puede agarrar una Glock y terminar conmigo. Estamos tan atrapados como un par de alces macho con los cuernos enganchados. Me imagino a mi familia caminando por este sendero días o semanas más tarde y encontrándose nuestros cuerpos en descomposición, congelados en un último abrazo. Tiro más fuerte.

Entonces ladra un perro. Rambo viene corriendo por el camino desde mi casa, con las patas saltando, las orejas agitándose.

—¡Ataca! —le grito.

Rambo corre hacia mi padre y le aprieta las mandíbulas en la pierna, tirando de ella y gruñendo. Mi padre grita y apuñala a Rambo con el cuchillo.

Rambo muerde con más fuerza. Desgarra, arranca, despedaza. Mi padre grita y se revuelca. Me revuelco con él. En el momento en que mi padre está boca abajo, paso mis brazos sobre su cabeza dando un tirón y agarro una de sus Glock y se la hundo en la espalda.

—¡Para! —le ordeno a Rambo.

Rambo se queda paralizado. Mantiene la pierna de mi padre agarrada, pero hay un cambio en su actitud. Ya no es un animal desgarrando a su presa; es un siervo que obedece a su ama. Un perro necesita ser de una raza especial y mucho entrenamiento para detenerse así en el calor de la batalla. He visto a perros menores tan sobrepasados por la sed de sangre que cuando desgarran a un alce o a un oso, arruinan completamente la piel.

Mi padre no se mueve cuando me arrodillo sobre él. Ha aprendido a no temblar.

—El cuchillo —le digo. Arroja mi cuchillo al charco junto al camino. Me pongo de pie—. Levántate —le ordeno. Mi padre se levanta, se pone las manos sobre la cabeza, se vuelve para mirarme—. Siéntate.

Le señalo que vaya hacia el tronco. Mi padre hace lo que digo. La mirada derrotada en su cara hace que casi merezca la pena todo por lo que he pasado. No enmascaro mi indignación.

—¿De verdad creías que me iría contigo? ¿Que te dejaría acercarte lo más mínimo a mis niñas? —Mi padre no contesta—. La llave de las esposas. Tíramela.

Se mete la mano en el interior de la chaqueta y lanza la llave al charco donde está mi cuchillo. Un acto de desafío inútil. Esposada o no, aún puedo disparar.

—Tuvimos una buena vida, *Bangii-Agawaateyaa* —dice—. Ese día fuimos a ver las cataratas. La noche que vimos al glotón. ¿Te acuerdas, *Bangii-Agawaateyaa*?

Quiero que deje de decir mi nombre. Sé que solo lo hace para tratar de controlar la situación como hace siempre, aunque tiene que saber que está perdido. Solo que… ahora que ha convocado a la memoria, es evidente que no puedo hacer otra cosa que ver lo que dice. Ocurrió en algún momento después de que yo disparase a mi primer ciervo, pero antes de que Rambo llegara a la cresta de nuestra montaña, lo que significa que yo tendría unos siete u ocho años. Me había despertado de un profundo sueño con el corazón acelerado. Había oído un ruido fuera. Sonaba como si llorase un bebé –como yo imaginaba que podría llorar un bebé–, solo que más fuerte. Más parecido a un chillido. Como nada que hubiera oído antes. No tenía ni idea de lo que era. Los animales pueden emitir sonidos terribles, especialmente cuando se están apareando, pero si esto era un animal, no podría ponerle nombre.

Entonces mi padre apareció en la puerta. Se acercó a mi cama, me echó la manta sobre los hombros y me llevó hasta la ventana. En el patio de abajo, silueteada a la luz de la luna, vi una sombra.

—¿Qué es? —susurré.

—*Gwiingwa'aage.* —Un glotón.

Agarré la manta con más fuerza. Los glotones son animales extremadamente feroces, me había dicho a menudo mi padre, y comían cualquier cosa: ardillas, castores, puercoespines, ciervos enfermos o heridos y alces. Tal vez incluso a una niña pequeña.

Gwiingwa'aage acechaba en el patio. Tenía el pelo largo, desgreñado y negro. Me eché atrás. *Gwiingwa'aage* levantó la cabeza, miró hacia mi ventana y chilló.

Grité y corrí hacia mi cama. Mi padre recogió mi manta y me la puso por encima, luego se tumbó a mi lado sobre las colchas y me tuvo entre sus brazos mientras me contaba una historia divertida sobre Glotón y su hermano mayor Oso. Después de aquello, el gañido del glotón ya no me daba miedo.

Ahora sé que los avistamientos de glotones son extremadamente raros en Michigan. Hay quien dice que estos animales no han vivido nunca en el estado, por mucho que el apodo de Michigan sea «el estado del glotón». Pero los recuerdos no siempre se relacionan con los hechos. A veces lo hacen con los sentimientos. Mi padre le había puesto nombre a mi miedo, y ya no estaba asustada.

Miro a mi padre. Entiendo que ha hecho cosas terribles. Podría pasar un centenar de vidas en la cárcel y la balanza de la justicia nunca alcanzaría el equilibrio. Pero aquella noche, no era más que un papá, y era el mío.

—Muy bien —dice—. Ganaste. Se acabó. Me iré ahora. Te prometo que no me acercaré ni a ti ni a tu familia.

Extiende las manos, mostrándome las palmas, y se pone de pie. Sigo apuntándole al pecho con la Glock. Podría dejar que se fuera. Dios sabe que no quiero herirlo. Lo quiero, a pesar de todo lo que ha hecho. Cuando salí en su busca esta mañana pensé que quería verlo de vuelta en la cárcel, y así es. Pero también me doy cuenta ahora de que la conexión con mi padre es más profunda de lo que jamás había imaginado. Quizás la verdadera razón por la que fuese tras él era porque quería verlo una última vez antes de que desapareciera. Ahora que lo he hecho, tal vez sea suficiente. Promete que se marchará. Dice que se ha acabado. Quizás sea así.

Salvo que sus promesas no significan nada. Pienso en cómo un *wendigo* nunca está satisfecho después de matar y busca constantemente nuevas víctimas; en cómo, cada vez que come, se hace más grande, por lo que nunca puede estar satisfecho; en cómo, si la gente no lo hubiera matado, todo el pueblo habría quedado destruido.

Relajo el dedo en el gatillo.

Mi padre se ríe.

—No me dispararás, *Bangii-Agawaateyaa*. —Sonríe, da un paso hacia mí.

Bangii-Agawaateyaa. Sombrita. Recordándome cómo lo seguía a cualquier sitio que él fuera. Cómo, al igual que su sombra, le pertenecía. Cómo, sin él, no existo.

Se da la vuelta y se va. Se lleva el brazo a la espalda y saca la segunda Glock de su cinturón y se la pone en la parte delantera de sus vaqueros. Comienza a caminar pavoneándose. Como si realmente creyera que iba a dejar que se fuera.

Silbo dos notas bajas. Rambo levanta la vista, se pone tenso. Listo para hacer lo que le ordeno.

Hago un rápido movimiento con la mano.

Rambo se lanza aullando tras mi padre. Mi padre se gira, agarra una pistola Glock, dispara. El disparo pierde el rumbo. Rambo salta y aprieta sus dientes en la muñeca de mi padre. La Glock cae.

Mi padre le pega un puñetazo en el costado a Rambo. Rambo afloja. Mi padre le vuelve a golpear y carga hacia mí. Me mantengo firme. En el último segundo, levanto los brazos sobre mi cabeza mientras él se choca contra mí. Deslizo las esposas sobre su cabeza hasta la cintura, apresando sus brazos por los costados, mientras caemos al suelo. Giro la Glock, la vuelvo hacia mí y la empujo contra su espalda, intentando inclinar el cañón de tal manera que la bala que dispare lo mate a él y no a mí.

De repente su cuerpo se queda flojo, como si supiera que se acabó, y solo hay una manera en que esto puede terminar.

—*Manajiwin* —me susurra al oído.

Respeto. La segunda vez en mi vida que ha dicho esto. Me inunda un sentimiento de paz. Ya no soy la sombra de mi padre. Soy su igual. Soy libre.

—Tienes que hacerlo —dice Cousteau.

—Está bien —dice Calypso—. Lo entendemos.

Asiento. Matar a mi padre es lo correcto. Es lo único que puedo hacer. Tengo que matarlo por mi familia, por mi madre. Porque soy la hija del Rey del Pantano.

—Yo también te quiero —le susurro, y aprieto el gatillo.

28

La bala que mató a mi padre atravesó el mismo hombro en que él me había disparado a mí antes, lo que, teniendo en cuenta las alternativas, es, de hecho, algo bueno. Habría sido mucho peor para mí estos últimos meses si mis dos brazos hubieran quedado afectados. Con todo, mi recuperación no ha sido divertida. Cirugía, terapia, más cirugía, más terapia. Al parecer, el hombro es un mal lugar para recibir un disparo. Los doctores dicen que no hay razón para que no vuelva a recuperar un pleno uso del brazo izquierdo. Mientras tanto, Stephen y las niñas se han acostumbrado a los abrazos de un solo brazo.

Juntos, estamos sentados en círculo alrededor de la tumba de mi madre. Es un bonito día de primavera. Brilla el sol, las nubes se mueven rápidas y cantan los pájaros. Colocado sobre la modesta lápida mortuoria de mi madre hay un cubo con caléndulas acuáticas o *marigold* y lirios de bandera azul o *iris versicolor*. Sus nietas, a las que bauticé con el nombre de sus dos flores favoritas, están a sus pies.

Lo de las flores se me ocurrió a mí. Venir aquí fue idea de Stephen. Dice que es hora de que las chicas sepan más sobre su abuela, y que se sienten junto a su tumba mientras les cuento historias sobre mi madre les dejará una mayor huella. No estoy tan segura. Pero el consejero matrimonial al que vamos dice que ambas partes deben estar dispuestas a ceder para hacer que el matrimonio funcione, así que aquí estamos.

Stephen extiende su brazo sobre la tumba de mi madre y me aprieta la mano.

—¿Lista?

Asiento. Es difícil saber por dónde empezar. Pienso en lo que fue mi infancia para mi madre. En todas las cosas que hizo por mí y que no aprecié en ese momento. Que intentase que mi quinto cumpleaños fuera especial. Que me calentara después de que mi padre me encerrara en el pozo. Lo duro que debió de ser para ella educar a una niña que era el eco del hombre que la secuestró. Una niña a la que temía genuina y visceralmente.

Podría hablarles a mis hijas del día en que disparé a mi primer ciervo, o de cuando mi padre me llevó a ver las cataratas, o de cuando vi al lobo, pero esas historias tratan más de mi padre que de mi madre. Y al mirar las caras inocentes y expectantes de mis hijas, me doy cuenta de que todas las historias de mi infancia que podría contarles tienen también un lado oscuro.

Stephen asiente con un gesto alentador.

—Cuando tenía cinco años —comienzo—, mi madre me hizo un pastel. En algún lugar de las montañas de latas, bolsas de arroz y harina de la despensa encontró un paquete para hacer un pastel. Chocolate con pepitas de arcoíris.

—¡Mi favorito! —exclama Iris.

—Favorít —repite Mari.

Les cuento lo del huevo de pato y la grasa de oso, y la muñeca que mi madre me hizo como regalo, y dejo la historia ahí. No les cuento lo que hice con la muñeca. Cómo mi reacción insensible al extraordinario regalo de mi madre debió de haberle perforado el corazón.

—Cuéntales el resto de la historia —dice Cousteau—. Sobre el cuchillo, y sobre el conejo.

Él y su hermana están sentados en silencio detrás de mis hijas. Desde que mi padre murió, aparecen cada vez más a menudo.

Sacudo la cabeza y sonrío mientras recuerdo el resto de aquel día y cómo terminó, con la primera vez que mi padre me contestó con un *manajiwin*: respeto.

Iris me devuelve la sonrisa. Cree que le estoy sonriendo a ella.

—¡Más! —exclaman Mari y ella.

Sacudo la cabeza y me levanto. Un día les contaré a mis hijas todo acerca de mi infancia, pero no hoy.

Recogemos nuestras mantas y nos dirigimos al coche. Mari e Iris salen como un rayo. Stephen corre detrás. Desde la fuga de mi padre, rara vez pierde de vista a las chicas.

Yo me quedo atrás. Cousteau y Calypso caminan a mi lado. Calypso me coge la mano.

—Helga comprendió todo entonces —me susurra, con una respiración tan suave como la pelusa de la espadaña en mi oreja—. Ascendió sobre la tierra entre un mar de sonido y pensamiento, y a su alrededor y dentro de ella había una luz y una melodía que no se pueden expresar con palabras. El sol estalló en toda su gloria y, como en tiempos vetustos, la forma de la rana desapareció entre sus rayos y la hermosa doncella se subrayó en toda su belleza. El cuerpo de la rana quedó reducido a polvo, y una flor de loto descolorida apareció en el lugar en el que Helga se había alzado.

Las últimas palabras del cuento de hadas de mi madre. Pienso en cómo la historia me contó lo que tenía que hacer. Cómo la historia de mi madre finalmente nos salvó a las dos. Cómo mi padre puede que sea la razón por la que existo, pero mi madre es la razón por la que estoy viva.

Pienso en mi padre. Cuando el médico forense me preguntó qué quería que hicieran con el cuerpo de mi padre, mi primer pensamiento fue preguntarme qué habría querido él. Entonces pensé en que toda su vida estaba gobernada únicamente por sus esperanzas y deseos, y pensé que tal vez haría lo contrario. Al final, elegí lo más práctico y menos caro. No digo más que eso. Hay una web de admiradores dedicada a las hazañas de mi padre, que apareció poco después de su muerte. Puedo imaginarme lo que harían los «Marshies», o admiradores del pantano, si supieran dónde enterramos a mi padre. He intentado varias veces que cierren la web, pero el FBI dice que mientras los admiradores de mi padre no violen ninguna ley, no hay nada que puedan hacer.

Stephen reúne a las chicas y me espera para que lo alcance.

—Gracias por hacer esto —dice, y me coge la mano—. Sé que te resulta difícil.

—Estoy bien —le miento.

Pienso en cómo el consejero matrimonial también dice que un buen matrimonio necesita construirse sobre los cimientos de la honradez y la confianza. Estoy trabajando en ello.

Alcanzamos la cima de una pequeña colina. Abajo, hay un coche aparcado justo enfrente de nuestro Cherokee. Una unidad móvil está pegada detrás. Una reportera y un cámara esperan junto a ellos.

Stephen me mira y suspira. Yo me encojo de hombros. Desde que se ha corrido la voz de que la hija del Rey del Pantano ha matado a su padre, los medios de comunicación no nos han dado un momento de descanso. No hemos concedido una sola entrevista y hemos entrenado a las niñas para que no digan una sola palabra a cualquiera que lleve una libreta o un micrófono, pero eso no evita que la gente saque fotos. Meneo la cabeza cuando bajamos la colina y una reportera saca un boli del bolsillo y se me acerca. Ella no lo sabe, pero yo ya he escrito todo lo que recuerdo de mi infancia en un diario que tengo escondido bajo nuestra cama. He titulado mi historia *La cabaña* y les he dedicado el diario a mis hijas, en la primera página, como si fuera un libro real. Un día les dejaré leerlo. Necesitan conocer su historia. De dónde vienen. Quiénes son. Un día también dejaré que Stephen lo lea.

Podría vender el diario por mucho dinero. *People, National Enquirer* y *New York Times* me han ofrecido comprarme mi historia muchas veces. Todo el mundo dice que ya que mis padres están muertos y que soy la única que queda y que conoce lo que sucedió, les debo a mi madre y a mi padre poder contar su historia.

Pero nunca la venderé. Porque no es su historia. Es la nuestra.

AGRADECIMIENTOS

Un novelista tiene una idea. La idea se convierte en una historia y, con el tiempo, la historia se convierte en un libro… Gracias a la ayuda de las siguientes personas por su creatividad, talento, increíble perspicacia y asombroso trabajo duro:

A Ivan Held, mi editor, y a Sally Kim, directora editorial en Putnam. Lo habéis hecho posible. Gracias. De todo corazón, sinceramente.

A Mark Tavani, mi editor. Me ha encantado trabajar contigo, y tu ojo clínico y tu increíble perspicacia han excedido mis expectativas.

Al equipo Putnam: Alexis Welby, Ashley McClay, Helen Richard, el equipo de producción, el departamento artístico, y todo el mundo de ventas y promoción. ¡Muchas gracias por hacer un libro tan bonito!

A Jeff Kleinman, mi increíble agente. No puedo expresar con palabras lo que han significado los últimos diecisiete años para mí y para mi carrera. Me convertiste en la escritora que soy hoy. A Molly Jaffa, mi talentosa e infatigable agente de derechos en el extranjero.

A Kelly Mustian, Sandra Kring y Todd Allen, mis primeros lectores. Aplaudisteis cuando la escritura funcionaba y os tapasteis la nariz cuando no. No podría haberlo conseguido sin vosotros.

A David Morrell. Tu lucidez y generoso corazón marcó una gran diferencia.

A Christopher y Shar Graham, Katie y John Masters, Lynette Ecklund, Steve Lehto, Kelly y Robert Meister, Linda y Gary Ciochetto, Kathleen Bostick y Leith Gallaher (que ya no está aquí), Jon Clinch, Sachin Waikar, Tina Wald, Tim y Adele Woskobojnik y Christy, Darcy Chan, Keith Cronin, Jessica Keener, Renee Rosen, Julie Kramer, Carla Ciervoley, Mark Bastable, Tasha Alexander, Lauren Baratz-Logsted, Rachel Elizabeth Cole, Lynn Sinclair, Danielle Younge-Ullman, Dorothy McIntosh, Helen Dowdell, Melanie Benjamin, Sara Gruen, Harry Hunsicker, J. H. Bográn, Maggie Dana, Rebecca Drake, Mary Kennedy, Bryan Smith, Joe Moore, Susan Henderson, y a todos esos maravillosos amigos que me han respaldado y animado. Me siento honrada de conoceros.

A mi familia, por vuestro amor y apoyo, y especialmente, un enorme y sincero «Gracias» a mi marido, Roger. Tu fe inquebrantable en mi capacidad para escribir este libro significa más de lo que pueda decir.